下河辺美知子／編著

# マニフェスト・デスティニーの時空間

## 環大陸的視座から見るアメリカの変容

Edited by Michiko Shimokobe

Manifest Destiny across Time and Space : A Transoceanic Approach to American Metamorphoses

小鳥遊書房

目次

# 第三部——アメリカニズムの表と裏

## 第四部——大西洋のこちら側とあちら側

【凡例】

一．引用のページ表記は、日本語文献の場合は漢数字、英語文献の場合はアラビア数字とし、（　）で示した。

一．註は各章ごとに通し番号を（　）で付し、各章の末尾にまとめてある。

一．各章の引用文献も章末にまとめてある。

# 序章　「マニフェスト・デスティニー」の響き方
## ――時間と空間の物語

下河辺 美知子

### はじめに――無形のアメリカに有形の自意識

時は一八三〇～一八五〇年代。場所は北アメリカ大陸。新大陸に設立されたアメリカ国家は独立から数十年を経て、空間として膨張を続けていた。R・W・エマソンは「アメリカは形がない（formless）」と言って、この時期の国家の地理的形状を表現している。国家に充満している意識は、しかし、形がないどころか、アメリカ的息吹を西へと推進するなか、根源的欲望としての自己拡大というはっきりした形をとっていた。

そんな社会にある言葉が投げ込まれた。最初はジャーナリストの筆が、長い従属文中に何気なく書き込んだ二語として。それから四ヵ月、その言葉が別の文脈で新聞という媒体を通してばらまかれると、人々の意識はそこに吸い寄せられていった。その言葉はアメリカ国家の行くべき未来について語りかけ、まるで命令文の声であるかのようにアメリカ文化のなかに響いたのである。「明白な（manifest）」と「運命（destiny）」という言葉の組み合わせのなかに、アメリカ国家の本質はどのように込められてきたのだろうか。

## 一　文字としての／音声としての「マニフェスト・デスティニー」

一般に「マニフェスト・デスティニー」というフレーズは、『デモクラティック・レヴュー（*Democratic Review*）』（一八四五年七・八月号）に載った「併合論（"Annexation"）」に起源があるとされている。これは同誌編集者ジョン・L・オサリヴァン（John L. O'Sullivan）が書いたとされる六頁にわたるエッセイであるが、第三パラグラフにこの言葉がある。かなり目をこらして見ないと見過ごしてしまうほど目立たないところに置かれており、のちに「国家的語彙（the national vocabulary）」[(1)]へと変貌するにしては、印刷された二語の存在は希薄である。

普通「マニフェスト・デスティニー」の出典を示すときは、「併合論」テクストから以下のよう切り取って英単語二十二語で引用される。

… the fulfillment of our manifest destiny to overspread the continent allotted by Providence for the free development of our yearly multiplying millions.（われわれの人口が毎年百万単位で増加していく自由な発展のために神から与えられたこの大陸を蓋っていくという明白なる《マニフェスト》運命《デスティニー》の実現…）

しかし、このフレーズは、第三パラグラフ冒頭のWhyから十一行にわたる長大なワンセンテンス（一一九語）に含まれている。[2] その文章では、テキサス併合に対して他国が干渉してくることについて「こんなやり方で（in the manner）」、「こんな思惑で（in a spirit of）」と長々と述べられた後、他国の行動の目的が四つの動詞──妨げる（thwarting）、妨害する（hampering）、制限する（limiting）、阻止する（checking）──として挙げられている。肝心の二語はどこにあるかと見れば、四つ目のcheckingの目的語のなかに置かれている。他国が「阻止しようとしている」のは「われわれの明白なる運命の実現（the fulfillment of our manifest destiny）」であるとして、「マニフェスト・デスティニー」は「実現する」の目的語として、従属文中にまぎれ込んだ形で出てくるのである。

雑誌記事の文中に視覚情報として落とされたこの言葉に、書き手があえて目立つ位置を与えたはずもなく、ましてや当時、読者の注意を引いたとも思えない。ところが、四ヵ月経った頃、突然、ある場面にこの言葉が浮き上がってくる。それは［mǽnəfèst déstəni］という音声としてアメリカ国家に届けられたのである。

「『マニフェスト・デスティニー』の起源」（一九二七年）という論文で、ジュリウス・W・プラット（Julius W. Pratt）は、この言葉がいつ、誰によって「発明された（invented）」かについての仮説を述べている。プラットによれば、米国下院議員ロバート・C・ウィンスロップ（Robert C. Winthrop）の一八四六年一月三日の発言が「国会内でこのフレーズが使われた初の事例」（795）である。プラットは音声記号としての登場をもって、「マニフェスト・デスティニー」の「起源」としたのである。

ウィンスロップ演説の書き起こしＰＤＦは、ネットでアクセスできる。タイプされた言葉が並ぶ黄色い紙をスクロールしていくと、八頁目、九頁目に manifest destiny という言葉が五回出てくる。(3) 最初に出てくるものを見てみよう。「われわれの権利について一つのことを申し上げたい。私自身としてはまだ、それに名前をつけておらず、正当に評価しているわけでもないのだが」と前置きした後にウィンスロップが持ち出すのが manifest と destiny という二つの言葉の組み合わせである。

私がここで指しているのは、最近、新たな権利として出現しているもので、『この大陸全土を覆いつくすというわれわれに与えられた明白な運命としての権利』と名づけられているものである。（『　』内は原文イタリック）(4)

ウィンスロップは、自分の言葉ではなく、最近使われ始めた言葉を紹介する形で「mǽnəfèst déstəni」という音声を国会に持ち込んだのだ。四ヵ月前には目立たぬ文字情報だった「マニフェスト・デスティニー」は、ここへきて聴覚情報として国会に届けられたのである。(5) そこには一つのきっかけがあった。

## 二　声を引き出したもの

ウィンスロップの演説はさらに続き、「マニフェスト・デスティニー」なる概念が「主導的政治ジャーナルのなかではっきりと明言されている」と紹介する。彼は「マニフェスト・デスティニー」という言葉をどこかで見た・聞いたことがあって、その言葉の意味を、当時の政治的文脈内でさぐりつつ国会で使っているのだ。では、その「主導的政治ジャーナル」は何を指していたのだろうか？

一八四五年夏に「併合論」を雑誌に載せてから四ヵ月が経ち、オサリヴァンは『ニューヨーク・モーニング・ニュース（*New York Morning News*）』紙一二月二七日号に「本当の権利／所有権」（"The True Title"）というエッセイを書き、そこで再び「マニフェスト・デスティニー」を使っている。「併合論」がテキサスについての記事であったのに対し、このエッセイは、イギリスと所有権をあらそっていたオレゴンについてのものである。オレゴンの法的所有権はアメリカにあるのであって「イギリスが足を踏み入れる土地は全くない」という強硬な主張ののち、その根拠として「われわれに与えられたマニフェスト・デスティニーという権利」が持ち出されている。

年をまたいでいるとはいえ、一二月二七日の新聞に書かれた言葉が、一月三日の国会で使われたのを見ると、社会の側にこの言葉に即座に反応する必然性があったと思われる。夏には誰も注目しなかった言葉がにわかに社会の注目をあつめたのは、国家意識の奥の何らかの要請を、この言葉に載せることができると人々が突然気づいたからである。

## 三　四ヵ月の間に起こったこと

さりげなく書き込まれた一つのフレーズが、四ヵ月経って社会からの反応を引き起こしたとすれば、「マニフェスト・デスティニー」という言葉が投げ込まれた社会にどのような変化があったのか？

また、「マニフェスト・デスティニー」という言葉の使われ方にどのような違いがあったのか？　まず「マニフェスト・デスティニー」が使われた政治的状況の違いがある。『デモクラティック・レヴュー』が出た一八四五年八月の段階で、テキサス問題がどのような状況であったかを見てみよう。タイラー大統領が次の大統領に引継ぐこの時期に、テキサス併合に積極的なポークが大統領選挙で勝利したのが前年の秋。任期終了までの時間にタイラー大統領はテキサス併合批准の道筋を整え、そこへ三月四日にポーク大統領が就任。一方、テキサス側では、アンソン・ジョーンズ大統領が議会を招集し、七月四日、アメリカとの合併が批准されている。つまり、アメリカへの合併は、それを歓迎するアメリカ大統領のもとに、テキサス側から申し出たものだったのだ。アメリカとしては、「併合論」が出た段階では、大統領の署名を待つだけでテキサス問題は決着がついていたのであった。

これに対して一二月のオレゴンでは、太平洋側の広大な地域の所有権をヨーロッパ諸国が競い合った末に、最後に残ったイギリスとアメリカが、境界線の線引きについてせめぎ合っていた。つまり、オサリヴァンが二度目に「マニフェスト・デスティニー」を使ったとき、オレゴン問題はまさに係争中であり未処理案件だったのである。(6)

次に、「マニフェスト・デスティニー」がどのようなレトリックにおいて使われているかを見てみよう。先に見たように、「併合論」では、この言葉は従属文中の目立たぬ位置に、動詞（checking）の目的語として置かれていた。また、その長大な文章にはさまざまな動詞が配置されているが、その動作の主体はすべて他国であって、アメリカではない。一方、一二月の記事では、オレゴンの所有権主張（claim）の根拠として「マニフェスト・デスティニー」が持ち出されており、主張するという動作の主体はアメリカ国家である。(7) そのためか、「マニフェスト・デスティニー」の前には「われわれの（our）」という言葉さえ加えられており、続くto不定詞の形容詞句内の動詞、「一面に覆う（overspread）」と「所有する（possess）」の主語はアメリカとなっている。「マニフェスト・デスティニー」を遂行する動作の主体としての自意識がこのとき芽生えたのかもしれない。アメリカ国家の意思として、アメリカ的主体がこうした動作を行なうのだという宣言が書かれているわけで、「マニフェスト・デスティニー」という概念が拡張という国家的行為へのけん引力を与える契機となったという仮説をここで提示しておきたい。

八月と一二月のオサリヴァンのレトリックがアメリカ社会に異なる効果を生み出した理由は他にもある。それは、所有権を主張する空間の違いである。テキサス併合は、すでに独立国家となっている空間が、合衆国に併合されるかどうかについての議論であり、国家と国家の間における政治的処置の問題であった。一方、一二月にオサリヴァンが「マニフェスト・デスティニー」という言葉を持ち出したとき、その対象となったのはオレゴンであり、そこはまだ国家はおろか州としてのまとまりさえ持たぬ空間であった。「マニフェスト・デスティニー」が与えた任務を遂行し、その空間をわが物であると主張するにしても、八月とは異なる使われ方がされたことになり、のちに述べるように、そこに人口についてのレトリックが大きくからんでくるのである。

まず、八月の段階で「マニフェスト・デスティニー」という言葉が、どのような対象に向けてどのような思惑をこめられて使われていたかを見てみよう。「併合論」のなかでオサリヴァンが議論を向けたのは、テキサス併合によって侵害される二種類の対象である。まずは、テキサス併合によるアメリカの勢力拡大を警戒し阻止しようとするヨーロッパ諸国に向けて、「マニフェスト・デスティニー」はアメリカの権利を主張するために使われている。しかし、それだけではない。オサリヴァンが説得しようとしていたのは、テキサスが奴隷州として合衆国に組み入れられることを警戒する北部の自由州であった。「併合論」はアメリカ内部の推進派と反対派の意見の不一致に対して「テキサス併合の最終段階に対して、この時期になってもまだ反対している側への非難」(Pratt 797) としても書かれていたのだ。

さて、一二月の段階で「マニフェスト・デスティニー」という概念がアメリカ国家に内在する自意識をどのように表しているかを考えてみよう。夏から冬にかけて「マニフェスト・デスティニー」という言葉とそれに込められることになる概念が社会で顕在化していく流れを追ってきたが、一二月の新聞記事内に一つの注目すべき言葉が滑り込んでいる。オレゴンの所有権がゆるぎないものだと主張するなかで、「この大陸全体を覆い、所有するというわれわれの明白なる運命《マニフェスト・デスティニー》という権利によって」所有権が認められているとつづられているところである。これに対して八月に書かれた「併合論」で同様の箇所を見てみよう。他国が阻止しようとしているのは「われわれの人口が毎年百万単位で増加していく自由な発展のために神から与えられたこの大陸を覆っていくという明白なる運命《マニフェスト・デスティニー》を実現すること」であると書かれている。「マニフェスト・デスティニー」を飾る形容詞句が長いので、「併合論」で使われているレトリックの方が強い言い方のようにみえる。しかし、よく見てほしい。一二月に使われた「マニフェスト・デスティニー」の形容詞句には、アメリカがなすべき行為として動詞が一つ増えている。八月には「大陸を蓋う(マニフェスト・デスティニー)」であったはずのものが、一二月には「この大陸を蓋い、所有する（マニフェスト・デスティニー）」となっている。「所有する」が加わることにどのような意味があるのだろうか。

形容詞句(to不定詞)として「マニフェスト・デスティニー」を飾る二つの動詞の性質を考えてみたい。「蓋う（overspread）」と「所有する（possess）」では、前者より後者の方に、よりはっきりとした意図を込めることができる。ことに、アメリカ社会において、土地所有に関して「所有する」という言葉を使うとき、そこには独自の意味が入り込んでくる。代々の遺産相続によって世襲で土地所有が行なわれるヨーロッパとちがい、新大陸では、空間を自分のものとして「所有する」には、その前に「獲得する（obtain）」という意図的行為が必要となる。「獲得する」とは、主体が明確な意識のもとで行なう欲望の発露である。一九世紀のアメリカは「獲得による所有」を国家の政策として西へ向かう拡張運動を推進していたのである。

そこで「所有する」という言葉であるが、一二月のテクストでは「マニフェスト・デスティニー」の後に、「蓋う」に続けて「所有する」がさりげなく追加されていることを見逃したくはない。八月の段階で潜伏していた獲得による所有の意図が、ここに露出したのである。その意図とは、獲得への欲望に導かれ、獲得のために策を弄する国策である。自然の営みのように語られていたアメリカ的空間の拡張が、主体の欲望の発露である可能性がここに顕在化したのである。

## 四　拡張運動の自動詞性と他動詞性

「拡張する（expand）」という動詞には自動詞と他動詞があるが、その意味するところを凝縮すると基本的には自動詞的用法である。(8)一九世紀アメリカの空間で進行していた「拡張運動」(expansionism)も、アメリカ側の意識としては「アメリカが膨らんでいく」という自動詞として語られるべきものであった。(9)しかし、先に述べたようにアメリカの拡張は他者へむけた欲望の発露としての「獲得による所有」によって推進されており、ここに、拡張運動にひそむアメリカ的自意識の二重性がある。つまり、そこには、他動詞的行為を自動詞的行動と見なす要請が隠されていたのである。

さて、「併合論」において「マニフェスト・デスティニー」の具体的内容がどのように示されているかを見てみよう。この言葉には「われわれの人口が毎年百万単位で増加していく自由な発展のために神から与えられたこの大陸を蓋っていくという」という、英単語で一六語の形容詞句が続いている。アメリカに与えられた運命は、「大陸を蓋う」という他動詞的行為を行なうことである言うのだが、当時の人々はそれをどのように実行しようとしたのか。長い形容詞句の最後の四語にその方策が書かれている。「(この大陸に)毎年何百万という単位で増殖する（multiplying）」ことである。つまり、人口増加こそが「大陸を蓋う」方法だと認識されていたのである。

一つの言葉が政治のスローガンとなるには、その社会に生きる人々の実感が大きくかかわってくる。「マニフェスト・デスティニー」という「運命」を負っているアメリカ国民たちの意識には、日々の実感としての「人口問題」が深く刻印されていた。人口・住民数（population）とは、ある空間に住まう人の数であるが、その動詞形「住居する（populate）」という動詞は、住み着く場所を目的語とする他動詞である。拡張政策の最盛期、広がっていく領土を前に、こうした意味を託されて、人口という概念に人々の意識が吸い寄せられていった。

ある場所に人々が移動してその空間をうめること。これが「住居する」という動詞の具体的実行法であるとすれば、この時期の人々にとってアメリカ的空間拡張は人口問題ときりはなせないことになる。「併合論」と同じ時期に書かれた一八四五年七月九日の『ニューヨーク・モーニング・ポスト』編集者の言葉にも「われわれの住民数と国力（our population and power）のほとんど奇跡的な進歩」という言い回しが使われている。[10] また、オサリヴァン自身、年明けの一月五日に手紙で「民主主義を掲げる多数の住民数（population）がこの北アメリカ大陸を蓋いつくすということの運命」という言い方で「住民数」という用語を使っている。

「人口・住民数」とは、ある空間に住まう人間のことであるが、その数を増加させる方法が二つある。一つは生物学的再生産、つまり子どもを産むことによる増加である。しかし、新大陸アメリカでは、空間に住まう人の数を増やすのに国家に推奨されたもう一つの方法がある。それは、土地を切り拓きそこに定住する、いわゆる開拓という労働によるものである。土地に住まう住民数の増加は、当時のアメリカ人にとって「蓋うこと」の実現方法であった。空白の空間を開拓し、定住者が一人一人増えて北米大陸全面にひろがっていく。これは、根本的に自動詞的営みだった。

こう考えると「マニフェスト・デスティニー」が、オレゴン問題という政治的文脈において人々の注意を引いた理由も見えてくる。オレゴン問題は、主権が確立していない空白の空間の所有権を争うものであった。アメリカ側としては、人口の増殖による実質的獲得を目指したい。オレゴンは奪い取ったのでなく、アメリカ人人口が増殖したためにアメリカの領土になったのだという筋書きが好ましい。アメリカの国家意識はこのように判断していたのであろう。それゆえに人口増加という現在進行形的時間に支えられた「蓋っていく」という様相が、一二月に「マニフェスト・デスティニー」という概念に託されてアメリカ人の心に響き、一気に人々の心をとらえたのである。

オサリヴァンの文章で示された、「マニフェスト・デスティニー」と、オサリヴァンの概念を紹介したと思われる一八五六年一月三日の上院議員ウィンスロップの演説での「マニフェスト・デスティニー」の具体的意味をアメリカ大陸とのかかわりという点から比べてみたい。「併合論」では、「マニフェスト・デスティニー」に「大陸を蓋っていく」というto不定詞がついていた。つまり、「大陸」は他動詞「蓋いつくす」の目的語であった。一二月二七日のオサリヴァンの「真なる権利」においても「マニフェスト・デスティニー」は、この大陸全土を目的語とする他動詞「蓋っていく」というto不定詞がついていた。

それを聞きかじったウィンスロップは、年が明けた一月三日、この概念を国会に紹介したわけであるが、彼はこう言った。「広がっていく（to spread）」という「マニフェスト・デスティニー」なるもの。「蓋う」という他動詞であったはずのところが、いつのまにか自動詞「広まる」で言い換えられているのだ。[11] 拡張という現象に対して、獲得、場合によっては略奪といった他者への暴力的行為が他動詞として入り込まないように、拡張は自動詞的であったのだ、という無意識の願望を、この言い換えのなかに突き止めることができる。アメリカ人居住者の数が自動詞的に増殖して拡張するアメリカというイメージを託されて「マニフェスト・デスティニー」は文化のレトリックとなっていった。マーク（Frederick Merk）はその自動詞性を使ってアメリカの拡張を以下のように言っている。「オレゴンという『若く気高い帝国』が、その偉大さをアメリカ合衆国と張り合いながら……時が来れば、自然に現れ出でて（present itself）」（32）くるであろう。アメリカ的なるものは自然に拡張し、この大陸を蓋っていくという筋書きがこうして打ち立てられようとしていた。

アメリカ文化は「居住する」という営みによって「マニフェスト・デスティニー」を実行することを目指していた。[12] Population という言葉に内在するのが「生む」と「働く」という自動詞的行為であるとすれば、拡張政策に潜むアメリカ的自意識がそこに見えてくる。自動詞性を持ったこのレトリックのなかに、「所有のための獲得」という他動詞性を蓋い隠す——少なくとも中和する——効果がこめられていたのである。

## 五　神から与えられた空間の物語

欲望が出現するとき、その欲望を隠ぺいする抑圧が同時に生じてくる。拡張運動という国家的行為が「獲得による所有」の欲望によって進められていたとすれば、そこには自我の拡張に内在する二つの心的機制が働いていたはずである。他動詞性の否定と、自動詞的運動への読み替えである。しかし、「マニフェスト・デスティニー」のもたらす機能の重層性はそれだけでは語れない。「明白な」と「運命」という言葉の組み合わせに、能動・受動にかかわるさらなる仕掛けがあった。

形容詞（manifest）と名詞（destiny）には、各々manifest（他動詞）、destine（他動詞）という派生語がある。この時期、この二つの動詞が頻繁に使用されている例がある。じつは、「マニフェスト・デスティニー」という概念は、オサリヴァンが「併合論」を発表した一八四五年に突然現れたわけではない。六年さかのぼってみたい。一九三九年にオサリヴァンはあるエッセイを書いており、そこに「マニフェスト・デスティニー」的なるものがすでに書き込まれている。

「偉大なる未来の国家」（"The Great Nation of Futurity"）は『デモクラティック・レヴュー』誌一八三九年一一月号に掲載された五頁ほどの論文である。(13) 独立の理念とアメリカの特異性を謳いあげるトーンの語りから始まり、「拡張していく未来はわれわれの領分である」という趣旨が未来形で書かれている。そこで注目したいのは、来るべき時間を、広がっていく空間と同期させている点である。

この空間と時間の素晴らしい領域において、国家中の国家アメリカは、人類に対して神聖なる原理の卓越性を明示すべく（to manifest）運命づけられている（is destined）。（427）（傍点下河辺）

他動詞manifestと他動詞の受動態destinedが至近距離に置かれ、品詞と語順を変えればmanifest destinyとなる。さらに、ここでmanifestが形容詞ではなく「〜を明示する」という他動詞として使われていることの意味を考えてみよう。「明示する」の目的語は「神聖なる原理の卓越性（the excellence of divine principles）」であり、アメリカ人・アメリカ国家はそれを明示する主体なのだという強い意志が込められている。

ところがその動作を行なおうとしている主体、「国家中の国家（the nation of many nations）」は、よく見ると受動態のなかにある。つまり「明示する」という他動詞は「運命づけられている」に先行されており、主体の自発的な行為であるはずの他動詞的動作が「運命づけられて」いることで自発性をそがれて受動性のなかに置かれてしまうのだ。他動詞の主体として行為していたはずの主語を受動態のなかに置き、主体性を消去する複雑な心理がここに暴露されている。

そもそも「明示する」という他動詞は、主語との関係に怪しいものが入り込みやすい言葉である。もともと他動詞ではあるが、manifest oneself（現れる）と再帰的に使えばたやすく自動詞に変質する。意図的行為から、その意図（欲望）を蒸発させて、自然の成り行きのように自動詞的に語ろうとするレトリックの魔術。これが manifest と destiny の組み合わせの効果である。

他動詞的行ないを自動詞的営みと読み替えること、能動態の行為を受動態のなかに収斂させること。アメリカ国家にとって、拡張運動推進に必要だったのはこうした仕掛けであった。とはいえ、manifest と destiny を器用に使うだけでその技を行なうには充分ではない。一九世紀のアメリカの時空間には、こうしたからくりを正当と見なすための何かが必要だった。

「併合論」の六年前に書かれた「偉大なる未来の国家」に話しをもどしたい。五頁弱のテクスト全体を見渡すとき「運命づける／運命づけられる（destine/destined）」という動詞が頻出している。たとえば、第一パラグラフの最後の文章と、全テクストの最後の文章では、一語一句違わない表現が繰り返されていて、この受動態が使われている。「われわれの国家は未来への偉大なる国家であることを運命づけられている（...is destined to be the great nation of futurity）」（426, 430）(14)

では他動詞としての「運命づける」の主語は誰／何なのか？　受動態においては、「誰によってなされているか」は通常 by ~の後に示される。しかし、テクスト中どこをさがしても by ~表現が見当たらない。誰がアメリカ国家をこのように運命づけたのか？

そこで別のテクストに目をやってみよう。これまで幾度も言及してきた「併合論」のあの文章のなかに by ~がある。「神の摂理によって（allotted by Providence）与えられたこの大陸を蓋っていくわれわれの明白なる運命」アメリカ大陸という空間が「神によって」与えられ、アメリカ国家の受動性は「神という主体によって」運命をづけられていたのである。

そう思って「偉大なる未来の国家」を読み直してみると、God や Providence という単語がいくつも見つかった。アメリカ人は「われわれの心に神の摂理をもって（with the truths of God in our minds）」（427）未開の空間に足を踏み入れ、アメリカ人がこの大陸上を歩み進めるとき「神の摂理がわれわれと共にある（Providence is with us）」（427）と考えたかったのだ。「併合論」では神が与えたのはアメリカ大陸という空間であったが、「偉大なる未来の国家」でアメリカに与えられるのは「平等という自然にのっとった倫理的神の摂理（God's natural and moral law of Providence）」である。アメリカ国家の本質は、神の摂理との関係のなか、受動態のなかで語られつつ、主体として明白な運命を能動的に遂行していくという能動・受動の二重性のなかにある。

## 六　時空間を語るナラティヴとしての「マニフェスト・デスティニー」

オサリヴァンは一八三九年の「偉大なる未来の国家」で、アメリカ的空間の特質を指して、「この空間と時間との崇高なる領域」(427)と言っている。アメリカ国家は、時間と空間の総体だと言うのだ。確かに、一九世紀アメリカ大陸を語るレトリックの特徴は、拡大していく空間と、進みゆく時間との有機的な関係であった。拡張運動は、テキサスやオレゴンはじめアメリカ国家が空間の所有権を主張して自己の領域におさめていく過程であるが、そこには時空間を取り込んだ形の国家的ナラティヴが必要だった。そうしたナラティヴを製造するのに有効な装置として「マニフェスト・デスティニー」が開発されたとすれば、アメリカの拡張運動のレトリックに、時間と空間の関係が織り込まれているのは当然であった。

ここで「マニフェスト・デスティニー」をめぐる時制について考えてみたい。政治文書であれ新聞・雑誌の記事であれ、一つのナラティヴを設定しようとすれば、行なったことを過去形で、行なっていることを現在形で、そしてこれから行なうであろうことを未来形で書く。時間は過去から未来へと一直線に流れ、自らの行為についての因果関係を確認しつつ、過去の結果を現在という時制において確認し、その実感を足場として未来の行動を宣言することができる。

一九世紀アメリカの拡張運動について書かれた文書では、しかし、三つの時制の役割はそれほどクリアでなく、時制は混交している。拡張運動という行為は、やったこと／やっていること／やるつもりのことのどの時制の行為なのか。空間を獲得していく行為の意味が、時間のレトリックのなかでどのように収録されているかについて見てみよう。

「併合論」のテクストを時制という点から点検する。まず、第一パラグラフで、It is (now) time ～というフレーズが三度使われており、現在形で未来の行動への緊急性をあおっている。たとえば「今こそ、愛国主義が国家のために共同で行なう義務が成就されるべき時だ（it is time for the common duty of Patriotism to the Country to succeed）」という具合である。テキサスが言及される第二パラグラフになると、今度は現在完了形の多用と already, no longer という用語が目立ってくる。「すでに（Already）テキサス議会は合衆国への参入を承認しているので、テキサスは「もはや（no longer）単なる地図上の国家ではない（アメリカ合衆国の一部である）。」ここに現れてくるのは、「すでに」ことは行なわれているので「もはや」歴史的因果関係は完結しているという時間認識である。

レトリックとしての「マニフェスト・デスティニー」の根源にある時制は、しかし、現在形、現在完了形にもまして未来形である。これまで見てきた動詞の多くは、「蓋う」「増殖する」「所有する」など、「マニフェスト・デスティニー」を負ったアメリカ国家が未来に向けて行なおうとする動詞である。そのことを一番はっきり打ち出しているのが「偉大なる未来の国家」である。論文のタイトルにすでに「未来」が入っているが、アメリカ国家が偉大である理由として「未来」という概念が繰り返されている。引用を二ヵ所挙げてみる。

遠くまで延びて境界を越えていく未来が、アメリカの偉大さの時代となるであろう。（427）

この引用におけるレトリックの特徴は、未来を語るために空間の用語があてられていることだ。「未来」という時間は、空間的に「遠くまで延びていき（far-reaching）」、空間を区切るはずの「境界を越えている（boundless）」。空間と時間とのからみあいのなかに「アメリカの偉大さの時代」の本質があるというのだ。さらに、次の引用でも時間と空間は特別な関係にある。

拡大していく未来は、われわれの歴史にとって、われわれの領域である。（427）

ここでも「未来」という時間が空間のレトリック「拡大していく（expansive）」で語られており、時間的概念である「未来」が、場所の用語である「領域（arena）」を補語として定義されている。

## 七　時空間を融合するクロノトポス

一九世紀アメリカの拡張運動を語るために「マニフェスト・デスティニー」が有用な装置であると述べてきたが、この言葉が当時、文化的・政治的意味を獲得したのは、西に広がる広大な空間と、前進するアメリカ的時間とを有機的に結合したからであった。ここまで考えたとき、全く別の領域の議論が視野に入ってきた。それは、ミハエル・バフチン（Mikhail Bakhtin）の〈クロノトポス〉（chronotope）である。[15]「時間と空間の分離不可能性」について〈クロノトポス〉という概念がいかに一九世紀アメリカの政治・文化のレトリックの本質にせまるものであるかを述べておきたい。

「小説の時空間」のなかで、バフチンはクロノトポスを「時間的関係と空間的関係との本質的な相互関連」(84)と定義している。とはいえ、この定義だけではクロノトポスの機能の全貌をとらえているとは言えない。バフチン専門家のマイケル・ホルクィストをもってしても「『クロノトポスとは厳密に言うと何なのか』と問われると答えに窮する」(158)と言っている。クロノトポスとは装置なのか？　機能なのか？　ここでは、テクストの言葉がクロノトポス的であった場合、時間と空間をバフチンは、どのような形で紡いでいるかを見てみたい。

文学におけるクロノトポスの場合、空間を指し示す言葉(indicator)と時間を指し示す言葉(indicator)とは、注意深く考えだされた具体的な全体(concrete whole)へと融合していく。(84, 八)

日本語版ではindicatorを「特徴」と訳してあるが、ここでは言語記号という意味にとって「言葉」とした。バフチンがここで述べていることを、われわれの文脈にひきよせてみよう。「空間を指し示す言葉と時間を指し示す言葉」は、「マニフェスト・デスティニー」という言語記号(シニフィアン)となってアメリカ大陸という指示対象(シニフィエ)に結びつき、それが「注意深く考えだされた具体的な全体」としてのアメリカ国家へと「融合していく」と言えるであろう。一九世紀アメリカというクロノトポスでは、「偉大なるアメリカ国家」が「具体的な全体」として時空間のなかに出現するというわけだ。

では、そのとき、時間と空間の融合のレトリックとしてのクロノトポスはいかにして現実を言葉のなかに出現させるのか。バフチンは言う。

> 時間は、凝縮されて密になり（thickens）、肉体としての実体を獲得（takes on flesh）し、芸術的な形で可視化される（artistically visible）。一方、空間も、集約されて（charged）、時間・プロット・歴史の展開に反応する（responsive to）ようになる。（84, 八）

一九世紀のアメリカでクロノトポス的時空間が機能したとすれば、アメリカ国家が拡張し、領域としての土地が広がることで、形のない「時間」が「（アメリカ国家という）実体を獲得し」この過程が「芸術的な形として」行なわれ「可視化される」というのならば、それはまさしく「マニフェスト・デスティニー」という言葉の力によるのではないか。一方、アメリカ大陸という空間は、「（アメリカ的）時間」に反応し、「（神の意図の実現）というプロット」のなかで「（アメリカ国家の）歴史」は生成されていくのである。

バフチンはクロノトポスを論じるのにギリシャ小説、騎士小説、ラブレーなどを取り上げていて、アメリカ文学はおろかアメリカの歴史や文化については全く言及していない。しかし、こうしてみると時空間の融合のレトリックの力というクロノトポスの概念は、社会の息吹としての拡張運動のさなかにある一九世紀アメリカを論じるためにこそあるとも思えてくる。

クロノトポスの特徴としてバフチンは「クロノトポスが筋を（ナラティヴを）作る意味・力」（250, 三三二）を挙げている。一九世紀アメリカの時空間のなかで、「筋の結び目がつながれたり解かれたりする基本的な出来事を組織する核」(250, 三三二)としてのクロノトポスは働き、それが、「マニフェスト・デスティニー」という言葉によって時空間を融合させる力を発揮したことが明らかになるであろう。

## 八　クロノトポス、再表現の力

アメリカという国家は、自由・平等という理念の上に建国されているが、同時に、その理念を社会のなかで実現させようとするリアリズムへの強迫観念にとりつかれている。つまり、言葉が現実を表象する機能を発揮し、現実を言葉によって再表現することを確認し続ける反復強迫に支配されているのがアメリカ文化である。

こうした点から見ると、バフチンの「小説の時空間」の最後に興味深い指摘がある。空間と時間のなかで生きるわれわれにとって「意味がわれわれの経験のうちに組み入れられるためには、聴きとることのできる(audible)、見ることのできる(visible)記号の形(the form of a sign)を取らなければならない」(258, 三四五)というのだ。そして、バフチンの記号理論で特徴的なことは、記号が「時間—空間的表現」(temporal-spatial expression)(ibid.)であると言っている点であろう。

神から与えられた「マニフェスト・デスティニー」に従いアメリカ的空間を拡張していった一九世紀のアメリカ人たちにとって、神意に支えられた理念が、時間とともに広がっていく空間のなかに現実のものとして刻印され、目に見える形で表れてくることが必要であった。そうした体験が、自分たちのなしている行為が神からの認可を受けた証であり、歴史的正統性の証でもあるからだ。

クロノトポスの時空間は、この点において絶大なる力を発揮する。バフチンはクロノトポスのもつ「表象の重要性（the *representational* importance）」（250, 三三二）[16]がいかに現実を創出する力をもつかを以下のように語っている。

> 時間は、実際、手で触れる実体をもち（palpable）目に見えるもの（visible）となる。クロノトポスは物語のなかで、出来事を具体的（concrete）にし、それらに肉体を与え（makes them take on flesh）その血管に血液が流れる（causes blood to flow in their veins）ようにする。（250, 三三二）

時間が空間のなかに実体として表象されるとき、出来事は実体をもった経験として歴史に組み込まれると言うのである。アメリカの空間は、時間として表象されるとき、目に見え、耳に聞こえる何かで満たされていく。

最後に、バフチンの議論の記号論的部分に分け入っておこう。記号としての言語を使用するにあたり、人類がもっとも長いこと翻弄されてきたのは、フェルディナン・ド・ソシュールが発見した記号の指示機能の特質である。つまり、記号とその指示対象との結びつきが恣意的（arbitrary）であり、一つの記号と一つの指示対象との結びつきを記号の使い手が制御できないという事実である。自分たちがその体験や理念を載せる言語記号が、目指す現実に届いてほしい。一九世紀アメリカの拡張運動のなかで交わされる言葉にもこの思いは託されていた。

拡張運動推進の言葉においては、言語記号と指示対象との絆が求められる。そんなとき「マニフェスト・デスティニー」という概念はもっとも有効な手段を与えてくれた。「マニフェスト・デスティニー」という運命のもとに行動する限り、記号と指示対象とは神の意図によって結ばれる。そうした言語を用いる限り、そこに出現するのは妄想でなくアメリカ的現実である。神意による記号論的保証と確信こそが「マニフェスト・デスティニー」という呪文の効果であった。

言語というものが「本質においてクロノトポス的（chronotopic）である」（251）というならば、「空間領域の意味の根源を、時間的関係（temporal relationships）に転移するための仲介となる特徴」（251）こそがクロノトポスである。クロノトポス的なるもの、つまり、時間と空間を仲介する機能が、言葉と指示対象とを結びつける際に全能の力を発揮するというならば、拡張主義を推進するアメリカ国家にとって「マニフェスト・デスティニー」とは国家的行動を認証する光であった。巽孝之の言葉を借りればそれは「イデオロギー的エンジン」（94）として稼働したのである。「拡張運動は、すでに神によって認められているので、やったことは正しい、やっていることは適正、そしてこれからやるつもりのことには神の栄光がやどる」という声がクロノトポス的時空間には響いていたのである。

拡張による空間の急激な膨張にたいし、獲得の不安や罪の意識を透明化するレトリックとして「マニフェスト・デスティニー」という言葉のもつ時制の混合、他動詞性の隠ぺいについてはすでに述べたが、時空間を融合するクロノトポス的レトリックが機能してこそ、この時期のアメリカ国家の自意識は凝縮され、「マニフェスト・デスティニー」は絶妙に機能したのである。

## おわりに――二一世紀の〈クロノトポス的地理学〉

「マニフェスト・デスティニー」は北アメリカ大陸内の運動を推進するレトリックと見なされてきた。しかし、拡張運動によってアメリカという空間が大西洋から太平洋へと連続していくとき、「マニフェスト・デスティニー」に託された任務は、西半球の国家が東半球を包含する地球規模の拡張運動へと横滑りしていく。その意味で一九世紀の拡張運動を推進した「マニフェスト・デスティニー」とは、二一世紀グローバリゼーションへの予感を孕んだものであった。獲得による所有という一九世紀の拡張政策と同様の心理的二重性を抱え込んだまま、グローバルな拡張運動は現在のアメリカ国家によって推進されており、その一部がゆがんだ言語となってトランプ大統領の声のなかにも響いている。

そんななか、アメリカ文化の空間認知について二一世紀的アプローチとなる可能性のある学問領域が最近イギリスで行なわれている。それは、バフチンの〈クロノトープ〉の概念をもとにしながら、時間と場所がどのように結びついて文学テクストのなかで表象されているかを研究する領域で、〈クロノトポス的地理学〉（Chronotopic Cartography）と呼ばれている。ランカスター大学歴史学科の研究チームが中心となって行なっているのであるが、この研究が二一世紀的意味を持つ理由は二つある。一つには、実際の世界の場所や空間を地図化するだけでなく、フィクションとしての文学テクストが、伝統的な地図化モデルへ挑戦する様を研究している点である。そして今一つはその研究が「文学を読み、地図化し、解釈するのにディジタル媒体で行なう新しい方法や手段を開発する」ことに焦点をしぼっているからである。[17]

文学テクストとは、本来、想像上の世界を描いたものであるとされてきたが、この研究領域では、現実世界との対応関係を、文学テクストに描かれた空間と時間とのディジタル化によって可視化することを目指している。この研究所にかかわる研究者たちの仕事を見ていると、イギリス文学を研究対象としているものが多く、アメリカ文学文化を扱った研究はまだ行なわれていない。[18]〈ディジタル人文科学（Digital Humanities）〉が注目を集めつつある現在、地理学と文学の融合をディジタル化によって目指すとき、時間と空間との関係が国家の本質の中心概念であった一九世紀アメリカにおける「マニフェスト・デスティニー」の効果や機能の研究は、この新しい分野で二一世紀的展開をしていくであろう。

【註】

（1）Weinberg, Albert K. は一九三五年の著書で、テキサス、オレゴン問題をかかえるアメリカにおいて、一八四四年の大統領選挙の際に「北米大陸全体を事実上獲得するという考えをアメリカ人たちが初めていだいた」と述べている。「マニフェスト・デスティニー」という言葉が「国家的語彙」となったのはこの段階においてであると言う。（Weinberg 100）

（2）Why, were other reasoning wanting, in favor of now elevating this question of the reception of Texas into the Union, out of the lower region of our past party dissensions, up to its proper level of a high and broad nationality, it surely is to be found, found abundantly, in the manner in which other nations have undertaken to intrude themselves into it, between us and the proper parties to the case, in a spirit of hostile interference against us, for the avowed object of thwarting our policy and hampering our power, limiting our greatness and checking the fulfillment of our manifest destiny to overspread the continent allotted by Providence for the free development of our yearly multiplying millions.

（3）そのうちの四つは the (this) right of our manifest destiny という言い方になっており、残りの一つは a manifest destiny to spread である。

（4）I mean that new revelation of right which has been designated as *the right of our manifest destiny to spread over this whole continent.* (italics original)

（5）注意しておきたいのは、この段階で使われた「マニフェスト・デスティニー」は、アメリカの拡張政策を謳いあげるために持ち出されているわけではないことである。オレゴンをめぐるアメリカ国家内の意見対立のなかでこの言葉が使われており、「マニフェスト・デスティニー」は「攻撃的政策の提唱者の議論のなかで明らかな形で明言されると同時に、それに反対する人たちによって揶揄される形で持ち出されることもあった」（Pratt 795）のである。

（6）先に述べたプラットは、八月と一二月の状況の違いについて「前者の場合は、実質的には終わった問題――テキサス併合――について述べるためにそれ（「マニフェスト・デスティニー」）が使われているが、二度目に現れたとき、それ（「マニフェスト・デスティニー」）は、オレゴンの所有権の議論に当てはめられている。ここに二つのケースの違いがある」（Pratt 798）と言っている。

（7）[The American claim] is *by the right of our manifest destiny to over spread and to possess* the whole of the continent which Providence has given us for the development of the great experiment of liberty and federative self government entrusted to us. (*New York Morning News*, December 27, 1845)（italics Shimokobe）

なお、*New York Morning News*, December 27,1845 に載った“The True Title”へのアクセスはかなり困難なよう

で、ネットで検索するかぎりオリジナルにあたった論文は見当たらなかった。研究者たちがこのテクストを引用する場合は（Merk31-32）と記している。これは Frederick Merk, Lois B. Merk, *Manifest Destiny in American History* (1963) のことであり、この本のなかで Merk は二二行にわたり "The True Title" からの引用を、途中四ヵ所に・・・（省略記号）を入れて引用している。

（8）確かに expand には他動詞もあるが、その目的語は〈事業〉〈知識〉など、自己の構成要素にかかわるものであることが多く、基本的には expand oneself という自己言及的な使われ方がされている。

（9）「膨張する」という空間的拡張を「成長する」という人格的変貌へと横滑りさせたレトリックが、当時政治的スローガンとして使われていた「若きアメリカ」（Young America）である。

（10）(The editor speaks of) our destiny to overspread this entire North America with the almost miraculous progress of our population and power. [ July 9, 1845, *New York Morning News*)]

（11）八頁下から七～六行目にもう一度 manifest destiny to~ という言い回しが出てくる。そこでは the right of our manifest destiny to spread over this whole continent となっていて、this whole continent という目的語はとっているが、over という前置詞があるために spread はここでも自動詞である。

（12）テキサス問題は、しかし、「併合する（annex）」という他動詞で語られており、アメリカ合衆国が対象となる空間を目的語として語る他動詞の典型であろう。しかし、テキサス併合は実は、アメリカが行為して獲得した（他動詞）のではなく、テキサス側からの「自発的合流」の要請に応じただけであったことは皮肉である。

（13）この論文は女性ジャーナリスト Jane Storm という別の人物が、C. Montgomery という偽名で書いたとする説もある。Daniel Walker Howe, *What Hath God Wrought: The Transformation of America,1815-1848*. (Oxford Univ. Press, 2009)

（14）ただし、前者は we may confidently assume that ～に続いてこの文章が来ており、後者では Who, then, can doubt that ～の次にこの文章が続いている。

（15）ロシア語発音では〈クロノトプス〉。Chronotope の定義としては、Emerson と Holquist が以下のようにまとめている。「文字通りの〈時間―空間〉のこと。この言葉で表象される時間的空間的カテゴリーの比率や本質に従ってテクストを研究するための分析方法のまとまり。この研究では、時間、空間のどちらかの領域が優勢というわけでなく、この二つは完全に相互依存していると見なされている。」（"Glossary" in *The Dialogic Imagination* 425）

（16）*representational* のイタリックは英語版オリジナルのもの。また、日本語訳（北岡訳）で、この言葉は「具象化」と訳されている。記号の現実指示能力に関する文脈としてはこの日本語の方がよいかもしれないが、本論では本来の記号論の用語の意味を浮き立たせるために再表現の意味をこめて「表象」という言葉をあてている。

（17）Chronotopic Cartographies (2017-20) はランカスター大学主導のプロジェクトであるが、その前身はランカスター大学の the Spatial and Digital Humanities の研究プロジェクトである。後者が実世界の場所の地図化に焦点を絞っていたのに比べ、本プロジェクトは文学テクストに描かれる想像の世界が、従来の地図化モデルへの挑戦となるという前提で研究を行なっている。https://www.lancaster.ac.uk/chronotopic-cartographies/#about

（18）プロジェクトの中心的研究者 Sally Bushel は "The Map in Victorian Adventure Fiction: Doubleness, Silence and the Ur-Mp in Treasure Island and King Solomon's Mines," (*Victorian Studies* 57.4, 2015, 611-637) を書いている。また、Exploring Literature with NINECRAFT という教育プロジェクトでは、*Frankenstein, Oliver Twist, The Pilgrim's Progress, Mansfield Park, Robinson Crusoe, Through the Looking Glass, Utopia, Gulliver's Travel, The Odyssey, The Rime of the Ancient Mariner, Silas Marner* などの作品が取り上げられている。

**【引用文献】**

Bakhtin, Mikhail, M., *The Dialogic Imagination : Four Essays.* ed. Michael Holquist, trans. Caryl Emerson, Michael Holquist, Univ. of Texas Press, 1981　バフチン、ミカエル『小説の時空間』北岡誠司訳、新時代社、一九八七年。

Emerson, Ralph Waldo. *The Collected Works of Ralph Waldo Emerson.* edited by Robert E. Spiller et al. 6 Vols, Harvard UP, 1971-.

Merk, Frederick and Lois B, *Manifest Destiny and Mission in American History: A Reinterpretation*. Harvard Univ. Press, 1963.

O'Sullivan, John L. "Annexation." *The United States Magazine, and Democratic Review.* vol. 17, no. 85, July-August, 1845, pp. 5-10.

---. "The Great Nation of Futurity." *The United States Democratic Review*, VI, Nov. 1839.

Pratt, Julius W. "The Origin of 'Manifest Destiny.'" *The American Historical Review*, vol. 32, no. 4, July 1927, pp. 795-98.

Tatsumi, Takayuki. *Young Americans in Literature: The Post-Romantic Turn in the Age of Poe, Hawthorne and Melville*. Sairyusha, 2018.

Weinsberg, Albert K. *Manifest Destiny: A Study of Nationalist Expansion in American History.* The Johns Hopkins University Press, 1935.

Speech of Mr. Winthrop, of Massachusetts, on the Oregon question. Delivered in the House of Representatives of the United States, Jan. 3, 1846. 以下の URL からアクセスできる。［HATHI TRUST Digital Library］
https://babel.hathitrust.org/cgi/pt?id=loc.ark:/13960/t0zp4c78f&view=1up&seq=7

Chronotopic Cartography についてのサイト
https://www.turing.ac.uk/research/research-projects/chronotopic-cartographies-literature

二〇二〇年七月にロンドンで行なわれる学会 “Mapping Space, Mapping Time, Mapping Texts” の情報
https://www.lancaster.ac.uk/chronotopic-cartographies/conference/

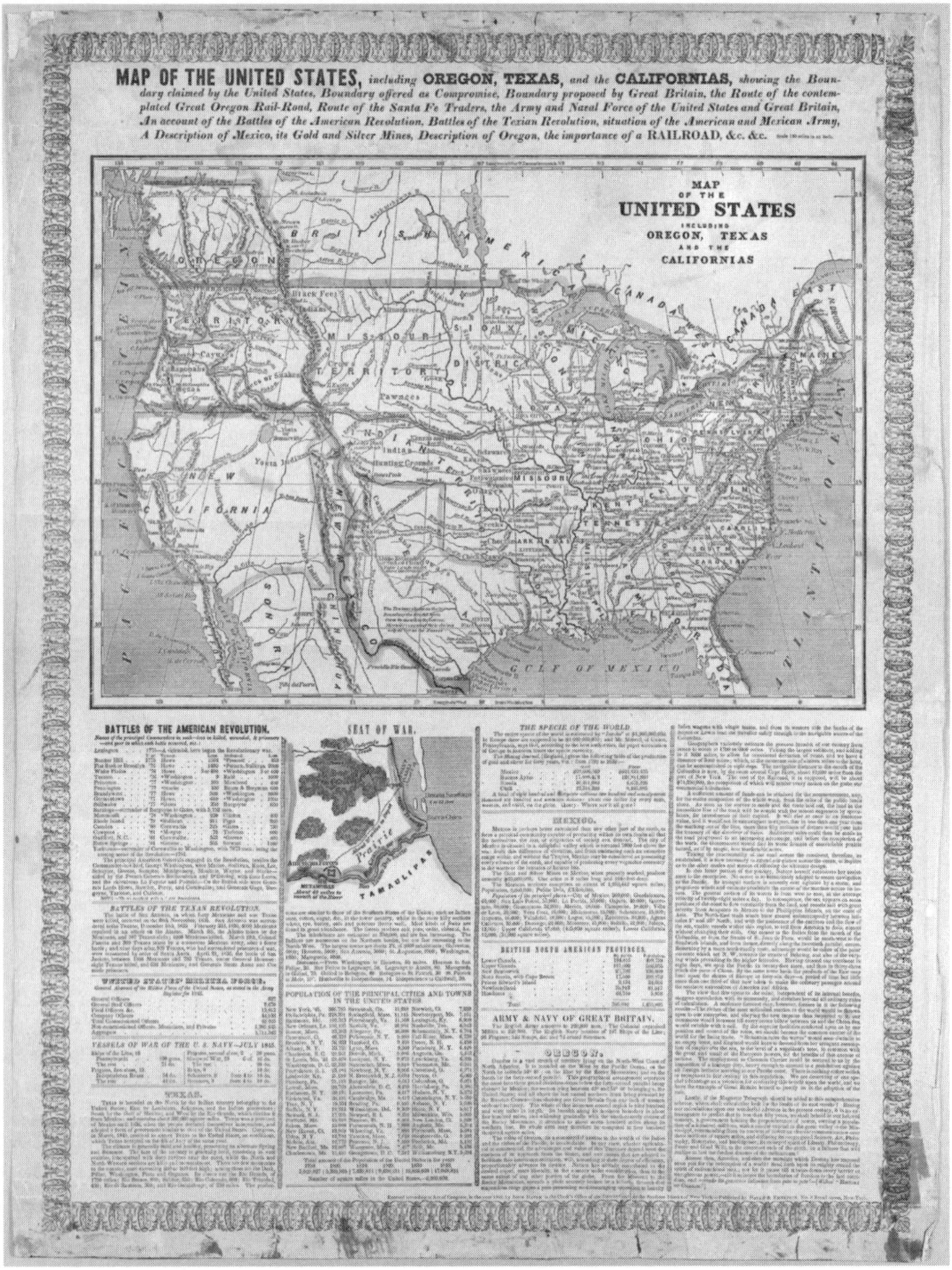


"Map of the United States including Oregon, Texas and the Californias"
地図製作者 Haven, John　ID Number 2091.01 [1846 年製作]
https://digital.library.cornell.edu/?f%5Bcollection_tesim%5D%5B%5D=Persuasive+Maps%3A+PJ+Mode+Collection

# 第一部——アメリカという空間、陸と海と空と

# 第一章　拡張と迫害

## ――『白鯨』における不可能の共同体

田浦紘一朗

# はじめに

一八五一年に出版されたハーマン・メルヴィルの長編小説『白鯨』は、その登場から一世紀半以上が経過したいまもなお、文学批評において重要な役割を担っている。その理由の一つに、『白鯨』という作品が持つグローバルな視座が、二一世紀の文学研究の特徴でもある文学の越境性、すなわち一国の文学を世界とのかかわりのなかへと読み開いていく、という姿勢と強く適合するということが挙げられるだろう。事実、ノートン版『白鯨』第二版(二〇〇二)において三五年ぶりに改稿されたハーシェル・パーカーとハリソン・ヘイフォードによる序文は、そのような文学研究の幕開けを宣言するかのように、二一世紀における『白鯨』の越境性を次のように強調している。

> 合衆国は今一度、地球規模で思考すること(thinking globally)の再帰段階にいる。多くのアメリカ国民が孤立主義を正当化するためモンロー・ドクトリンを採用していた最中、メルヴィルが『白鯨』において行なっていたような。(Parker and Hayford ix)

この引用からは、我々は今こそメルヴィルのグローバルな思考に倣うべきである、という肯定的なメッセージを読み取ることができるはずだ。しかし、『白鯨』というテクストのグローバル性は、果たして手放しに賞賛されるべきものなのだろうか。メルヴィルが『白鯨』においてアメリカの孤立主義を正当化しなかったにせよ、彼のグローバルな思考がどのような状況下で形成され、それが当時のアメリカにおいて何を意味しえたのかという問いは、慎重に考えねばならない。

本稿では、『白鯨』が持つ地球規模の空間へのまなざしを、今一度、「明白な運命」に代表される一九世紀のアメリカ大陸の情勢に照らし合わせて読み直し、本テクストが当時の拡張主義に対して取っている政治的態度を検討する。その際、拡張という空間的主題を一面的に捉えるのではなく、西部開拓史のなかで領土拡張と平行し、絶えず迫害され続けてきたインディアンの扱われ方についても考えてみたい。拡張と迫害の一九世紀、一人のアメリカ人作家メルヴィルは、彼が生きた社会の情況に影響されながら、どのようなテクストを築き上げていったのだろうか。

## 一　仕留め鯨のレトリック

『白鯨』を一九世紀のアメリカ国家の情勢に照らし合わせて読み解こうとしたとき、現在アメリカ合衆国として我々にイメージされる広大な領域が、一九世紀の前半においてはまだ複数の国家によって統治されていた、という事実に留意する必要がある。とりわけ一八四〇年代末のアメリカは、一八四五年のテキサス併合、続くイギリスからのオレゴン獲得（一八四六）、そして米墨戦争（一八四六～一八四八）の末にメキシコからその国土の三分の一を割譲させることで、ついに大陸の西端にまで届く領土の拡大を遂げたばかりであった。一八五一年の『白鯨』は、アメリカという国家が太平洋沿岸にまで至る広大な国土を手に入れた直後に出版された作品なのだ。『白鯨』を執筆していたメルヴィルの目に、当時のアメリカはどのように映っていたのだろうか。以下、『白鯨』がアメリカの領土拡張について言及している箇所を二点精読し、そこからメルヴィルの国土に対する空間認識を探ってみたい。

まずはテキサス併合をめぐるメルヴィルのレトリックを考察することからはじめたい。一八四五年に合衆国に編入したテキサスに対するメルヴィルの明確な言及は、『白鯨』第八九章「仕留め鯨と離れ鯨」に登場する。メルヴィルはこの章において、一六九五年にオランダの議会で可決されたとする「立法府の制定によって権威づけられた唯一の捕鯨法[1]」(*MD* 308) について、二つの簡潔なテーゼを紹介している。すなわち、

第一条、仕留め鯨はこれに策つけたる者の有なり。
第二条、離れ鯨は最初にこれを捕え得たる者の正当の獲物なり。(*MD* 308)

銛を打ち込まれた鯨は誰の所有物か。いったん仕留められた鯨が不慮の事故で手放され、海に漂流している場合はどうだろうか。ここでメルヴィルが披露しているのは、当時の捕鯨航海において実際に起こり得る、鯨の所有権に関する捕鯨法の知識だ[2]。だが、それが単なる知識のひけらかしに終わることはない。『白鯨』執筆において、鯨に関するすべての事柄を人間世界へと敷衍し、拡大解釈しようとするメルヴィルは、「「仕留め鯨」と「離れ鯨」に関する二原則こそが人間世界のあらゆる裁決の根底をなすものである」(*MD* 309) と豪語した後、「仕留め鯨」、すなわち船と繋がった状態の鯨について、次のように述べる。

恐るべき銛打ちジョン・ブル〔英国〕にとってアイルランドは「仕留め鯨」以外の何ものなのか。あの使徒の騎兵のようなブラザー・ジョナサン〔米国〕にとって、テキサスは「仕留め鯨」以外の何ものなのか。かくてこれらのことをすべて考えてみるに、所有（Possession）とは法のすべてではないのか。（*MD* 310）

「持つことは法のすべて」と語るメルヴィルは、捕鯨に関する法文を国家の土地所有の問題へと適用させる。そのとき、彼の頭に浮かんでいた空間が二つある。一つは一八〇一年にグレートブリテン王国に併合されたアイルランドであり、そしてもう一つが、本作執筆中のメルヴィルにとって、まだ併合から数年が経過したばかりのテキサスであった。この「テキサス」という具体的な地名の登場は、作品の長大化を目論むメルヴィルの想像力が、その創作の素材として、彼が生きた当時のアメリカ大陸の情勢を貪欲に取り入れようとしていたことの一つの証左である。それは生々しい一九世紀的表現であり、「所有（Possession）」という概念を軸に「仕留めた鯨」と「仕留めたテキサス」を重ね合せるメルヴィルの隠喩は、当時のアメリカの読者に対し、一定の説得力を持ち得ただろう。しかし、それはあくまでも言語を用いたイメージ操作によるものであり、隠喩の結びつきとは、本来架空のものでしかない。それ以外の何ものなのかという強引な話術によって、メルヴィルが「鯨を捕えること」と「国家の土地所有」の二つの問題系を結びつけようとするとき、その修辞の速度によって、テキサスという現実の空間が持っていたはずの歴史的特殊性はかき消されてしまう。ここで作者の言葉遣いが見過ごそうとしていること、そこに手つかずのまま放置されている文脈を再構築することは、「明白な運命」の時代における『白鯨』を考えるための重要な契機となるはずだ。

メルヴィルのレトリックに潜む空間への態度を検討するため、彼が見出した「テキサス」と「仕留め鯨」との修辞的結びつきを一度緩めてみる必要がある。まず、アメリカがテキサスを自らの国土として法的に「仕留め」る以前、すでにその土地はいくつかの国家によって所有の銛を打ち込まれていた、という空間に流れる時間の厚みに注目してみよう。その土地はまず、西洋における所有という概念の外側にある、いわば無法の空間であり、なによりも先住民たちの住みかであった。髙瀬裕子の言葉を借りれば、その土地は捕鯨業者が呼ぶような仕留め鯨でも離れ鯨でもなく、「ただの鯨」（髙瀬一二八）であったのだ。クリストファー・コロンブスの一四九二年のアメリカ大陸発見以後、テキサスという空間が西洋的な所有の概念のなかに深く組み込まれていくのは一六世紀以降のことだ。その空間はまず、一六世紀初頭にスペインの侵略に遭った。一六八五年から一六八九年には、フランスがその領有を主張したことにより、短い期間フランス領テキサスが存在した。一八二一年から一八三六年の間は、スペインから独立を勝ち取ったメキシコがその地を支配していたが、一八三六年、そこからさらにテキサス共和国が独立。そして一八四五年、テキサスはようやくアメリカ合衆国の領土となるのである。つまり、我々がテキサスと呼ぶ空間は、アメリカによって突然に仕留められたわけではないのだ。メルヴィルの修辞の結合力を緩め、そこで言及される空間に本来流れていたはずの時間を再度テクストに挿し込むことによって、彼の言葉遣いのある種の性急さが見えてくるだろう。メルヴィルが放った「仕留め鯨」のレトリックは、スペインによる植民地化以来、かわるがわる続いてきたテキサス領有の過去を、そのいくつもの「仕留め」といくつもの「離れ」の歴史を見過ごすことによってこそ成り立っているのだ。それ以外の何ものなのかという言語上の操作は、ではテキサスはそれ以外の何ものであったのか？という思考の可能性をいとも簡単に排除してしまうのである。

## 二　球体規模のレトリック——水陸両用のデスティニー

前節ではテキサス併合に関するメルヴィルのレトリックについて考察してきた。以下ではその翌年に起きた米墨戦争、およびその結果として生じたメキシコ割譲を暗示する箇所を見ていきたい。『白鯨』における米墨戦争への言及は、第一四章「ナンタケット」に登場する。この章の冒頭、物語の導き手イシュメールは、当時もっとも捕鯨が栄えていた港湾都市ニューベドフォードに一度は立ち寄りつつも、出航の地をアメリカ捕鯨の伝統の地ナンタケットに定める。定期船モス号に乗っての短い航海の末、ナンタケットの港に降り立ったイシュメールは、「この島がどのようにして赤人たち（red-men）の定住地となったか、その驚くべき伝承（wondrous traditional story）を顧みたまえ」（*MD* 65）と述べ、ナンタケットを発見したインディアンの伝説を語り始める。鷹に幼子をさらわれたインディアンがカヌーを漕ぎ出し、ニューイングランドの岸辺から「危険な水路」（*MD* 65）を渡り、やがて未知の島ナンタケットに辿り着いたという、捜索と発見の物語である。そして、その物語の直後の段落において、イシュメールは次のように述べる。

してみれば、この浜で生まれたナンタケットびとが溌剌たる生活を求めて海へ出ていくことに何ら不思議はない。最初は砂浜のなかで蟹やハマグリを捕らえていた。……さらに場数を経ると、ボートを出してタラ漁を行なった。そしてついには……この水の世界を絶え間なく際限なくぐるぐると巻き、ベーリング海峡さえも覗いたのだ。（*MD* 65）

インディアンの逸話から一転し、イシュメールが語るのは、いわばナンタケット海洋産業史の縮図である。砂中の蟹やハマグリ漁、タラの岬（Cape Cod）という地名の由来ともなったタラ漁、そしてベーリング海峡の捕鯨へと、その島の海洋産業は発展していった。そしてこれらの産業の発展は、右記の引用に見られる空間への言及、砂浜から沖合、ベーリング海峡といった空間（漁場）の開拓とわかちがたく結びついている。経済的には最先端の港であるニューベドフォードではなく、捕鯨都市としては遅れをとっていたナンタケットをあえて出港の地に設定したのは、ナンタケットという土地がもつ空間拡張のイメージを、メルヴィルが『白鯨』に取り入れようとしていたからだろう。しかしながら、その拡張イメージの形成には、どこか論理を圧縮したような痕跡がある。留意すべきは、イシュメールが最初に語る伝承においては、その物語の主体が“red-men”、つまりはアメリカの先住民であるのに対し、直後の段落では、それが「この浜に生まれたナンタケットびと（Nantucketers, born on a beach）」という曖昧な主体へとすり替わっている点だ。この主体を明確にするならば、ナンタケットに生まれ、やがてはベーリング海峡にまで到達したものたちとは、その土地の捕鯨業者のことに他ならない。ここで見過ごしてはならないのは、その共同体はあくまでもアメリカの白人によって経営されていたということだ。つまりメルヴィルは、はじめに紹介した“red-men”の物語を、アメリカ捕鯨産業の発展を賛美するための材料として白く加工しているのである。果たしてその文脈化は成功しているだろうか。ここでメルヴィルが次の段落の文頭に用いる接続詞に注目してみたい。

そしてそれゆえに（And thus）、この裸のナンタケットびとたちは……幾人ものアレクサンダー大王たちのようにこの海の世界を蹂躙し、征服し、みなで大西洋、太平洋、インド洋をわけあった。……アメリカがメキシコをテキサス州に加えようと構うものか、またカナダの上にキューバを積み重ねようと構うものか。……この陸地と海とを合わせた球体の三分の二はナンタケットびとのものなのだ（two thirds of this terraqueous globe are the Nantucketer's）。（*MD* 65）

その勢いのある語調に逆らってこれらの文章を眺めたとき、「そしてそれゆえに」という文頭に置かれた接続詞に、段落同士の論理をどうにか繋ぎとめようとするメルヴィルの修辞の仕草を見透かすことができるだろう。話を誇張して語るという行為は、それ自体が弁論術の一つであるが、それは論理の欠如を隠蔽しながら、メッセージの受け手に一方的な言葉を押しつけることによってこそ機能する。先の引用において、メルヴィルはアメリカの先住民ではなく、“Nantucketers”というより幅広い集団に、つまりは白人を中心とした共同体に対して無条件の拡張の権利を約束している。そして、その強引な論理の流れのなかに象徴的に差し挟まれているのが、「アメリカがメキシコをテキサス州に加えようと構うものか」という、当時の北アメリカ大陸の情勢を示唆する文章だ。メキシコとの戦争によって、アメリカの領土がテキサスからさらに西へと延びてゆくことに対し、メルヴィルはどのような反応を示しているだろうか。引用中の"globe"という語、およびそこに付随する形容詞に注目したとき、そこには一九世紀におけるアメリカの西部開拓と共鳴しあうようなもう一つの運命が、「陸地と海とを合わせた球体（terraqueous globe）」(3)の大部分は我々のものであるという、地球規模の「明白な運命」が予感されている。メルヴィルはナンタケットの捕鯨業者たちを国家に比肩する一つの共同体と捉え、大西洋、太平洋、インド洋を遠く射程に捉えながら、これをアメリカの領土拡張神話と併走させるのだ。ここにおいて描かれるような、アメリカの拡張主義の精神と『白鯨』との親和性に対し、エドワード・サイードは次のように述べている。

もちろん、こうしたアメリカによる世界覇権の追求は、大げさに、冗談めかして書かれているから、概して美学的な文脈で読まれるべきではある。しかし、このすぐれた小説の読者の誰もが……メルヴィルがアメリカの歴史と文化に脈々と流れる帝国のモチーフのようなものを、きわめて正確に捉えていると感じざるをえないのだ。（サイード 六八）

『白鯨』が持つグローバルなヴィジョンが、アメリカという国家の帝国思想と表裏一体となって存在しているということを忘れてはならない。それは確かに「美学的な文脈で読まれるべきではある」とサイードは述べている。しかし、同時にそこに「帝国のモチーフ」を読み込もうとする彼の態度は、文学の言語に宿る政治性を検討する上で重要な意味を持つはずだ。メルヴィルが『白鯨』に用いた空間に関するレトリックが、同時代の拡張主義者たちのレトリックと重なっているとすれば、これを作家個人の美学の領域に属するものではなく、一九世紀アメリカの政治的情動に動機づけられたものとして読み直すことができるかもしれない。次節では、『白鯨』の五年前に書かれたジョン・オサリヴァンの「併合論（Annexation）」を分析し、メルヴィルの文学的な言語とオサリヴァンの政治的な言語との共通点とその差異を探ってみたい。

## 三　テキサスをめぐる修辞的情動

一八四五年の『デモクラティック・レビュー』に掲載されたジョン・オサリヴァンの「併合論」は、テキサス共和国のアメリカ合衆国編入を熱烈に支持するために書かれた政治的文書であり、そこで用いられた「明白な運命（manifest destiny）」[4]（O'Sullivan 6）の語は、その後のアメリカの拡張主義を正当化する「不朽の国家の語彙（permanent national vocabulary）」（Pratt 798）となっていった。メルヴィルはそのような拡張主義的な言説に対しどのような立場を取っていただろうか。批評家のヘンリー・ナッシュ・スミスは、『白鯨』の二年前に出版されたメルヴィルの長編小説『マーディ』について、『マーディ』は「明白な運命」を崇拝する西部の政治家たちに月並みな攻撃を加えている」（Smith 78）、と簡潔に述べている。たとえば『マーディ』の第一六一章「彼らは神の声を聞いた」には、「勝手に盗むのは自由ではない。今は諸君の地域を拡大し過ぎてはならぬ」（*Mardi* 529）とあるが、ここでメルヴィルは明らかに、「明白な運命」を振りかざすオサリヴァンや、それに追従する拡張主義者たちを揶揄している。しかしながら、これまで考察してきたように、テキサス併合、およびメキシコ割譲に対する言及において、『マーディ』からわずか二年後に書かれた『白鯨』に、アメリカの拡張主義を否定するようなニュアンスはなかった。むしろそこには、一度達成された国土の拡大に対し何らためらいを持たない、小説家の領土拡張への態度が見受けられよう。『マーディ』と『白鯨』、両テクストにおけるメルヴィルの態度は一貫していないのだ。これは彼の政治的態度の転向を意味するのだろうか。メルヴィルの言語に宿る政治性を慎重に検討するため、以下、オサリヴァンのテクストに見られる併合のレトリックを見ていきたい。

はじめに確認したいのは、メルヴィルはテキサス併合の後に『白鯨』を書き、オサリヴァンはその前に「併合論」を書いた、という二つのテクストの時系列ではなく、「併合論」執筆中のオサリヴァンにとっても、『白鯨』を書いていたメルヴィル同様、テキサスはすでに仕留められた空間であったということだ。というのも、オサリヴァンが「併合論」を書く以前から、テキサス共和国の議会はすでに合衆国への編入を受け入れていたからである。(5) よって、「併合論」の第二段落は次のようにはじまっている。

テキサスはいまや我々のものである。すでに——この文章が書かれる以前に——(before these words are written,) テキサスの協議会は、我々のなした連邦への招待の受諾を、その議会によって疑う余地もなく批准していたのである……。(O'Sullivan 5)

テキサスのアメリカ編入は、オサリヴァンが「併合論」を発表する以前からすでに政府間で取り決められていた事実であった。ではオサリヴァンはなぜこのような文書を書く必要があったのだろうか。その理由の一つにはアメリカの奴隷制度がある。奴隷制を採用していたテキサス共和国を合衆国に加えることに、当時、北部のアメリカ国民の多くが難色を示していた。無論、他にもさまざまな思惑はあれ、オサリヴァンの「併合論」は、議会の承認によってすでに加入が決まっている状態のテキサスが、アメリカにおいてその実際の法的効力を発生させるまでの期間に、アメリカの世論を操作するために書かれた文書であるといえよう。仕留めたはずのテキサスには、いまだ民意の銛が深く突き刺さっていなかったのである。

併合に向けて国民の意識を一体化させるため、オサリヴァンはどのような言葉を用いているだろうか。先の引用における「――この文章が書かれる以前に――」という短い挿入句に焦点をあててみたい。ここでオサリヴァン自身の「言葉以前（before these words）」に起きたこととはなんだろうか。それは「疑う余地もなく（undoubtedly）」という語によって強調されているように、併合案の批准（ratification）という政治的決定に他ならない。このオサリヴァンの前置きからは、「併合論」全体の論理の調子のようなものを読み解くことができるだろう。オサリヴァンにとって、国家の決定および「神意（Providence）」（O'Sullivan 6）が絶対であり、言語とはあくまでもその伝達を補助するものでしかないのだ。「この文章が書かれる以前に」という挿入句が示すオサリヴァンの論理の早急さは、「併合論」の読者に対し、緻密な読解といった読書行為ではなく、彼の言葉の感情へとドライブされていくことを促す。オサリヴァンのレトリックがもたらす、この論理展開の速度ついて、今度は同じ

【図1】
*Great Seal of the United States, c.1850* . Illustration. *Britannica ImageQuest,* quest.eb.com/search/america-national-emblem/1/108_297225/Great-Seal-of-the-United-States-c.1850. Accessed Jan 10, 2019.

【図2】
*Texas State Flag*. Illustration. *Britannica ImageQuest,* quest.eb.com/search/texas-flag/1/309_365309/Texas-state-flag.%20Accessed%2010%20Jan%202019. Accessed Jan 10, 2019.

く第二段落に頻出する「すでに(already)」という副詞の効果を考えてみたい。

すでに……テキサスの協議会は……批准していたのである。……テキサスの星およびストライプ【図1】は、すでに我々の共通な国家の栄光ある紋章【図2】のうちにその位置を占めていたといえよう……。我等が鷲の羽ばたきは、すでにそのなかにテキサスの美しく肥沃な土地を含んでいるのである。……愛国心はすでに国民の心臓の中で脈打ちはじめているのだ。(O'Sullivan 5 傍線田浦)

「すでに(already)」とは、あることが実際に起こった(または起こっている)という感覚をメッセージの受け手に伝えるための副詞である。ではオサリヴァンはどのような出来事の感覚を当時の読者に伝えようとしているのだろうか。右記の文章における"already"の用法を注意深く検討したとき、それら四つのうち、実際にその出来事の始まりを遡ることができるのは、その一度目の「すでに」において示唆される「批准」の日付だけであるということがわかるだろう。それは裏を返せば、それ以外の"already"は、本来時間の概念では把握できない出来事を、「起きたこと」ないし「いままさに起こっていること」として、言語によって強制的に表現するために用いられているということだ。オサリヴァンが読者の脳裏に敷き詰めていく、この連続する「すでに」の感覚は、最後の一文においては、アメリカ国民の心の内部にうごめく「愛国心」へと作動するように配置されている。国民の愛国心は「すでに……脈打ちはじめている」と書き込むとき、それまで持続されてきた「すでに」の感覚によって、オサリヴァンは一種の巧妙な感情論を展開しているのである。そして、同じく第二段落における次の引用は、その模範的な愛国者の一人でもあったオサリヴァンが、テキサスという空間をどのように捉えていたかを端的に示している。

それはもはや（no longer）単なる地理上の空間（a mere geographical space）——ある一連の海岸、平原、山、渓谷、森および河——ではない。それは我々にとってもはや（no longer）単なる地図上の国家（a mere country on the map）ではなくなったのである。それは「親愛なるわたしたちの国土」あるいは「神聖なる」と呼ぶものとなったのである……。（O'Sullivan 5）

オサリヴァンが二度書き込んだ「もはや……ではない」という言葉は、それ以前においては確かにそうであったが、しかし今では、という前提を暗黙裡に持つ。つまりこの文章は、テキサスは「単なる地理上の空間」であった、という空間認識を読者に強要することで成り立っているのだ。そのとき、その併合の修辞学は、テキサスという空間に流れる侵略と占有の歴史などまったく存在していなかったかのように振る舞う。ここに、かたや政治的テクストとされる「併合論」、かたや文学的テクストとされる『白鯨』の空間表象に通底する言説の同時代性を見出すことができるのではないだろうか。そこで言及されるテキサスは、過去という時間の厚みを一切持たず、つねに拡張の未来を志向しているのである。

メルヴィルはテキサスを「仕留め鯨」以外の何物でもないと呼び、オサリヴァンはそれを「単なる地図上の空間」であったと呼んだ。そこで失われた時間感覚を『白鯨』において考えるための手がかりは何だろうか。一九世紀、「アメリカの作家は意図的であろうとなかろうと……インディアンの物理的排除や追い出しを正当化する過程に手を貸していた」(一五)と述べる批評家のルーシー・マドックスは、当時の拡張主義者たちが思い描いていた来たるべきアメリカの心象風景を次のように素描している。

> 領土拡大論を信奉する十九世紀半ばの政治家たちは……インディアンたちが生きた大地を広大な無人の空間だと思い描き、成長するアメリカの歴史の次の章が書き込まれるのを待ち受けていると想像していた。(マドックス 七九)

この指摘が本稿を進める上で示唆的なのは、一九世紀の言説における空間問題を考える際、マドックスが、空間を単なる地理的な広がりとしてではなく、同時に、それを人間の住みかとしても捉えるよう、強く思考している点にある。本稿はここで、『白鯨』と「併合論」の空間表象に欠けていた過去という時間の厚みを、その空間に住まう人々の歴史として捉え直してみたい。「明白な運命」はインディアンの存在をかぎりなく透明化したイデオロギーであり、ゆえに、オサリヴァンの「併合論」にインディアンに対する言及は一切出てこない。では『白鯨』の場合はどうだろうか。メルヴィルもまた、西部開拓によって居住地を追いやられるインディアンの姿を『白鯨』に直接書き込むことはなかった。しかしながら、彼はアメリカの空間開拓史において追いやられてきたインディアンの存在を、あたかも歴史の周縁から中心に反転させるかのように、エイハブ率いる捕鯨船「ピーコッド号」という架空の共同体のなかへと組み込むのである。ではメルヴィルの『白鯨』は、インディアンの排除と一体となった一九世紀の拡張主義的イデオロギーにどこまで寄り添い、あるいはときにそこから反撥しようとするテクストなのだろうか。その不確かな境界に踏み込むために、次節では『白鯨』に描かれたインディアン表象を一点検討してみたい。

## 四　海洋上のユートピア

『白鯨』というテクストに海が描かれるとき、そこにはテキサス併合やメキシコ割譲といった一九世紀アメリカの大陸表象が常套句のように接続される。しかし、そこでメルヴィルが拡張主義者的なレトリックを用いているからといって、それを作者の政治意識の率直な反映だとみなすのは尚早だろう。おそらく『白鯨』におけるメルヴィルの言葉遣いは、当時のアメリカ捕鯨産業が持っていた、地球全域（"terraqueous globe"）をぐるりと経済化しようとするような拡張への欲望に強く引っ張られて存在しているからだ。では、アメリカの国土獲得と一対となったインディアン排斥については、彼は『白鯨』のなかでどのように反応し、あるいは沈黙しているだろうか。テクストにアメリカ先住民の姿が登場するということが、少なくとも彼が沈黙しなかったことの証である。だがそれだけでは不充分だろう。多くの捕鯨史家が指摘するように、アメリカの捕鯨業において、捕鯨船にインディアンが雇われることは珍しいことではなかったからだ（Dolin 69-71, 274）。問題となるのは、あくまでも捕鯨小説『白鯨』におけるインディアンの扱われ方だ。

メルヴィルのインディアン表象という点で、『白鯨』はメルヴィル作品において特異な位置を占めている。メルヴィルは『タイピー』における捕鯨船「ドリー号」にも『マーディ』の捕鯨船「アークチュリオン号」にもインディアンの水夫を登場させることはなかった。しかしながら『白鯨』においては、「純血のインディアン（unmixed Indian）」（*MD* 106）、という表現を用いて、「過つことなき銛（unerring harpoon）」（*MD* 106）を放つ凄腕のインディアン、タシュテゴ（Tashtego）を登場させている。タシュテゴはピーコッド号沈没時も最後に海に飲み込まれていく、読者に強い印象を残す水夫だ。(6)

船の沈没までを追う『白鯨』とは違い、『タイピー』や『マーディ』は捕鯨船からの脱走によって物語が進展するため、他の乗組員たちを詳しく描写する必要がなかったのかもしれない。しかしそれでも、メルヴィルが『白鯨』の執筆過程においてインディアンの存在を大きく取り入れようとしていた事実を看過すべきではない。なによりも、エイハブ指揮する捕鯨船ピーコッド号という名前自体が、インディアンの部族に由来するものなのだ。第一六章「その船」において、語り手イシュメールは「ピーコッド（Pequod）とは、もちろん諸君も思い出すだろうが、いまでは古代メディア人のように滅亡してしまったマサチューセッツ・インディアンの名高い部族の名だ」（*MD* 69）と述べる。語り手が読者に対し、「もちろん諸君も思い出すだろう（you will no doubt remember）」と言葉を投げかけるとき、そこには当時のアメリカ社会におけるインディアン問題への意識の高さが如実に現われている。だが、メルヴィルはここで明らかな誤りを犯してもいる。ノートン版の註によれば、メルヴィルは若い頃にベンジャミン・トランブルの『コネチカット全史』を読み、英国の入植者たちがピーコッド族の土地を収奪するために行なった「ピーコット戦争（Pequot War）」（一六三六〜一六三八）に関する知識を得たようだ（*MD* 69n4）。しかし、メルヴィルはコネチカットの部族であるはずのピーコッド族を、『白鯨』ではマサチューセッツのインディアンと誤って表記している。メルヴィルはフィクション上の船の命名によって読者にインディアンの存在を喚起させたが、それは物語の舞台となる捕鯨船を飾り立てるための一要素にすぎなかったのだろうか。本稿はメルヴィルのこの誤記を、『白鯨』を執筆するメルヴィルのある地理的感覚から生じたものとして積極的に捉え直してみたい。

テクストを離れ、『白鯨』を書くメルヴィルの環境に目を向けたとき、メルヴィルは本作執筆中の一八五〇年九月、マサチューセッツ州バークシャー郡のピッツフィールドにて農場を購入し、そこである象徴的な命名行為を行なっている。その土地ではインディアンが放った古い弓矢の矢尻が出土することがあり、メルヴィルは自身の邸宅を「アローヘッド（Arrowhead）」と名づけた。そしてその地で、難航する『白鯨』の執筆に専念したのである。コネチカットの部族であるはずのピーコッド族をマサチューセッツのインディアンと表記したことは、本来ならば白人作家の事実誤認と捉えるのが妥当だろう。しかし、先住民の狩猟生活や、土地をめぐる戦いの痕跡が埋め込まれたピッツフィールドの風土が、彼にその創造的な書き損ないを引き起こさせたのかもしれない。ジェイ・レダによる膨大な資料集『メルヴィル・ログ』には、その農地でのメルヴィルの「最初の鋤入れ（first plowing）」によって出土した「インディアンの遺物（Indian relics）」が「アローヘッド」という名前の由来となった、という記録が残されている（Leyda 395）。筆者の調べた限り、その実際の矢尻がいまもなお保管されているという事実はなく、このような記録に実証可能性はない。しかしながら、メルヴィルがもし——たとえそれが「最初の鋤入れ」などという劇的な瞬間ではなかったにせよ——『白鯨』執筆中に先住民の矢尻を掘り当て、そこにまとわりついた土を払い、いまは亡きインディアンの痕跡をその手触りから得たとすれば、そこには伝記的素材を超えた『白鯨』執筆時の彼の想像力の手がかりが隠されているかもしれない。というのも、矢の切っ先という物質性を伴ったイメージ、およびそれとインディアンとの関わりは、『白鯨』というテクストの内部に作者の無意識のように反映されているからだ。インディアンの遺物をめぐる彼の触覚を、テクストのなかから掘り起こしてみたい。

『白鯨』第一一三章「鍛冶炉」において、エイハブは鍛冶屋のパースに対し、宿敵モービー・ディックを「確実な死へと至らせる硬度（true death-temper）」（*MD* 371）を持つ銛を作るよう命じる。その先端部に取り付ける刃を鍛造する際、エイハブは自らの剃刀を差し出すが、パースによって鍛えられる彼の剃刀の刃は、次第に「矢のような形状（arrowy shape）」（*MD* 371）を呈し始める。メルヴィルは『白鯨』において捕鯨に使う銛を弓矢に譬えることがあり、他にも第二七章「騎士と従者」では、インディアンの水夫タシュテゴが放つ銛を、彼の先祖たちが放ってきた「必中の矢（infallible arrow）」（*MD* 106）と重ね合わせてもいる。鍛えた刃に焼き入れをしようとするパースを制し、エイハブはある儀式を行なう。タシュテゴ、クイークエグ、ダグーの三人の銛打ちたちを呼び寄せ、彼らの血でもって刃に焼きを入れるのだ。この焼き入れの場面で、エイハブは三人の銛打ちたちを「異教徒たち（pagans）」（*MD* 371）とひとまとめに呼ぶ。インディアンのタシュテゴ、南太平洋出身のクイークエグ、アフリカ出身の黒人ダグーは、当時のアメリカであれば社会の周縁部へと追いやられていた存在だが、迫害されたインディアンの部族、「ピーコッド」の名を冠した船のなかで、エイハブは彼らを自らのプロジェクトの中心に据える。メルヴィルはそのようにして、アメリカという共同体から排斥される者たちを、架空の捕鯨船へと組み込んでいるのだ。作中、彼らのようなナンタケットびとではないピーコッド号の船員たちが、「おのおのが隔たった自分一人の大陸に住んでいる（living on a separate continent his own）」（*MD* 107）者たちであると表現されていることは、この文脈において重要な意味を持つ。複数の「大陸」が象徴的に内包された空間として捕鯨船ピーコッド号を捉えたとき、『白鯨』というテクストは、「明白な運命」が自明視する、白人を中心としたアメリカ大陸の単眼的な見方に対し、抵抗の素振りを見せ始める。白い鯨を求め、多人種たちが海洋上の平等を形成するその想像上の共同体は、現実のアメリカにおいて形成不可能な人種混淆のユートピアであったといえよう。

## おわりに

一九世紀のアメリカ大陸の歴史が複雑に編み込まれた海洋小説『白鯨』には、当時の拡張主義的な言説に対するメルヴィルの二重の意識が反映されている。メルヴィルはアメリカの領土拡張を正当化し、ときにはそれを賛美するような表現をテクストに紛れ込ませながらも、そこに表裏一体となって存在する他者の排除という問題に関しては、これをピーコッド号という海洋上のユートピアを描くことによって文学的に解決しようとした。拡張と迫害の一九世紀アメリカにおいて、メルヴィルのテクストには、そのようなイデオロギーへの抵抗が見受けられるのである。

しかしながら、そこで提示される架空の連帯に対し、『白鯨』の結末はある不可能性を突きつけている。白い鯨を追って世界を旅するピーコッド号は、その航海の末、日本海付近を南下した先でモービー・ディックの反撃にあって沈没する。『白鯨』の物語が最終的に我々に提示するのは、理想の共同体の達成ではなく、フィクションにおいてすらその達成を阻まれる、ユートピアの不可能性なのだ。この結末が示唆するものとは何だろうか。本稿はこの問いに対し、エイハブが白鯨に対して抱く憎悪の感情を手掛かりに、最後に一つの見解を示してみたい。

すべての悪は、狂えるエイハブにとっては、モービー・ディックという目にみえる化身となり、現実的に攻撃可能な対象となって現われた（[A]ll evil, to crazy Ahab, were visibly personified, and made practically assailable in Moby Dick）。彼はアダム以来の全人類が感じた怒りと憎しみの全量をば、ことごとくあの鯨の白瘤の上に積み重ねたのだ……。（*MD* 156）

エイハブはモービー・ディックを単に自らの復讐相手としてではなく、この世の悪を「擬人化／体現した（personified）」象徴物として捉えた。そしてピーコッド号という共同体は、この「攻撃可能（assailable）」な象徴物たる一頭の鯨を討伐することを目的に航海を進めてきた。メルヴィルは現実のアメリカにおいて存在した人種間の対立を、フィクショナルな航海において溶解させたが、その連帯は、つねに他なる迫害対象を求めずには成立しえないものであった。『白鯨』の結末が苦々しくも示しているのは、現実においても虚構においても達成困難な、ユートピアの（不）可能性であり、理想と現実を跨ぐその葛藤にこそ、小説家メルヴィルが「明白な運命」に対して取る、テクスト状の政治的態度が宿っているのではないだろうか。

【註】

（１）以下、『白鯨』からの引用に際しては新潮社の田中西二郎訳を参照したが、文脈に応じて訳文を一部変更した。

（２）「二〇〇海里」として知られるような「排他的経済水域（Exclusive economic zone）」が国際的な海洋法に取り入れられていくのは一九七〇年代以降のことである。メルヴィルの時代、海洋資源としての鯨は未だ近代的な所有の概念のなかにあった。

（3）ＯＥＤによれば"terraqueous"には「陸と海で構成された」という意味があり、とりわけ"globe"という語と対となって用いられる（"terraqueous, n1"）。
（4）以下、「併合論」からの引用に際しては『原典アメリカ史』第三巻を参照したが、文脈に応じて訳文を一部変更した。
（5）テキサス第四代大統領アンソン・ジョーンズは、一八四五年六月二三日にテキサス併合をめぐる共同決議案を承認した。そして同年一二月二九日、テキサスは正式に合衆国二八番目の州となる。テキサス併合に関する法案については以下のウェブサイトを参照した（http://avalon.law.yale.edu/19th_century/texan02.asp）。
（6）『白鯨』におけるタシュテゴの役割については大島に詳しい（一一四―一一三）。

## 【引用文献】


Dolin, Eric Jay. *Leviathan: The History of Whaling in America*. W.W. Norton, 2008.

Leyda, Jay. *The Melville Log: A Documentary Life of Herman Melville 1819–1891*. Vol. 1, Gordian P, 1969.

Melville, Herman. *Mardi: and A Voyage Thither*. Edited by Harrison Hayford, Hershel Parker, and G. Thomas Tanselle, Evanston and Chicago: Northwestern UP and the Newberry Library, 1970.

---. *Moby-Dick: or The Whale*. Edited by Hershel Parker and Harrison Hayford, 2nd ed., W.W. Norton, 2002.（ハーマン・メルヴィル『白鯨』（上・下）田中西二郎訳、新潮社、一九五二年）。

---. *Typee: A Peep at Polynesian Life*. Edited by Harrison Hayford, Hershel Parker, and G. Thomas Tanselle, Evanston and Chicago: Northwestern UP and the Newberry Library, 1968.

O'Sullivan, John L. "Annexation." *United States Magazine and Democratic Review* 17.1 (1845): pp. 5-10.（ジョン・L・オサリヴァン「マニフェスト・デスティニィ」『原典アメリカ史　第三巻　デモクラシーの発達』）アメリカ学会訳・編、岩波書店、一九五三年。

Parker, Hershel, and Harrison Hayford. Preface. *Moby-Dick: or The Whale,* by Herman Melville, 1851, 2nd ed., W.W. Norton, 2002, pp. ix- xiv.

Pratt, Julius W. "The Origin of 'Manifest Destiny.'" *The American Historical Review* 32.4 (1927): pp. 795-98.

Smith, Henry N. *Virgin Land: The American West as Symbol and Myth.* Harvard UP, 1950.

"Terraqueous, n1." *Oxford English Dictionary*, 3rd ed., 2018, *OED Online*, www.oed.com/view/Entry/199515?redirectedFrom=terraqueous#eid. Accessed 10 January 2019.

大島由起子『メルヴィル文学に潜む先住民――復讐の連鎖か福音か』彩流社、二〇一七年。

サイード、エドワード・W「『白鯨』を読むために」『故国喪失についての省察』第二巻、大橋洋一ほか訳、みすず書房、二〇〇九年、五八―七九頁。

高瀬祐子「ハーマン・メルヴィル「バートルビー」におけるサブタイトルの謎――「バートルビー」はなぜ「ウォール街の物語」なのか」『静岡大学教育研究』第一〇巻（二〇一四年）一二三―一二九頁。

マドックス、ルーシー『リムーヴァルズ――先住民と十九世紀アメリカ作家たち』、丹羽隆昭監訳、開文社出版、一九九八年。

# 第二章　翼の福音、それとも呪われた凶器？

## ――リンドバーグと飛行の物語

石原　剛

# はじめに

鳥のように空を自由に飛ぶこと、それは地上に生きるしかなかった人類が、古《いにしえ》より思い描いた最大の夢のひとつだ。翼を得ながらも、太陽に近づき過ぎたがために翼が溶けて墜落死したイカロスの運命が示唆するように、長い間人類は空を見上げながら、そこに神への畏れを感じるほかなかった。しかし一九〇三年、オハイオで自転車業を営んでいた無名のアメリカ人の兄弟が、空を自由に飛翔するための道具を発明。人間はついに後戻りできない神の領域に足を踏み入れることになる。とくに、広大な空間に文明を届けることこそが神から与えられた運命であるとするマニフェスト・デスティニーの文明観に囚われていたアメリカにおいては、無限の空間が拡がる空（そして、その後は宇宙）を征服することは「開拓」という神が約束した仕事の「総仕上げ」とでも呼べるものだった。

そこで本稿では、アメリカ最大の空の開拓者にして、もっとも神格化された飛行家、チャールズ・リンドバーグに注目する。なかでも、彼が一九五三年に著したピューリッツァー賞受賞作、『ザ・スピリット・オブ・セイントルイス』（一九五三年）を精読し、そこに織り込まれた飛行を巡るさまざまなアメリカの物語がはらむ意味を確認していく。人類初のニューヨーク・パリ間無着陸横断飛行の達成に至るまでの経験を綴った同書には、そう遠くない昔に「西部」という地上のフロンティアを失ってしまったアメリカが、二〇世紀の新たなフロンティアを「空」に見出さんとした際の夢と矛盾が刻み込まれている。飛行機によって新たな時代を切り拓きながら、皮肉にもその新たな時代の矛盾の体現者ともなったリンドバーグ。その姿を見極めるべく、マニフェスト・デスティニーとアメリカにおける航空の発展の関係をも念頭におきながら、この二〇世紀前半のアメリカ最大のヒーローの文化的意味について考えてみたい。

## 一　気球から飛行機全盛の時代へ

まず手始めに、大西洋無着陸横断飛行が達成される一九二〇年代までの主にアメリカにおける飛行の歴史を確認しておく。

ヘリコプターのスケッチを残したレオナルド・ダ・ヴィンチに代表されるように、飛行の道具は長く人々の想像力を掻きたてたが、実際に人類を空に送った最初の道具は熱気球であった。フランスのモンゴルフィエ兄弟が一七八三年に人類初の気球による有人飛行を成功させ、フランスに滞在していたアメリカの科学精神の代表者ベンジャミン・フランクリンも、有人飛行実験の様子を熱心に報告した手紙を同年知人に書き送っている（Franklin “On the First Balloons”）。また、文学の世界では、フランスのジュール・ヴェルヌの出世作『気球に乗って五週間』（一八六三年）がよく知られているが、アメリカでも一九世紀半ばから後半にかけて、ポーやトウェインといった作家たちが気球の旅をモチーフにした小説を発表している。(1)

そして、一九〇三年一二月ノースカロライナの砂丘で人類の運命を変える飛行が達成される。いうまでもなく、ライト兄弟による人類初の有人動力飛行である。この成功によって気球や飛行船とは比較にならないほどの自由な翼をついに人間は獲得する。しかしヨーロッパでは、兄弟の成功からそれほど時をおかずして第一次世界大戦が勃発、飛行機は戦場で有効な兵器と成り得ることを早々に証明していく。やがて戦争が終わると、軍で操縦を覚えた千名以上いたアメリカのパイロットたちは軍が払い下げた飛行機を安く買い取って、巡回飛行士《バーンストーマー》として全米中を飛び回り、野原や空き地に降り立っては安価な体験飛行を多くのアメリカ人に提供する。さらに、エアサーカスと呼ばれる危険極まりない曲芸飛行団も全米各地を飛び回り、飛行機の驚くべき性能とスリルを目の当たりにした多くのアメリカ人がこの近代文明の利器に心奪われることとなる。たとえば、栄えある史上初のアカデミー最優秀作品賞（一九二九年）が紛れもない飛行機映画の『つばさ（*Wings*）』（一九二七年）に贈られたことからも分かるように、当時の人々の飛行機への高い関心を背景に、二〇年代には多くの飛行機映画が作られている。また、二〇年代後半には、法律面や資金面において航空関連のさまざまな整備が進んだこともあり、アメリカの航空界は加速度的な発展をみせる。[2] そういったなか、一九二七年五月、大方の予想を覆してリンドバーグによって人類初のニューヨーク―パリ間無着陸横断飛行が成功、人々は熱狂の渦に巻き込まれていくのだ。

## 二　リンドバーグの衝撃

偉業達成後のリンドバーグに対するヒーロー崇拝はよく知られるところだ。彼個人の帰国のためにアメリカ海軍の巡洋艦がヨーロッパに派遣され、ニューヨークのパレードには当時の市の全人口とほぼ同じ四〇〇万の人々が詰めかけ、第一次世界大戦の戦勝パレードで使われた量のゆうに一〇

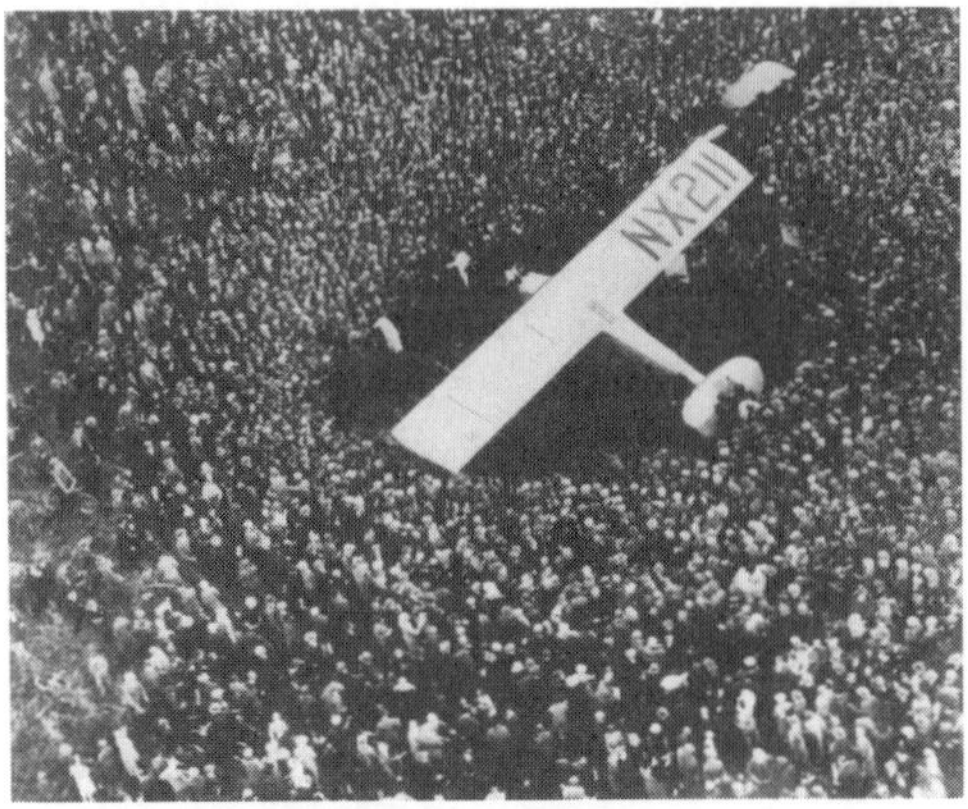
イングランドの空港で大歓迎を受けるリンドバーグ機（1927年6月）

倍は超える一八〇〇万トンという大量の紙吹雪が五番街に降り注いだ。メディアや大衆文化への影響も甚大で、成功後の一二日間でニューヨークの新聞だけで三〇万近くのリンドバークに関する記事が書かれ、リンドバーグの記事を掲載すれば新聞の売り上げが数倍に跳ね上がったため、すべての記事をリンドバーグ特集にあてた新聞も登場した。また、彼の偉業をたたえる数百の曲が作られ、七四三万フィートのフィルムがリンドバーグ関連のニュース映画に使用されたという（Vleck 43-44, Corn 22）。雑誌『タイム』は今日も続く「今年の人（Man of the Year）」の最初の人物にリンドバーグを選び、最初期のミッキーマウス映画 *Plane Crazy*（一九二九年）ではパイロット役のミッキーが明らかにリンドバーグを意識した役柄で登場してもいる。フレデリック・ルイス・アレンの名著『オンリー・イエスタディ』（一九三一年）は当時のアメリカ人の熱狂振りを次のように報告している。

クーリッジ、フーヴァー、フォード、エディソン、ボビー・ジョーンズなど、その他一級の英雄を批判するのは自由だが、もしもリンドバーグの行為を何事にもよらず非難したならば、そ

れは聴き手を傷つけることになる。なぜならば、リンドバーグは、一種の神であったからだ。（二九四）

## 三　田園の景色とマニフェスト・デスティニー

では肝心のリンドバーグ本人は、この偉業達成への道のりをどのように捉えていたのだろう。そのことを知る最大の手掛かりが、リンドバーグ自身が一九五三年に発表した回想記、『ザ・スピリット・オブ・セイントルイス』（以後、『スピリット』）だ。偉業達成と同年（一九二七年）に走り書きで出版した自伝、『私たち』をリンドバーグは既に発表していたが、その内容に納得していなかった彼は、その後二〇年以上にわたって記録の収集や執筆を続け、ついに同書の出版にこぎつける。完璧な文章を目指すために、二六万語を躍動感ある現在形に変更するといった努力からも分かる通り、詩的でありながらシンプルで力強い文章に支えられた本書は極めて高い評価を受け、同年のピューリッツァー賞を獲得。本の要約が『サタデー・イヴニング・ポスト』誌に一〇回にわたって連載されて人気を博し、同誌の購読者数を二〇万人ほど増やしたともいわれる（バーグ下 四一三）。出版と同年、ブック・オブ・ザ・マンス・クラブは同作を九月の主要図書に選択。クラブだけで一〇万部の売り上げを記録し、あらゆるベストセラーリストのトップを飾ることになる（バーグ下 四一三―一五）。

では、本書は一体どのような内容だったのか。まず冒頭に注目してみたい。作品は、操縦する郵便機から暮れなずむイリノイの農場を見下ろす次のような描写で始まる。

夜がすでに東の空にのび始めている。左側、水平線の下に細くたなびく雲は、夜のとばりに覆われ始めている。ついさっきまで、赤と金の夕焼け色に染まっていた。コックピットから身を乗り出してイリノイ中部の農場を見下ろす。刈り取った麦の束はもうない。クワでならした細長い畑の上には、狭い間隔で種まきをする人の列が平行に走っており、どこから冬の作付けが始まったのか分かる。眼下の農場で脱穀をしている人が一日の仕事を終えようとしている。私の郵便機が音を立てて頭上を通り過ぎると、男が数名、空を見上げ、手を振る。木々や建物、穀物の山は、夕暮れの弱い光のなか、影もなく立っている。数分で暗闇に閉ざされるだろう。私がいるのは、まだペオリアの南側だ。(3)

ここで重要なことは、このシンプルな冒頭の文に、かねてから唱えられてきたアメリカ文化の伝統的主題が提示されていることだ。かつてレオ・マークスは「田園における機械（Machine in the Garden）」という言葉で、田園的世界のなかにテクノロジーが侵入してくる姿にアメリカ文学のエッセンスを見出したが、コックピット越しにリンドバーグが見下ろす農夫は、まさにテクノロジーの権化ともいえる飛行機を出迎えるかのごとく手を振る。ここでは、マークスがかつて例に挙げた、ウォールデンの静寂を破る機関車や、ハックルベリー・フィンの筏を破壊するミシシッピー川の蒸気船のような、緊張した対立関係を見ることはできない。テクノロジーに徹底して依拠しながらパストラルな世界を破壊することなく、むしろ手を振る農夫に象徴されるように、田園的世界から歓迎すらされる存在として、飛行機とリンドバーグは登場する。このノスタルジックな冒頭の描写に、マニフェスト・デスティニーの基本構造が投影されていることは明らかだ。マニフェスト・デスティニーの絵画版と目されるジョン・ガストのあの有名な絵画《アメリカン・プログレス》（一八七二年）が文明の先導者として「農夫」を描き込んでいることからも明らかなように、農夫はまさに人間の手によって作られる「田園」という文明の中心的担い手だ。リンドバーグが見下ろす小麦畑は間違いなく文明の証。その象徴である農夫が「天」を見上げながら文明の精華である飛行機を歓迎するという構図はまさに、天の神を振り仰ぎつつ進歩の名のもとに田園を拡大していった農夫の姿に重なって見える。つまり、まず冒頭でパストラルな文明との親和性の高い飛行機の姿を提示することで、本作全体の基調となる平和的な進歩の象徴としての飛行機のイメージを読者に植え付けているのだ。

加えて、パイロットにとって、田園的世界が地上に控えていることは極めて心強い。飛行機にとって最高の不時着地は広大な農場だ。農場は石や木といった自然の障害物が取り除かれたフラットな大地であるとともに、原野と異なり、助けを求める人間の気配も近くに感じられる。まさにそういう意味でも田園的世界はパイロットの命をつなぐ場としても機能し得る空間であり、結局のところ、飛行機とは明白な運命に後押しされて拡大したパストラルな文明に依拠してこそ安心して存在しうる機械である事実をも、この冒頭の描写は示唆しているのだ。

また、歴史に目を転じてみると、最先端の文明の利器である飛行機は、自ら積極的に文明の福音を説く存在としても広く認識されていた。アメリカ航空文化史の権威、ジョセフ・コーンは、アメリカにおける飛行機への信仰を「翼の福音（Winged Gospel）」と呼び、「飛行機こそが人類に平和や自由、平等をもたらす」といった信仰にも似た意識が一九一〇年から一九五〇年頃までのアメリカで喧伝されていた様子を明らかにしている。とくにアメリカでは、飛行機の発展は神が望んだ「神聖なる目的(holy cause)」であるといった正当化がなされ、結果、飛行機の普及を進める人々は、「信徒(disciples)」「使徒(apostles)」「預言者(prophets)」といった同国に根強いキリスト教的世界観に馴染んだ名前で呼ばれることになる(Corn xiv, Pisano 6)。いわば飛行機の発展は神の望むところであるという、まさしくマニフェスト・デスティニーと同様のレトリックが用いられていくのだ。ニューヨークの代表紙『トリビューン』は、ジャンヌ・ダルクは五世紀かけて半神になったのに、リンドバーグはわずか二年足らずで半神になったと報じたという(Corn 25-26)。フロンティアが消滅した二〇世紀にあって、アメリカ人はリンドバーグを半ば神にたとえることで、新たに見出された「空」というフロンティアを開拓する理想的な使徒を見出したのだ(Vleck 19-20)。

## 四 「孤高の鷲」ではヒーローになれない

ジェニファー・ヴレックも述べるように、西部のフロンティア無き後、新たなフロンティアである空を開拓する「航空(aviation)」こそが、明白なる運命やフロンティアの征服、アメリカ例外主義といった国家的物語を紡ぐ舞台であった(Vleck 19-20)。そして、空における最大のパイオニアとなったリンドバーグは、まさに二〇世紀という新たな時代におけるフロンティア・ヒーローであった。実際リンドバーグは、同時代のアメリカ人から「開拓者」「ニューフロンティア」の征服者として称賛

愛機 The Spirit of St. Louis の前のリンドバーグ

され、「孤高の鷲（Lone Eagle）」という英雄的な呼び名も付されて、ダニエル・ブーンやデイヴィ・クロケットといった西部のヒーローたちと並び称せられたという（Corn 25）。つまり、リンドバーグに純化されたフロンティアの経験を重ねたいという強い思いを、当時多くのアメリカ人が抱いていたということだ。

　加えて、西部の英雄像の多くがそうであったように、過度な個人崇拝に依拠したヒーロー像においては、英雄の偉業は偉大な「個人」の達成として強調される傾向がある。そして、リンドバーグの場合も同様であった。たとえば、ベストセラーとなった彼の最初の回想録『私たち』（一九二七年）のタイトル「We」の意味ですら人々は誤解していた。リンドバーグ自身は、「後援者と自分」を指して「私たち」としたが、多くの読者がリンドバーグと愛機「ザ・スピリット・オブ・セイントルイス」を指しているものと取り違えていたという（バーグ上三二七）。つまり、「孤高の鷲」という人々が付けたヒロイックな呼称からも明らかなとおり、多くのアメリカ人は彼の偉業を集団や組織の影から出来るだけ遠ざける形でイメージしたかったということだ。

　しかし、カヌーや幌馬車と違い、飛行の前提となる航空機の開発や購入、そして整備を個人の力のみで担えるはずもない。ライヴァルに比べ、明らかに組織力や資金力で劣っていたとはいえ、組織の後ろ盾と援助がなくては、かのリンドバーグといえども偉業達成のスタート地点にすら立てなかっただろう。そもそも、「ザ・スピリット・オブ・セイントルイス」という愛機の名も、飛行を経済的にバックアップしてくれたセイントルイスの後援者への感謝を込めて付けた名だった。構想を練る最初期の段階で、彼は横断飛行を達成するための条件をパイロットらしくチェックリストにしてまとめ、同書『スピリット』に掲載している（23）。チェックリストのなかには、成功した場合の利点として、セイントルイスにおける航空への関心を盛り上げられること、さらに同地をアメリカの航空の拠点として宣伝できることなどが列挙され、リンドバーグがセイントルイスというコミュニティと強い精神的結びつきを感じていたことが分かる（23）。同じチェックリストの「協力（Cooperation）」という項目の下には「飛行機製作会社」、「エンジン制作会社」、「気象庁」、「国務省」、「新聞」といった協力を要請すべき組織が列挙されていることからも分かるように、多岐にわたる組織的協力が欠かせないことをリンドバーグは当初より明確に認識していた。

そして、『スピリット』の前半部の多くが、資金援助と適当な機体を入手するまでの苦労に関する記述に割かれているように、同書は個人の偉業の記録というよりも、名も無き青年が夢の達成のために、さまざまな他者や組織と関係を築いていく物語として読むことも充分可能なのだ。複雑な機械を操り、複雑な社会機構のなかで生きざるを得ない二〇世紀のアメリカン・ヒーローは「孤高の鷲」であってはヒロイックな偉業など達成できるはずもなく、一九世紀的なフロンティア・ヒーロー像をそのままリンドバーグに当てはめることには、やはり限界があったのだ。

## 五　開拓者的自画像と二〇世紀文明の先導者

とはいえ、リンドバーグ自身にも、「空」という二〇世紀のフロンティアを開拓する自らの行為を伝統的なフロンティア物語のコンテクストで語りたいという思いがあったことも確かだ。飛行中、激しい睡魔に襲われ朦朧とした意識のなかで彼が繰り返し思い出すのは、子どもの頃に父が聞かせてくれた開拓生活の話や、ミシシッピー川沿いの豊かな自然に囲まれたミネソタでの農場生活の記憶だ(219, 221)。夏になれば裸足にオーバーオールといった姿で過ごし、暑くなれば裸になって川で泳ぎ、時には野営を重ねながら父とカヌーでミシシッピー川の川下りの旅も楽むといった、まさにハック・フィンやトム・ソーヤさながらの子ども時代の記憶が蘇ってくる。さらには、七歳で父からライフルを与えられ、一二歳でフォードの車を乗りこなし、高校生の頃には父に代わって家の農場の管理を任されたといった話が続いていく。こういった機上のリンドバーグが回想する自画像は、早くから一人前の大人になることを求められた開拓者の伝統的イメージに見事なまでに重なる。実際のリンドバーグは子どもの頃よりワシントンやデトロイトといった都会での生活も経験していたが、そういった都会での子ども時代をほとんど語らずに、自立と自由が強調されたミネソタでの農場生活を主に語ることで、開拓者的自画像を自ら構築していったといえる。

そして、黎明期のアメリカ航空界で経験を積んでいく青年時代を回想する際には、子ども時代に培われた「自由」と「自立」の精神に、「空」という新たなフロンティアでの「冒険」の要素が加わることで、さらに一歩、フロンティア・ヒーローのひな型にリンドバーグが近づいている感がある。元々学校嫌いな彼が、操縦技術を学ぶために大学を中退することは、西部の英雄の反知性主義の伝統を踏襲しているともいえるし、墜落する飛行機から幾度もパラシュートで緊急脱出したといったエピソードは、まさに危険を顧みない豪胆な西部ヒーローのイメージに近い。

ただし、自由と冒険に根ざしたフロンティア的英雄像を体現しているとはいえ、リンドバーグ自らが西部の英雄に特徴的な「アウトロー」を思わせるような態度に出ることはない。確かに同書で語られる巡回飛行士《バーンストーマー》時代の記憶は、荒野のかなたから現れて荒野のかなたへ去っていくさすらいのアウトローを想起させる。たまたま飛行機に乗せた男が突如眼下の町に向かって発砲し始め、「俺は歩きながら撃ったこともあるし、馬の上から撃ったこともあるし、ついに飛行機からも撃ってやったぜ」(431) と息巻いて大喜びしたといった話を読むと、あたかもワイルド・ウェストの世界が空を舞台に蘇ったかのようだ。しかし、先に触れたように、全米を旅するリンドバーグのようなさすらいの飛行士たちによって、数え切れないほどのアメリカ人が飛行機に早くから親しんだことを忘れてはならない。[3] つまり、一見すると文明に背を向ける自由人のようでありながら、実際には飛行機という二〇世紀文明の最先端の成果をアメリカに根づかせる文明の先導者の役割を担うことで、二〇世紀以降の航空大国アメリカの礎を築いたのがリンドバーグのようなバーンストーマーだったわけだ。

さらに重要なことは、大西洋無着陸横断飛行に至るまでのリンドバーグの主な仕事が、黎明期の航空郵便のパイロットであったという事実だ。不充分な装備で未開拓のルートをろくな航空支援設備もないなかで飛ぶ郵便飛行士の仕事は、生き残ったパイロットが自ら「自殺クラブ（suicide club）」と呼ぶような極めて危険な職業だった。実際、一九一八年から一九二六年の間に三五名の郵便飛行士

【図1】TWAの大陸横断航路、The Lindbergh Lineの宣伝ポスター（1935年）London, *Fly Now*, p.112

が事故で命を落としている（"Suicide Club"）。一九世紀には、駅馬車や早がけのポニー・エクスプレスが、西部の厳しい自然を克服して荒野に文明を届ける象徴として活躍したが、黎明期の郵便飛行士は二〇世紀のフロンティアである「空」を舞台に、同じようなヒロイックな役割を引き継いだわけだ。とくに、リンドバーグのようなパイロットが開拓した郵便飛行網が後の旅客便のルートとして活用され、郵便飛行を手掛けていた航空会社が主要エアラインの中心となったことを考えれば、ここでも、リンドバーグはアメリカの航空の発展に寄与するという、極めて文明的な仕事を手掛けていたといえる。

そして、本書『スピリット』で語られることはないが、大西洋無着陸横断飛行を成し遂げた後、リンドバーグは航空郵便網を引き継いだエアラインの発展にも注力し、ＴＷＡやパンナムといった航空会社のために、路線開拓や技術支援も手掛けていった。結果、「空の帝国」と呼ばれたパンナムを創業して、強引ともいえる手法で航空路線の拡大を図ったホアン・トリップとも協力関係を築いただけでなく、ＴＷＡが一九三〇年に開始した北米最初の定期航空便による北米大陸横断路線は「リンドバーグ路線（The Lindbergh Line）」と名づけられるに至る。ちなみに同路線の宣伝ポスターを見ると、空を行くＴＷＡ機に手を振る西部の先住民の姿が描き込まれている【図1】。西部に進出する先端文明の証である「飛行機」を友好的に招き入れる先住民といった構図からも明らかなように、翼の福音を受け入れることを自明のものとするマニフェスト・デスティニー的言説の構築にリンドバーグが一役買っていた事実も浮かび上がってくる。

## 六　西部から東部へ、アメリカからヨーロッパへ

さて、このように、リンドバーグはフロンティア・スピリットを武器に、荒野に文明を拡大していくアメリカのヒーロー像を体現していたが、同時に、彼の英雄像には二〇世紀に特徴的な、東部と西部、ないしはアメリカとヨーロッパの間における力関係の逆転といった要素も刻み込まれていた。無論、二〇世紀ということでいえば、飛行機という二〇世紀とほぼ時を同じくして登場した最先端の機械文明を操ったということも重要だが、それにも増してリンドバーグの偉業は、文明の後進地域であったはずの西部がむしろ伝統に固執した東部を打ち破り、最後は文明の本家本元であるヨーロッパをも凌駕してしまった事実をも意味していた。

本書『スピリット』の前半部で描かれている通り、彼は当初、ライト兄弟の流れをくむ定評のあるライト・ベランカ機を購入するために、拠点にしていたセイントルイスからニューヨークに交渉に赴く。一旦は交渉がまとまりかけるが、東部では無名のリンドバーグの操縦士としての技量を信用しなかったライト・ベランカ側が、突如、自らパイロットを選ぶ権利を主張して、交渉は決裂。結局、リンドバーグの計画に協力を表明したのは、ニューヨークとは正反対の西海岸ロスアンジェルスとサ

【図2】アメリカで発行されたリンドバーグ飛行の記念切手。1927年6月11日発行。

ンディエゴを拠点に航空機を製造していた比較的無名のライアン社であった。そこで彼は、急きょサンディエゴに赴き契約をまとめ、注文した機体「ザ・スピリット・オブ・セイントルイス」を入手。即座に同機で西海岸から東海岸ニューヨークへと飛び、遂に東部のライヴァル、ライト・ベランカ機のチームに先んじて、パリへの飛行を成功させるのだ。

丸太小屋で育った開拓者の父を持ち、ミシシッピー川に面する小さな町を故郷にし、西部への入り口と呼ばれたセイントルイスを拠点にしていたミネソタ出身のパイロットが、東部のエスタブリッシュメントに拒否された挙句、西の果てのサンディエゴで作られた飛行機を操って東へ東へと移動することで、東部のエリートを打ち破って成功を勝ち取ったわけだ。さらに視点を世界に転じれば、フランス側からの挑戦者にも勝利したわけで、リンドバーグの成功は、第一次世界大戦をきっかけに航空技術の面で大きく水を開けられていたヨーロッパの先進国に対するアメリカの勝利をも意味していた。

このように、「東から西へ」という一九世紀までの欧米間の文明のベクトルを、リンドバーグは飛行機という道具を使って「西から東へ」と一気に逆転してみせたわけだ。西海岸から東海岸に飛行してニューヨークを離陸した後、ニューイングランド、アイルランド、イングランド上空を通過してパりに到達するというリンドバーグの航路は、数百年に亘って刻み込まれてきた新世界アメリカへの移動ルートを逆方向に辿る旅である【図２】。そして、歴史ある土地を眼下に認めながらもリンドバーグが重きを置くのは、大抵の場合、過去の歴史よりも広大な空間やテクノロジーに依拠した近代性だ。アメリカの原点でもあるニューイングランド上空を飛行した際も、西部人らしく、「なんて込み合っているんだろう！」と思わず叫び、北東部では州が西部のカウンティ程度の大きさしかなく地図で確認する間もなく通過してしまうほど小さいことに驚く(194)。のちにリンドバーグは、西部からニューヨークの自宅に飛行機で戻るたびに、いつも素晴らしいものを後においてきたような気になると述べたというが（Crouch "Bonds" 214)、そういった彼が、西部人らしく混雑した北東部よりも広大な西部に心を寄せていたことは間違いないだろう。

しかし同時に忘れてならないことは、地上の空間こそがパイロットの生死を分ける最大の要素であるという揺るがぬ事実だ。実際、彼は北東部の混雑した地上の景色を見下ろしながら、いまエンジンが停止すれば機体の大破は免れないことを自覚する（195)。人が多すぎる北東部のような込み合った空間への警戒心は、注意深いパイロットである以上、いわば運命づけられた態度であり、西部やアメリカが象徴する広大な空間に心引かれるのはロマンティックな夢想というよりも冷徹なリアリズムに根ざしたものかもしれない。

加えて、この上空から地上を遠巻きに見下ろすリンドバーグの視点は、地上を行く人々の視点とは決定的に異なる。何気なく通り過ぎる小さな広場や横丁にもそれぞれ歴史があるように、地上にいる限り人がつみ重ねてきた営みの証を全く見ないで過ごすことは難しい。加えて、歴史的建造物やモニュメントは、地上にいれば多くの場合見上げる対象となるはずだ。しかし、ひとたび上空数千フィートに上昇すれば、個々の人間や歴史的モニュメントははるか遠景に退いて見えなくなるか、小さな物体として見下ろす対象でしかない。林立する摩天楼の下で感じるような都市の威圧感といったものも、空から見下ろしている限り、地上と同様に感じることはできない。地上にいれば迷宮のような大都市も、飛行機に乗れば全景を把握することが出来、ものの十分で通り過ぎてしまう。リンドバーグはアメリカのルーツともいえるコッド岬も眼下に認めるものの、「青みがかったかぎ状の地形で、右手の水平線に食い込んで見えた」(197)と、やはり「地形」といった外的特徴を報告するのみだ。ボストンにいたっては、その豊かな歴史や多くの住民には目もくれず、「ボストンの煙が雲を黒く染めていた」(197)と一言で済ませられてしまう。

しかし、さすがのリンドバーグも、大西洋上での長い睡魔との格闘の末、ついに眼下にヨーロッパの地を認めたときは、古い歴史とのつながりを感じずにはいられない。とくに、イングランドのプリマス上空を飛行した際には、かつてこの港を出港したメイフラワー号が逆風のなか、何週間もの困難な旅の末にアメリカに到着したのに対して、自分がほんの昨日、彼らがたどり着いたプリマス・ロックの上空を飛んだばかりであることに思いを馳せる。つまり、アメリカの建国神話を背景に、飛行機という近代文明の圧倒的な力を自らの達成によって明確に認識するのだ。

こういった「自分は近代の側にいる」という自覚は、下界に認めるイギリスに対する印象を述べる際も続く。たとえば、眼下のイギリスがいまだ君主制を抱いていることに対する強い違和感なども口にする(476)。ここでも際立つのは、アメリカ北東部の狭く混雑した空間に驚いたのと同様、「広さ」

という物理的指標を入り口にしてイギリスをみていこうとする態度だ。たとえば、ロビンフッドやアーサー王伝説の地イングランドが、実際はアメリカ中西部一州よりも小さいことに触れたり（477-78）、イギリスでの一〇〇の農場がカンザスの一つの農場と同じくらいであると指摘して、いまだに一頭立ての馬車を用いるようなこういった小さな農場を捨てて移民した者たちの子孫が、自分も含めたアメリカ人であることを意識したりする（475-76）。「農夫が組織化しないと巨大企業にすべてもっていかれる」という政治家だった父の言葉を本書で引用していることからも明らかなように（392）、非効率な小規模農業が大資本に太刀打ちできない時代になっていることを明確に認識していたリンドバーグは、いまだに小規模農業にしがみつこうとする農場の風景に、アメリカと異なるイギリスの後進性を感じとっていたに違いない。いわば、数世紀にわたって文明の中心、大英帝国として君臨してきたイギリスを、文字通り空からの突き放した視点で報告することで、近代性におけるアメリカの優位を示唆するのだ。さらにいえば、新世界で発明された二〇世紀の象徴でもある飛行機で、ヨーロッパのライヴァルを打ち破って、新世界の都ニューヨークから旧世界の都パリへの人類初の飛行を成し遂げたリンドバーグの偉業そのものが、二〇世紀における新世界アメリカの優位を予見させる出来事であったといえる。

一アメリカ市民として民間機で降り立ち、爽やかな笑みをたたえて米仏友好を唱えたリンドバーグは無数のフランス人から拍手喝采を受けた。しかし、その後、圧倒的な航空技術と戦力を背景にアメリカが世界の制空権を握り超大国として君臨していく事実を思い起こせば、パリに降り立ったリンドバーグが振りまく「さわやかな笑顔」は、二〇世紀の空が「アメリカの空」となることを示唆する

「預言者の微笑み」と捉えるべきだろう。

## 七　翼の福音、それとも呪われた凶器？

しかし彼の屈託のない微笑みの裏には、つねに暴力の影がつきまとっていたことを見落としてはならない。リンドバーグは言う。

飛行においては、外側から見た特徴を理解することとなる。つまりある土地の地形の特徴といったものである。しかし、その土地の内部の生活と接触をもつことはほとんどない。下にある土地を「見る」ものの、それを身近にあるものとして「感じる」ことはない。その土地に足を踏み入れない限り、いつまでもよその土地のままだ。（中略）時折、他の惑星の表面を巨大な天体望遠鏡でみているのと同じくらい、眼下の世界から離れているように感じることがある。（223）

ここで語られる空の視点、すなわち地上の営みに対する実感の無さこそが、もっとも残虐な殺りく兵器と化す飛行機の呪われた運命を予言していたといってもよい。加えて、空という無限に開かれた空間とその移動速度を考えれば、飛行機は際限無い破壊の先導者と成り得る。飛行に伴う自由の感覚を、リンドバーグは「魔法の絨毯」（482）、航空史家コーンは「自由の福音」（137）と呼んだが、そういった飛行の自由は、潜在的には限りなく「自由な破壊」をも可能にしてしまう。試みはあったものの、空爆を禁止する実行性のある国際法が実現されることはなく、のちの第二次世界大戦では、周知の通り飛行機こそが人類史上最悪の破壊をもたらすこととなる。(4)コーンの指摘によれば、第二次世界大戦によって飛行機による破壊力が証明されたことを契機に、一九五〇年代以降、「平和の福音」ではなく「呪われた凶器」としての飛行機のイメージが濃厚になっていく（Corn 136, Pisano 7）。その意味で、多数の乗客を乗せた旅客機それ自体が爆弾と化した二〇〇一年九月一一日の同時多発テロは、二一世紀に至っても飛行機は「凶器」としての呪縛から解き放たれる運命にはないことを如実に示す事件であった。

しかし実際には、英米文学における飛行機のモチーフの意味を探ったゴールドステインも述べるように、飛行機のイメージは「希望（hope）」と「破壊（destruction）」のせめぎあいの下に展開してきたといってよい（Goldstein 220）。そして、本稿で紹介してきたリンドバーグの『スピリット』も破壊と希望ということでいえば、明らかに「希望」の方に力点をおいた物語であった。同書には飛行機に内在する暴力性への指摘もなく、本書の基盤となっている努力の末の偉業の達成という基本的枠組みは極めて楽観的だ。しかし、だからといって、リンドバーグが同書で飛行機の暴力性を意図的に隠ぺいしたということはない。「戦争の早期終結を図るため」という典型的な原爆正当化論に代表されるように、平和のレトリックによって暴力を隠ぺいすることはアメリカの十八番《おはこ》ともいえるが、リンドバーグがそのような見え透いたレトリックを用いて飛行機を擁護した形跡はない。

確かにリンドバーグは、戦前の一時期、白人至上主義的偏見を有していた。たとえば、半分アジア人のソ連よりヨーロッパ人種の国ドイツが勝利したほうがましだといった趣旨の発言や、反ユダヤ主義で知られるフォードとも親交があり、ユダヤ人がヨーロッパの戦争にアメリカを引きずり込もうとしていると公言したこともある。彼が、のちのトランプ大統領を想起させるような「アメリカ・ファースト」という名の孤立主義を主張する団体の代弁者となり、ナチスのシンパと糾弾されたこともよく知られている。

しかし、その同じリンドバーグが、死力を尽くして戦った日本兵の亡骸を穴に捨ててその上からゴミをかけるようなアメリカ兵の侮蔑的行為を嫌悪し、日本人を虐殺するアメリカ人の行為をヒトラーのユダヤ人に対する虐殺と同列化して「(われわれアメリカ人も)日本人に対して同じことをやっているのだ」(バーグ下 三七六)と、自国の残虐行為に厳しい批判の目を向けていたことは意外に知られていない。とくに、原爆後の広島、長崎上空を飛行してその惨状に衝撃を受けたリンドバーグは、原爆の使用に危機的な意識を持つようになる。原爆投下の三年後、自著のなかで彼は次のように述べる。「広島と長崎の惨状はアメリカへの警告である。我々が開発した原爆は日本から戻ってきて我々を呪うことだろう。そして私は、我々の科学のなかに我々の滅亡を予感する」(*Of Flight and Life* 27)。

先に述べたとおり、高空を飛ぶ飛行機の搭乗員は地上で失われていく幾万の命をいちいち目にすることなく徹底した殺戮を行なうわけだが、多岐にわたる戦場においては、殺す標的である地上の生を嫌でも目にせざるを得ない状況もある。すでに四十代でありながら愛国心から第二次世界大戦にパイロットとして参加したリンドバーグが、ある日戦場で地上を走る敵(おそらく日本兵)の姿を認める。彼は言う。

彼は走ることを潔しとはしない。海岸を大股で歩く。一歩一歩が、威厳と勇気をもったタイミングで繰り出される。ありきたりの男ではない。彼を撃つのはあまりにも簡単だ。その身のこなし、歩み、威厳、そういった何かが我々の間に絆をもたらした。その命は、引き金に加える力よりももっと価値のあるものだ。彼が海岸に崩れ落ちるのを見たいとは思わない。私は引き金を離した。（*Wartime Journals*, 821）

本書『スピリット』においても、こういった眼下の景色に命を感じる感性が輝きを放つ瞬間がある。大西洋上空を飛行する彼にとって、海は少しでも触れれば死を意味する世界だ。しかし、その海を泳ぐイルカの姿を上空から目にした瞬間、「死」を象徴するはずの海が全く違うものに見えてくる。海の生命への気づきが睡魔に襲われていた彼の生命をぎりぎりのところで現世につなぎとめるのだ。彼は言う。

荒涼とした海が果てしなく続いていたが、完全な変化が訪れた。生命の橋を再び無事に渡り、この世の先にある世界に自分を手繰り寄せていた網は解かれたと感じた。（中略）自分にとっては死の境界であったこの海は、生命に満たされている。見知らぬ生命だが、不思議と近くに感じる。霊魂の世界から戻ってきた自分を歓迎し、再びこの世の一部に自分を戻してくれる。（434-35）

# おわりに

　リンドバーグが大西洋上を飛行した時代から比べれば、今日の飛行機は更なる性能の向上を遂げ、早く快適で安全な飛行が可能となった。しかしそれと引き換えに、我々の飛行は外の世界から隔絶され、スマホやコンピューター、機内映画といった内なる世界に閉ざされ、外の世界の生との接点を感じることはほとんどない。そして、戦場では無人機ドローンによる攻撃が典型的に物語るように、地上の命は、戦場から数千キロ、場合によってはそれ以上離れた場所に設置されたモニターに映るヴァーチャル化された物体となり、ますます、地上の生に対する実感と切り離された飛行が展開している。無人機となれば、もはや人間自身は飛行しないのだから、操縦者の命が奪われることもなく、自らの生に対する実感も希薄にならざるを得ない。晩年のリンドバーグは、飛行機がますます高度に発達し快適になるのに反比例するかのように、徐々に飛行の世界から退き、自然のなかに暮らすようになっていった。外の世界と隔絶してしまった飛行に、もはや自然の息遣いや生命を感じられなくなったからに違いない。リンドバーグは言う。

　私は人が見落としてはならない事実をはっきりと理解した、すなわち、飛行機とは進歩した文明に依拠しているということ、そして文明がさらに進歩すれば、鳥はほとんど存在しなくなるということを。そして私は実感した。もしどちらかを選べというなら、私は飛行機ではなく鳥

を選ぶ。(Gray 88 に引用)

「鳥か？　飛行機か？」鳥無き世界で人類が生きられるとは思えないし、かといって飛行機無き世界に後戻りすることももはや出来まい。この悪夢の選択を人類は避けられるのか。「明白な運命」の申し子であったリンドバーグが世界中の空を飛んだ末にたどり着いたこの究極の問い。それへの答えは、いまだに風に吹かれて迷走し、文字通り空を舞い続けているのかもしれない。

---

【註】

(1) アメリカの文学者たちと空や飛行との関係については、石原剛編著『空とアメリカ文学』(二〇一九年)に詳しい。

(2) 代表的なものとして、航空便の民間受託を決定した航空郵便法(Air Mail Act)(一九二五年)、航空の安全な発展を目的とする航空委員会(Aircraft Board)(同年)、安全基準やパイロットのライセンス制度を定めた航空商業法(Air Commerce Act)(一九二六年)、さらには航空の発展に財政援助を与えるグッゲンハイム基金も一九二〇年代後半に始まったことなどが挙げられる。

(3) バーンストーマーたちは、一乗り三ドルから五ドル、場合によっては一ドルという安値で体験飛行を提供し、一説によれば、一〇〇万人ものアメリカ人が飛行を経験したという(Courtwright 48)。ちなみに、ロバート・レッドフォード主演の『華麗なる飛行機野郎』(*The Great Waldo Pepper*)(一九七五年)は、当時のバーンストーマーの生き様を描いた代表的映画だ。

（4）飛行機の壊滅的な力を危惧して、すでに一九二二年に、ハーグの国際法律委員会で英米独仏伊蘭日の間で民間人を標的とした空爆を禁止する国際法が提案されていた。しかし、結局誤爆を認めることで形骸化した（生井一七一—七二）。

【引用文献】

Allen, Frederick L. *Only Yesterday: An Informal History of the Nineteen-Twenties*. 1931. Perennial Classics, 2000.（F・L・アレン『オンリー・イエスタデイ——1920年代・アメリカ』藤久ミネ訳、筑摩書房、一九九三年）

Berg, A. Scott. *Lindbergh*. New York: Putnam's, 1998.（A・スコット・バーグ『リンドバーグ——空から来た男』上・下巻，広瀬順弘訳、角川書店、二〇〇二年）

Corn, Joseph J. *Into the Blue : American Writing on Aviation and Spaceflight*. Library of America, 2011.

---. *The Winged Gospel: America's Romance with Aviation, 1900-1950*. Johns Hopkins UP, 2002.

Courtwright, David T. *Sky as Frontier: Adventure, Aviation, and Empire*. Texas A & M UP, 2005.

Crouch, Tom D. "'The Surly Bonds on Earth': Images of the Landscape in the Work of Some Aviator/Authors, 1910-1969." *The Airplane in American Culture*. Ed. Dominick Pisano. U of Michigan P, 2003. 201-218.

Franklin, Benjamin. "On the First Balloons." *Into the Blue: American Writing on Aviation and Spacecraft*. Ed. Joseph J. Corn. Library of America, 2011. 1-4.

Goldstein, Laurence. "The Airplane and American Literature." *The Airplane in American Culture*. Ed. Dominick Pisano. U of Michigan P, 2003. 219-49.

Gray, Susan M. *Charles A. Lindbergh and the American Dilemma: The Conflict of Technology and Human Values*. Bowling Green State U Popular P, 1988.

Lindbergh, Charles A. *Autobiography of Values*. Harcourt Brace Jovanovich, 1978.

---. *The Spirit of St. Louis*. 1953. Scribner, 2003.

---. *The Wartime Journals of Charles A. Lindbergh*. Harcourt Brace Jovanovich, 1970.

---. *We, Pilot & Plane*. G.P. Putnam, 1927.

London, Joanne M. Gernstein, National Air and Space Museum. *Fly Now!: The Poster Collection of the Smithsonian National Air and Space Museum*. National Geographic, 2009.

Marx, Leo. *The Machine in the Garden: Technology and the Pastoral Ideal in America*. 1964. Oxford UP, 2000.

Pisano, Dominick. "New Directions in the History of Aviation." *The Airplane in American Culture*. Ed. Dominick Pisano. U of Michigan P, 2003. 1-15.

Van, Vleck J. L. *Empire of the Air: Aviation and the American Ascendancy*. Harvard UP, 2013.

"The Suicide Club" Smithsonian National Postal Museum, https://postalmuseum.si.edu/exhibits/current/airmail-in-america/some-early-pilots/the-suicide-club.html.

生井英考『空の帝国――アメリカの20世紀』講談社、二〇〇六年。

石原剛編著『空とアメリカ文学』彩流社、二〇一九年。

# 第二部——拡張する空間に響く言葉

# 第三章　アメリカ大衆の言語革命への反抗

## ――ニーチェからみたエマソン

佐久間　みかよ

# はじめに

一九世紀中頃からアメリカの西漸運動は本格化する。国土の拡張を是とする言説がそれを後押しする。拡張主義を正当化する代名詞のように使われた言葉が「明白な運命」（Manifest Destiny）である。この言葉は造語であり、OEDでも、"Manifest Destiny"は、U.S.（now hist.）とまず記され、「アメリカ大陸おける合衆国の拡大は、正当性を持ち、必然であるとする主義、信念」と定義されている。ジャーナリストのジョン・L・オサリヴァン（John L. O'Sullivan）の記事でこの言葉は使われ、その後の影響について多くの研究がある。しかし、「マニフェスト・デスティニー」という言葉がなぜ人口に膾炙され、一九世紀のアメリカの動きを反映していく言葉として広まることになったかについての言語環境の面からの研究はほとんど見当たらない(1)。一九世紀はアメリカ英語が確立する頃である。言葉に対して人々は自覚的になっていたと考えられる。「マニフェスト・デスティニー」という言葉の流通には、アメリカが持つ言葉と社会の関係が反映されているのではないだろうか。

一九世紀アメリカでは、新聞などの普及により言語の大衆化が進む。さらに世紀後半には大学における教養教育の限界が意識され、大学の専門化と知識の大衆化が進む。こうした二極化の流れを、「マニフェスト・デスティニー」を作り出した大衆の言語と伝統的な教養の言語の対比として考えることができるのではないだろうか。民主主義国としてのアメリカが拡大するという方向性を決定づけたこの言葉に対し、ラルフ・ウォルドー・エマソン（Ralph Waldo Emerson）ら教養人は必ずしも賛成していたわけではない。エマソンの言葉として誰もが思い起こすのが、「自己信頼」（Self-Reliance）

であろう。「自己信頼」に代表されるエマソンの言葉は果たしてどのように理解され、「マニフェスト・デスティニー」という言葉の背景とどのように違ったのだろうか。エマソンの文章は難解であるといわれ、講演などでもその内容が必ずしも理解されてはいなかった。しかし、エマソンの使った言葉は専門用語を駆使したものではなく、平易な言葉を用いたものである。エマソンの言語がもつ意味を大西洋を隔てて共感したニーチェという補助線を引くことで再考し、エマソンの思想の意義を考えてみたい。またそうすることで、「マニフェスト・デスティニー」の時代を大衆の言語と教養の言語の対立として再定義できるのではないだろうか。

## 一　エマソンの生の哲学

どんな文体でどんな言葉を使って書くか、一九世紀中頃の作家たちは、辞書や文法書が度々出版されるなかで、洗練を目指すか大衆化を目指すかで揺れ動きながら自分の文体を作っていった。スタンリー・カベル（Stanly Cavell）は、*The Sense of Walden* の序文で以下のように述べる。

『ウォールデン』の筆者にとっては、これら［書き言葉と話し言葉］の表現の潮流のどちらもが、退行的であると同様に先進的でもあった。書くことについての彼の主張は、自らの思考を神秘化し、通俗的なものから守ることを意図したものではなかった。そうではなく、彼の文化が寄って立つ用語が如何に秘教的であるかを示し、聴衆が文字を読めないのではなく、失語症である

かのように、言葉を破壊し否定する狂気に満ちた欲望から守ることだった。（Cavell xiv-xv）

ソローは如何に書くかで苦闘したことをカベルは示唆している。カベルの指摘に当時の状況を加味すると、彼の指摘から別の要素が見えてくる。表現の両方の潮流が、「退行的であると同様に先進的でもあった」という箇所は、言語に関する相反的要素を当時の人が求めていたという状況と結びつく。また、秘教的で（mystify）、通俗的なもの（vulgar）と言及しているのは、当時の言説空間の混乱を意味していると思われるが、「狂気に満ちた欲望」をマニフェスト・デスティニーに群がった人々と結びつけるとき、言語に対して人々の理解に大きな溝があったことが想像できる。当時力を持ち始めたジャーナリズムの言葉の使い方にソローは疑問を持っていた。エマソンらとの間で理解していた言語とは違った言語が広まりつつあったからではないだろうか。

エマソンは、最初のエッセイ「ネイチャー」で、「言語」という項目を立てている。ここでエマソンは、言語は自然の象徴だとし、自然は精神の象徴であるとする。言語は精神を表すもの、つまりアメリカ的精神の現れとしていたと解釈できる。では、アメリカ的精神をあらわす言葉とは何であったのか。当時の言語を巡る状況を見ておく必要がある。一九世紀初頭から、アメリカでは辞書と文法書の制作が盛んになる。辞書の編纂により米語を確立する嚆矢となったのがノア・ウェブスター（Noah Webster）の辞書『アメリカ英語辞典』（一八二八年）である。ウェブスターの辞書は、スペルや語法などの面で大英帝国とは違うアメリカ合衆国の言葉を作り上げたとされる。しかし、ウェブスターの辞書のこうした評価の背景には、さまざまな辞書づくりの蓄積があった。(2) ウェブスターの辞書作りは、彼の後継者が引き継いで大きくする。ウェブスターといえば辞書が思い起こされるが、これはウェブスター一人の功績ではなく、多くの試みの上に成り立った成果がウェブスターの辞書として記憶されることになったものである。この間の事情を大衆層に焦点をあて論じたのがケネス・クミール（Kenneth Cmiel）である（55-93）。

当時の辞書作りは、政治的な動きや、地域の対立など様々な流動的要素が入って行なわれた。辞書が作られる背景には、国土の西への発展と合わせ民主主義的な社会が浸透し、大衆文化が出来上がったことがあげられよう。大衆化のなかで、人々は言葉に対しあるときは洗練を、またあるときはくだけた表現を望んだ。どんな言葉を用いるかについては、伝統派と改革派の間での確執があり、とりわけどのように書くかについて洗練された言葉を用いるか、あるいは日常の言語を用いるかについて書き手たちは揺れ動いていたのだ。[3] また、どの地域が文化を推進するかという問題も含んでさまざまな対立軸が作られた。知的文化の発信地として特別な位置を占めていると考えられたボストンとそれ以外の地域の対立構造である。ここに知識人の活動の場とまた出版媒体の違いを加えると、言葉に対する考え方の対立構造にはさらに複雑な様相が見えてくる。こうした状況でさまざまな地域で活躍した作家たちが、アメリカ文学の言葉を作り出していくのである。[4] どんな言葉・文法を使って書くか、話すかについての議論が盛んななかでエマソンたちは新しい言葉でその思想を表現しようとしたと言える。では、エマソンはどのような表現をし、それはどのように理解されたのだろうか。

齋藤直子はエマソンを読むことは、「人が自ら思考し言葉を生み出すことによって、自らの生き方を問い、意識を覚醒してゆく言語創造への誘いであるように思われる」（四〇）とし、エマソンに「生」

の哲学を見出す読み方を提示している。しかし、一方でエマソンの思想は、従来アメリカ的個人主義の源泉であると評価されてきた。確かにエマソンの考えには、個人は孤立してその力を発揮しうるものだというところがあり、個人の力への信頼がある。しかし、これは言い方をかえれば、組織の力より個人の力を重視する考えとも関係づけられる。エマソンは、たびたび孤独になること、孤立することの重要性を述べている。後年になると若者たちへの講演で、産業社会で生きる指針となる個人の倫理を説いていくことが多くなる。それは社会のなかでも個人の力を強調することにおいては、一貫した考えであるといえる。だが、その理解には大きな危険がある。齋藤も指摘するように、エマソンが如何に生きるかという生の哲学を問題にした側面を理解せず、個人主義の推奨という面だけで捉えることは、エマソンの言説の深層が理解できたことにならない（三九）。それだけでは個人重視の思想と自己責任の考え方に基づいた社会を推進した思想と捉えられてしまう危険があるからだ。そこから救い出し、エマソンを正当に評価するためにも、エマソンの言葉の哲学的解釈、もしくは「如何に生きるか」を引き出す読み方が必要である。堀内正規はエマソン論『エマソン——自己から世界へ』で、「むしろエマソンのエッセイを読むとは、論理も含めた言葉の〈運動〉そのものを読むことであり、比喩や修辞、文体の変化、声のトーンなどに注意しながら、〈言いたいこと〉と〈言葉のかたち〉との関係を常に思考に繰りこむことでなければならないだろう」（八）と看破する。

エマソンが彫琢した文章が当時どのように受容されたかについて再考する必要があろう。その際、大西洋を挟んでエマソンから大きな影響を受けたとされるフリードリヒ・ニーチェ（Friedrich Nietzsche）に注目したい。ニーチェはエマソンに実際に会うことこそなかったが、エマソンに「いかに生きるか」というテーマを見出していたからだ。エマソンに出会うこととはどういうことかのヒントをニーチェが与えてくれる。エマソンの言語の奥にある「生」の哲学がどのように理解されていったかニーチェのみたエマソンから考えていこう。

## 二　ニーチェからみたエマソン

ニーチェがエマソンに魅せられたのは、アメリカがニーチェにとっては、伝統に縛られない新しい国であること、ヨーロッパ的な哲学が生とは何かを中心としているのに対し、エマソンが「いかに生きるか」を書いていることに惹かれたからだとジェニファー・ラトナー＝ローゼンハーゲン（Jennifer Ratner-Rosenhagen）は言う（4-5）。ニーチェがエマソンの文章に初めて出会ったのは、多感な十代後半の一七歳のとき、入学したギムナジウムの教育に疑問を抱き孤独を感じていた頃であった。ニーチェが最初に読んだのは、エマソン後期の作品 *The Conduct of Life*（1860）であったとされる。ニーチェはこの後もエマソンのエッセイ集なども読み続け、その所蔵本には多くの書き込みが残されている。『コンダクト・オブ・ライフ』から彼は人生における哲学に気づくことになる。そのなかのエッセイ「運命」（"Fate"）から「運命と歴史―所信」（"Fate and History: Thoughts," 1862）、「意志の自由と運命」（"Freedom of Will and Fate," 1862）が生み出され、若きニーチェは人間の能力と外的な力の関係を考察していくことになる（*The Nietzsche Reader* 3-15）。ニーチェはエマソンの「運命」から大きな影響を受けたといえよう。では、ニーチェのエマソンとの出会いとエマソンの「運命」の持つ意義を見ていこう。

ニーチェは最初作品を発表するも理解されず苦しんでいたとされる。しかし、推測の範囲をでないが、大西洋を隔てた新しい国の哲学者に支えられ、彼自身の哲学を展開していったともいえる。その心の友のエマソンは、アメリカ国内では名声こそ高まりはすれ、ニーチェのような読者を獲得したとは言い難い。エマソンの哲学的側面の評価は、近年ブランカ・アーシッチ（Branka Arsić）が再燃させているが、ジョン・デューイ（John Dewey）やカベルの一九七〇年代の評価を待たねばならなかった。デューイは、エマソンを「民主主義の哲学者」と呼び、カベルは『センス・オブ・ウォールデン』で、エマソンをムードの哲学者と表現した。エマソンをどう読むかは、じつはアメリカ的思考、またはアメリカにある哲学的思想を考える際に重要な要素ではないだろうか。若いニーチェが捉えたように、アメリカの哲学はまさしく"what"という問いでなく、"how"という問いからはじまっているからである。エマソンの表現は、決して難解な言語を使っているわけではないが、比喩と矛盾を含んだ表現である。アメリカを代表する知識人と言われながら、「自己信頼」と「透明なる眼球」というキーワードと共に言及され、その「生」の哲学までは多くの人に理解されなかったエマソンの哲学思想をニーチェの読解を参考にしながら考えてみよう。

ニーチェはエマソンのどこに感銘を受けたのだろうか。エッセイ「自己信頼」にある「生きていることに価値があり、生きたことに価値があるのではない。力は休止すればなくなるものであり、過去から新しい状態へという変化のなかに存在するものだ」（Emerson II: 40）という箇所にニーチェは書き込みをしている（Ratner-Rosenhagen 40）。エマソンの哲学を「生」の哲学と捉えたニーチェは、エマソンの生を動態で捉える。さらに加えれば、力という言葉に込められた表現方法に魅せられたのではないだろうか。エマソンのエッセイには、力という言葉がよく登場する。また、『コンダクト・オブ・ライフ』には「力」（"Power"）というエッセイがある。

エマソンのいう力を考える際に参考となるのがエッセイ「キャラクター」で言及される力である。このエッセイでは、「キャラクターとはなんらかの方法をつかってあらわれるのではなく、存在からあらわれる力である。人は、その力に影響を受けるが、その教えは伝えられるものではない。だから、天才は孤独であり、また孤独を楽しむことができるのだ」（Emerson III: 53）と述べ、キャラクターとは内在的力だとする。「アメリカン・スカラー」では、そもそも「キャラクターは知性より高次のものである」（Emerson I: 61）と述べており、個人が本質的に持つ力が後天的な知性を超えるものとする。ヨーロッパの組織的な知の方法に不満を抱いていたニーチェにとっては、エマソンの言葉は彼を勇気づけるものであったに違いない。力を持つものは、孤独であるというくだりもニーチェ自身の姿を映しとるものと感じたのではないだろうか。では、エマソンのいう力とは何か。

若いニーチェを魅了したエマソンの思想は、エマソンがその言葉に込めた解釈の幅にある。エマソンの意味するキャラクターとは、個人がどのように生き、考えてきたかにあらわれる。エマソンが、このエッセイに先立つ「アメリカン・スカラー」のなかで使った「思考する人間」（"Man Thinking"）という言葉は、エマソンの意味する力を理解する鍵となる。スカラーとは思考する人間であると述べた後、その際必要なこととして自然に反応することだとする。そして「網の目のような神の連続性には初めも終わりもない、しかし、いつも循環する力はそれ自身に戻ってくる」（Emerson I: 75）と述べる。さらに、創造することの重要性を述べ、「創造的な方法、創造的な行動、創造的な言葉というものがある。方法、行動、言葉とは、慣習や権威ではなく、善であるという自身の感覚から自然に湧き出てくるものである」（Emerson I: 77）としている。「キャラクター」で述べている存在から湧き出る力に繋がっていく。エマソンにとって力とは人を導く力となるもので、それは自然の力のように人に内在するものだと考えることができよう。ではこの延長線上にある「運命」では力はどのように定義されているだろうか。

エッセイ「運命」において、運命を受け入れることは、矛盾するようだが自由であることを認めることだと言う。そして自由とは、個人が意味を持つ証左であり、その責任の重さであり、キャラクターの持つ力であるとし、運命を受け入れることはその力を知ることだとする（Emerson VI: 2）。動物界を例にとりながら、運命と力は、相補関係にあり、運命をも認めながらもそれに対抗できる力があると展開する。「自由は不可欠なもの」であるから、「知性は運命を無効にすることができる。だから人間は考えている限り、自由なのである」（Emerson VI: 11）とポジティブに進める。「運命」最後のパラグラフは、人は必然を恐れることなどないと断じる。なぜなら、それでも思考する人は自由だからである。ローゼンハーゲンは、ニーチェによるエマソンの書物への多くの書き込みから、ニーチェが「運命」を介してエマソンと対話し、「自己」と「世界」の関係を如何に構築するかの考察を進めた様を跡づける(13)。この関係を象徴するのが、「運命」最後の段落で繰り返される「美しい必然」（"Beautiful Necessity"）である。

ニーチェの読むエマソンを参考にすると、如何に生きるかの哲学と、運命を認めながらそれに対抗する力、人間の自由についての思想が理解できる。エマソンの言葉には、独特の意義づけがあり、それは時に矛盾するような文章となって展開をしていく。しかし、ちょうど作用と反作用のように、二つの動きが対抗しながら働き新たな運動へと導くように、その文章から肯定的な意味が引き出せるような文の流れを作っている。これは当時の刺激的な言葉や文章で人の注意を引きつけ、その一方で思考停止を招くような方法とは明らかに違った方法であったと思われる。のちに述べるが当時のアメリカの言論界は、刺激的な言葉を求めていた。エマソンを哲学的に読む環境は整っていないといえる。二〇世紀に入りアメリカでニーチェブームが訪れることになるが、ニーチェを通して、エマソンが対峙した如何に生きるかと取り組むことになったと言える。エマソンが示したテーマは、世紀を跨いで受容される。

ニーチェのような読者が当時のアメリカで多くなかったとしたら、それは当時の言論界や言葉に対する意識も関係づけて考えて見ることができるだろう。当時の読者たちを取り巻いていた環境について考えていきたい。エマソンが「運命」（"Fate"）を表す以前に、運命を意味する別の単語「デスティニー」（"Destiny"）が一世を風靡していた。

## 三　マニフェスト・デスティニーをめぐる言語

一九世紀中頃、エマソンがエッセイを発表し、講演を多くの場所で行なっていた頃は、新聞・雑誌の急速な発展により様々なコミュニケーション媒体が読者に提供される。新聞・雑誌には、建国期から続く感傷小説、ピカレスク小説、また読者の興味をそそるような扇情的な事件が掲載され、販売数を伸ばそうとしていた。新聞などの論調も、論争的、あるいは鋭く糾弾する論調が盛んとなる。たとえば、エドガー・アラン・ポー（Edgar Allan Poe）は舌鋒鋭い批評を行なった。彼はトマホークマンといわれ、人々はそのようなポーの論争を期待する。(5)『トリビューン』紙を主宰したホーレス・グリーリー（Horace Greeley）も、批判の際に激しい言葉の使い方をし、時に反感も生んだ。こうした背景には、多くの安価な新聞や雑誌が出されるなか、雑誌を維持するためにジャーナリズムはより耳目を引く言葉を選択し、その結果センセーショナルな言語へと傾いていったことが考えられる。エマソンのエッセイはそんな状況のなかで出版され、読まれていたことになる。そして、オサリヴァンの「併合論」もこうしたなかで広まった。

オサリヴァンは、アメリカ史上もっとも影響力のあったレトリシャンとも言われるが（Widmer 3）、その言説によってアメリカのナショナリズムを作り上げたとも言える。同じように、アメリカのナショナリズムを言語の面で推進したのが、前述したノア・ウェブスターである。コネチカットの教師であったウェブスターが、新しい国家にふさわしい語法を求めて出版した『英語文法の原理』は、国語を通して、または国語によって形成された国家の倫理観と結びついており、ウェブスターは政治の世界とも関係した（肥後本 二三）。ウェブスターの目指した言語におけるアメリカニズムは、形を変えてオサリヴァンに引き継がれていくとも考えられる。

また一方で、ウェブスターが出版した文法書のコンセプトは、慣習でなく合理性に基づくとされる（Cmiel 77）。ウェブスターのナショナリスティックな志向を考慮すれば、文法書にその影響がなかったとは言い難い。また、ウェブスターが書く文章は、「読者に直接語りかけるような素直な文章」であったという（肥後本 二五）[6]。一九世紀当時、文法熱ともいえるほど人々は熱心に文法を学んだ。南部識字研究者のベス・バートン・シュヴァイガー（Beth Barton Schweiger）によれば、公教育では文法を教えておらず、人々は教本を使って文法を自学していたという[7]。正しい英語を書けることは社会的地位を向上させることになったからである。大衆の間で言語表現への意識が高まった現象は言語革命と呼んでもよいのではないだろうか。

一方、ニューヨークには若者を中心にある政治運動が起こっていた。ヤング・アメリカ運動である。エドガー・L・ウィドマー（Edward L. Widmer）が述べるように、ヤング・アメリカ運動は、ニューヨークの人脈を中心にして出来上がる。彼らは新しい民主主義の国を目指した。そしてこの運動が広まるのを助けるのがオサリヴァンである。エマソンは「自己信頼」で個人が生を自覚的に独立して営むことを説いていたが、オサリヴァンは仲間を作って民主的な運動を広めようとした（Widmer 13）。そして新しい民主主義の文化を求める声がニューヨークを中心に広がっていく。なぜなら、人々はより新しいレトリックに飢えていたからである。

アメリカとレトリックの関係は切っても切り離せない。アメリカ建国以来、いや植民以来、さまざまなレトリックを駆使してアメリカ大陸に民主主義国家が作られた。しかし、レトリックが大衆のものとなるのは一九世紀のことである。レトリックを修得するには、文章を学ぶ努力が必要であり、文法を学んだ人々が次に目指したのが、レトリックの修得であった。修辞学は、エリート教育としてラテン語などと共に教えられていたが、文法書、また修辞学の教本により、一般の人々もレトリックを学び修得していった（Schweiger 74-85）。洗練された表現は多くの人が理想としたものだったのだ。そんななかに登場したのが、オサリヴァンの「マニフェスト・デスティニー」である。

オサリヴァンのレトリックとエマソンら作家たちのレトリックの違いは、言語の使い方に対する不信に自覚的か否かであろう。「マニフェスト・デスティニー」という言葉で表した拡張主義に、オサリヴァン自身は疑問を抱いていなかった。オサリヴァンが「併合論」で使った言葉「マニフェスト・デスティニー」は、聖書からの引用でも、他の書物からの引用でもない。しかし、オサリヴァンは「併合論」のなかで、領土拡大について「神の摂理が私たちの人種のために与えてくれた高貴な運命を成就するため」と書き、神から与えられた義務として捉えている。領土拡大が、なぜ「明白」で、「運命」なのか、奴隷制と先住民問題を棚上げにし、それ自体を深く考えることなく、言葉が指し示す方向に人々は導かれていった。意味内容が言葉から離れインフレ現象を引き起こしているとも言える。開拓と発展が進んでいく時期のアメリカの人々は、こうしたインフレ気味の言葉を好んだのではないだろうか。何を意味するか考えるのでなく、その言葉が自分を導いてくれるような言葉、わかりやすい言語、わかりやすい表現を求めていたとも言える。

これに比してエマソンの言語は、前述したように言葉の意味を考えさせる文章である。そしてその意味はあるときは矛盾する要素を含んでおり、読む人に立ち止まって意味を考えさせつつその流れに身をまかせるような読書を要求する。一言で言えばわかりにくい文章である。エマソンはオサリヴァンの説く「マニフェスト・デスティニー」による拡張主義には反対であった。エマソンの思い描くアメリカはオサリヴァンの思い描くアメリカではなく、ちょうど二人の運命を意味する語の選択が異なっているように、違った未来を信じていた。オサリヴァンは、アメリカとはどんな国であるべきかとの問いを立て、拡張すべき国であると捉え、それを疑わず、その方法は問わなかった。しかし、エマソンは、権威を疑い、アメリカは如何にして新しい国家となるべきか、思考することを要求していた。

## おわりに

ローレンス・W・レヴィン（Lawrence W. Levine）は、一九世紀中頃まではハイブラウとロウブラウの区別のない、誰もが享受できる文化が成立していたという。確かに一九世紀は民主主義の進展と共に民主主義を形作る大衆文化が発達したが、じつは大衆文化の作り手である国民はさまざまな階層の人々から成り立っていた。それらが一括りになり大衆となったものが、オサリヴァンたちの読者であり、エマソンの読者でもあった。(8) 発展する交通網を使って新聞、雑誌の販売網は拡大していき、不特定多数の大衆が読者となる。大衆に届けるための新聞を意識したオサリヴァンは、より大衆に訴える言葉を使った。「マニフェスト・デスティニー」というレトリックはそんななかで出来上がり流通する。アメリカが拡大するのを是とする言葉「デスティニー」によって、人々を西への拡張運動に駆り立て、そうすることが合理的であると人々に思わせた。一方エマソンの、いかに生きるかを問う人文主義的思考は、わかりやすさを求める功利主義に対抗する形となっていく。エマソンの言葉とオサリヴァンの言葉の違いは、言語をめぐる対立の二面性を表している。

大衆文化をどのようにして文化として維持していくかは大衆文化発展のなかにあっても議論を生

みつつ継続した問題となっていた。リチャード・ホフスタッター（Richard Hofstadter）のいうアメリカの反知性主義の議論ともつながってくる。ホフスタッターの議論を展開させた『反知性の帝国』で巽孝之、後藤和彦が論じるように、アメリカにある反知性的傾向はアメリカ知識人たちの持つ分裂した意識とも結びついている。さまざまな要素が絶えず分裂する危機を持った言語環境のなかで、エマソンたち文学者は自分たちの言語表現を探究した。マニフェスト・デスティニーに象徴される直感的な言語の使い方とエマソンの思索的な言葉の使い方は併存しそのジレンマは今も続いている。

【註】

（1）エドワード・L・ウィドマーのヤング・アメリカ運動研究はその一つの頂点といえる。これは、当時の文学と政治の密接な関係を明らかにし、マニフェスト・デスティニーが意味する拡大主義に含まれる奴隷制、先住民の問題なども含み、ヤングアメリカ運動の進展を二期にわけた。ウィドマーは、オサリヴァンを当時のヤングアメリカ運動を支援する人物として捉え、この言葉を生み出したオサリヴァンとヤングアメリカ運動に集まった人々の関係を明らかにしたが、ノア・ウェブスターら言語面で活動した人々にはほとんど言及がない。言語面では、増井志津代が、プロテスタントのヴァーナキュラー面での伝統に着目し、一九世紀のハリエット・ビーチャー・ストウに至る系譜をたどっている。ロバート・ショルニックは、アメリカン・ルネサンスといわれる一九世紀中頃の作家たちへのアプローチを見直し、雑誌が果たした役割に注目している。その際「マニフェスト・デスティニー」に代表されるジャーナリズムの言葉を大衆の言語として言及があるものの、言語に対する考えの変遷には触れていない。

（2）ノア・ウェブスターの評価もかなりの幅のあるもので、肥後本は後半生の辞書編纂とそれ以前のアメリカニズムの元となるナショナリズムの唱導者としてのウェブスター像を合わせて見直している（肥後本　一五）。肥後本はウェブスターの批判として当時あった新しいアメリカ的な話法の捉え方への反発に着目している。ケネス・クミールは、辞書の流通の仕方に着目し、ウェブスターの辞書の意味を再考している。クミールは、ウェブスターの果たした役割より、ウェブスターが始めた新しい辞書の導入がどのような経緯で変遷したかを、アメリカ国内の対抗する動きのなかで捉える。さまざまな辞書編纂に関しては本吉侃参照（25-203）。

（3）当時、ヘンリー・ウォード・ビーチャーは、「気取らない方法でユーモアを加え、なおかつ上品さと慎みと迫力」を持った話し方で一躍人気の講演者となる。貴賤が入り混じった文化としてアメリカ文化は独自の道を歩み始める（Cmiel 58）。

（4）アメリカ国民文学の代名詞とも言える『アメリカン・ルネサンス』で取り上げられる作家たちを地域で分けると、ボストン地域のエマソン、ソロー、ホーソーン、そしてニューヨークのホイットマン、メルヴィルに分けられよう。このなかに、マシーセンがポーを除外したのも、民主主義というより地域性を考えると理解できるところがある。後年ニューヨークジャーナリズムで活躍したポーだが、出発点となった南部の言論界との関係が深いこともあり、『アメリカン・ルネサンス』が東部の作家たちに注目した書であることを考えると、アメリカン・ルネサンスは地域的に東部限定的である。南部などのルネサンスも必要であろう。

（5）ケネス・シルヴァーマンのポーの伝記を参照（236）。ロングフェロー論争に関しては、大串を参照。また、当時のセンセーショナリズムとポーの関係について西山を参照。

（6）ウェブスターの辞書はその後、メリアン家が引き継ぎ売れ行きを伸ばし今日の名声を得るが、出版された当時は商業的には失敗であった（Cmiel 84）。当時の辞書で、ウェブスターの英語辞書とその後に作られたウースターの英語辞書が競争関係にあったとされる。ウースターが英国寄りのところが若干あるとはいえ、ほとんど内容的に変わりはなかったが、流通を考えた場合、ウースターの辞書はハーヴァードを中心としたボストン地域、そしてウェブスターが、イエール出身だったこともありイエールを中心にボストン以外の地域で広まっていく。ここにも地域による分裂が進行していたことが伺える。しかし、興味深いことに、ボストン中心のエマソン、ホーソーンだけでなく、ニューヨークのメルヴィルなどもウースターの辞書を使ったとされる（Cmiel 85-86）。文学者には地域を超えた言葉に対する連帯があったとも思われる。

（7）ベス・バードン・シュヴァイガーは、南北戦争前の南部の女性たちの手記から当時の読み書きの状況を分析していった。なかでも当時の文法書と修辞学の教本の流通から地方における文化状況を明らかにした。

（8）安価な新聞を読む読者と、エマソンのエッセイを読む読者層にはもちろん違いはあるが、エマソンの場合、その講演について新聞に掲載されることがあり、当時のセレブリティとしての読者層に重なりがあると考えられる。

【引用文献】

Cavell, Stanley. *The Sense of Walden*. The U of Chicago P, 1981.

Cmiel, Kenneth. *Democratic Eloquence: The Fight over Popular Speech in Nineteenth-America*. William Morrow and Co., 1990.

Emerson, Ralph Waldo. *The Collected Work of Ralph Waldo Emerson*. Edited by Alfred R. Ferguson et al, Harvard UP, 1971-2013. 10 vols.

Levine, Lawrence W. *Highbrow/ Lowbrow: The Emergence of Cultural Hierarchy in America*. Harvard UP, 1988.

Matthiessen, F.O. *American Renaissance: Art and Expression in the Age of Emerson and Whitman*. Oxford UP, 1941.

Nietzsche, Friedrich Wilhelm. *The Nietzsche Reader*. Edited by Keith Ansell Person and Duncan Large, Blackwell, 2006.

O'Sullivan, John L. "Annexation," *United States Magazine and Democratic Review*, 17, no.1, July-August 1845, pp. 5-10.

Pratt, Julius W. "The Origin of 'Manifest Destiny'," *The American Historical Review*, vol. 32, no. 4, July 1927, pp 795-798.

https://www.jstor.org/stable/1837859.
Ratner- Rosenhagen, Jennifer. *American Nietzsche: A History of an Icon and His Idea.* The U of Chicago P, 2012.
Sampson, Robert. *John L. O'Sullivan and His Times.* Kent State UP, 2003.
Schweiger, Beth Barton. *A Literate South: Reading before Emancipation.* Yale UP, 2019.
Silverman, Kenneth. *Edgar Allan Poe: A Biography.* Harper Perennial, 1991.
Scholnick, Robert J. "'The Mob Before Him' Teaching Antebellum Literature with Periodicals," *American Periodicals,* vol. 12, 2002, pp.163-171. https://www. jstor.org/stable /20770900
Shumsky, Neil Larry. "Webster and the Invention of Immigration," *The New England Quarterly,* vol.81, no.1, Mar. 2008, pp.126-135.
Smith, Henry Nash. "Walt Whitman and Manifest Destiny," *Huntington Library Quarterly,* vol. 10, no. 4, Aug. 1947, pp. 373-389. https://www.jstor.org/stable/3815800
Thomas, Dwight. *The Poe Log- A Documentary Life of Edgar Allan Poe.* G.K. Hall & Co., 1987.
Widmer, Edward L. *Young America: The Flowering of Democracy in New York City,* Oxford UP, 1999.
遠藤泰生編『近代アメリカの公共圏と市民――デモクラシーの政治文化史』東京大学出版会、二〇一七年。
大串尚代「批評――論争家ポー」八木、一二八―一四三頁。
齋藤直子「カベルによるエマソンの再解釈――道徳的完成主義に見られる教育の哲学」『教育学研究』六八（三）、二九六―四〇三頁。
高梨良夫『エマソンの思想の形成と展開――朱子の教義との比較的考察』金星堂、二〇一一年。
巽孝之編『反知性の帝国――アメリカ・文学・精神史』南雲堂、二〇〇八年。
西山智則『エドガー・アラン・ポーとテロリズム――恐怖の文学の系譜』彩流社、二〇一七年。
肥後本芳男「国家と言語とナショナリズム――アメリカ建国期におけるノア・ウェブスター」『同志社アメリカ研究』

三〇、一九九四年、一五—三〇頁。
堀内正規『エマソン——自己から世界へ』南雲堂、二〇一七年。
増井志津代「ニューイングランドの出版文化と公共倫理」遠藤、二七九—三〇八頁。
本吉侃『辞書とアメリカ英語——辞典の２００年』南雲堂、二〇〇六年。
八木敏夫・巽孝之編『エドガー・アラン・ポーの世紀』研究社、二〇〇九年。

# 第四章　西の果てに待つもの

## ――フラー、セジウィック、ルイス・デ・バートンにみるマニフェスト・デスティニー

大串 尚代

# はじめに

一九世紀前半に始まる、アメリカ拡張政策を支えるイデオロギーを表す言葉「明白なる運命(Manifest Destiny)」の初出が、『デモクラティック・レビュー』誌(一八四五年七・八月号)に掲載されたジョン・オサリヴァンによる記事「併合論(“Annexation”)」であることは、現在ではよく知られていることだろう。この言葉の初出については、一九二七年に『アメリカン・ヒストリカル・レビュー』誌に掲載されたジュリアス・プラットによる論文「「マニフェスト・デスティニー」の起源」で明らかにされている。この論考でプラットは、「明白なる運命」がアメリカ下院議会で初めて使用されたのは一八四六年一月のことであり、マサチューセッツ州下院議員ロバート・ウィンスロップが、オレゴンの統治問題をめぐる演説中にこの言葉を用いた時であると指摘している。プラットは、ウィンスロップがこの言葉を知ったのは、一八四五年一二月に『ニューヨーク・モーニング・ニュース』誌に掲載された記事によると断じ、同誌の編集にジョン・オサリヴァンが関わっていたことから、同じくオサリヴァンが編集していた先述の『デモクラティック・レビュー』誌掲載の「併合論」へとたどりついている(795-97)。

さらにプラットは、「明白なる運命」という言葉そのものは使用されていないものの、一八三九年一一月に刊行された『デモクラティック・レビュー』誌に掲載された記事「偉大なる未来の国家」と「併合論」の内容が類似していることを指摘し、こちらもオサリヴァンの手によるものであると結論づけている(797)。この記事では「われわれの国の誕生は新たな歴史の始まりであり、これまでにない政治形態を形成し、推進するものである。それがわれわれを過去と切り離し、未来とのみ接続させるのである」という力強い主張が述べられ、新たに誕生した国家であるアメリカが、未来のみを見つめていることが強調される（「未来の偉大な国家」426）。さらに、「われわれの国は、未来の偉大なる国家となる運命なのだ（our country is destined to be *the great nation* of futurity）」という一節は、のちに「併合論」に登場する「明白なる運命」と共鳴する（強調原文、426）。

「併合論」がその主題にしていたのは一八四五年のテキサス併合であるが、このテキサス国の合衆国加入は、その翌年一八四六年四月から約二年にもおよぶ戦いとなったアメリカ＝メキシコ戦争の引き金となり、アメリカの拡張政策の発端ともなった出来事であった。一八四〇年代はまた、領土の拡張のみならず、女性の権利意識が拡がりゆく時代でもあったことを考えあわせるならば、この「明白な運命」が示す「拡張」はさまざまな意味を帯びる。一九世紀から二〇世紀への世紀転換期におけるアメリカの帝国主義へと受け継がれる「明白な運命」に表れる時代思潮が、女性の領域であるとされるドメスティシティに繋がっていたことは、エイミー・カプランが論文「マニフェスト・ドメスティシティ」で鮮やかに論じている。本章では、カプランが明らかにした、東部の女性作家と西部への拡張主義の共犯関係を踏まえつつ、女性作家と「明白なる運命」の関係を、西部からの視点をいれつつ再検討することを目的とする。本章で扱うのは、西部へのまなざしを作品に描いた東部出身の女性作家マーガレット・フラーとキャサリン・マリア・セジウィック、そして彼女たちとは逆に西部から東部を見たメキシコ領バハ・カリフォルニア出身のマリア・アンパロ・ルイス・デ・バートン、また西部と東部をつなぐ存在として、「明白なる運命」という言葉の成立と深く関わっていたとされる女性ジャーナリスト、ジェイン・マクマヌス・ストーム・キャズノーである。これらの女性作家たちの視線が交差するとき、そこに何が見え、どのような声が聞こえてくるのか。それぞれの作家にとっての「明白な運命」とはどのような意義があったのだろうか。

## 一　エデンではない西部――フラーと『五大湖の夏』

『デモクラティック・レビュー』誌に掲載された「併合論」は、「年ごとに何百と倍増する人口の自由な発展のために、神の摂理によって割り当てられた土地に、明白なる運命を拡散する」ことを妨害する国々を批判しつつ、テキサス併合の正当性を主張している(5)。一方で「運命」という言葉は、アメリカの拡張政策における帝国主義的側面を隠蔽してきたことを、エイミー・グリーンバーグは指摘する。土地の拡張のみならず、「明白なる運命」という概念がもたらしたのは、拡張する「主体」である自分たちがアングロ・サクソンという人種であるという意識の成立であり、それは他ならぬ「よそもの(foreign)」とされる人々との区別を作りだしてきたとグリーンバーグは論じている(14)。

東部でヤング・アメリカ運動が始まり、領土拡張と国民文学への志向が同時期に高まっていく一八三〇年代から四〇年代以降、東部の女性作家は西部をどのように見ていたのか。そこで目にした女性たちについて、彼女たちはなにを思ったのか。西部に旅行にでかけた経験をもつ東部女性作家として、まずはマーガレット・フラーとキャサリン・マリア・セジウィックの旅行記を見ていこう。

一八四五年に刊行されたマーガレット・フラーの『一九世紀の女性』は、一九世紀中葉から始まる第一波フェミニズムを支えた重要な著作であるが、フラーはこの前年である一八四四年に『五大湖の夏』を出版している。この作品は、一八四三年の夏にフラーがナイアガラの滝からシカゴを経てミシガンまで行ったときの様子を、自分の所感とともにまとめた旅行記であり、またその経験から想起されたことをしたためた随筆でもある。実際に西部へと赴いたフラーは、そこで目にした風景、出会った人々、そこで知ったことなどを、どのように本作品で描いているのだろうか。

最初にフラーが記しているのは、当時から観光地として有名だったナイアガラの滝である。興味深いことに、フラーは目の前の自然にただ感動するのではなく、むしろ自然との距離感を抱いたようだ。フラーはナイアガラの滝を実際に見たときの思いを、「端的かつ正しく述べるならば、それはここに来られてよかった」と言いつつも、「わたしたちの欲望は一度満たされるとあっさりと、以前ほどはわたしたちを虜にはしなくなるのだ」と述べている（71）。そして「一日すごしたら、別の場所に移動し、そこでまた意味のある生活を送る」方がよいという見解を示している（71）。同時にフラーは自然に入り込むことの難しさについてもこう語っている――「日常の何気ない親しみをもってはじめてその美しさのなかに入っていくことができる。というのも、自然はわれわれの視線を拒み続けるものだから」（85）。この自然との距離感は、西部という土地を手放しで歓迎するといった態度とは異なっている。

デボラ・パエス・デ・バロスは、西部に住む人々は往々にしてアダムとイヴに喩えられ、西部という土地はエデンの楽園としてみなされていたことを指摘しているが（六二）、フラーにとっては楽観視できるような土地ではなかったようだ。というのも、フラー自身が西部は人を堕落させてしまう土地として偏見を持っていたことを告白しているからだ。もっとも、フラーは西部に対しては複雑な思いを持っていたようだ。彼女は実際に西部に行くに際し、決して狭量な心持ちで西部を見ないよう心していたことを記しており、自分の好みとは異なるものがあったとしても、そうした「混沌」から「新しい詩」が生まれる可能性を意識していた（86）。とはいえ、旅行中のフラーは西部の美しい風景を楽しみながらも、やはり東部から西部に移住した人々の計算高さや物欲を丸出しにする姿勢を批判してもいる（91, 96）。

こうしたフラーの率直な西部への戸惑いの理由は、どこにあるのだろうか。その一部を、フラーが東部女性としての視点で西部に住む女性の姿を語る部分に見て取ることができる。フラーは、イリノイの平原を見て「男性の支配的精神」をそこに感じ（96）、西部フロンティアにおけるもっとも大きな問題は、女性が西部に適合できていないことだと指摘している。女性が西部に移住する場合、ほとんどの女性は夫の決断に従っているだけであり、仮に移住が自身の決断であったとしても、それは夫への愛情の故であること、だからこそ移住には苦労が伴うのだと述べている（106）。東部の生活に慣れ親しんだ女性は、西部に来てもなかなか適応ができない。さらに西部に来る人々の多くは計算高く、物資が不足がちな生活のせいで物欲の塊になっている。つまり、前述したとおり、西部という土地はエデンの園ではなく、むしろその生活の厳しさ故に、人を堕落させてしまう土地であるかのように、フラーは『五大湖の夏』で西部を描いている。こうした状況にある西部の女性たちに対して、フラーは次世代の教育の重要性を理解してほしいと訴える。

覚悟がある人たちにとってはこれ以上ないほどの喜びとなることが多くあるが、そうしたことに心身ともに喜びを見いだせず、不向きである人たちの姿も様々に見てきた。しかし年若い少女たちを深い興味をもって見守りたいという気持ちを抑えることはできなかった。彼女たちが体力的にも強く、器用で、こざっぱりしたセンスを持ち、西部の農家の暮らしを楽しみ、磨きをかけるのにちょうどよい才覚を持って育ってほしいと願わざるをえない。（中略）わたしが心から願うのは、ニューヨークやボストンの学校を真似るのではなく、この土地と時期の要望に十分に応えられる人々が、この地に質の良い学校を作ることで、東部への進学熱を正してくれることである。（107）

フラーにとってこの西部旅行の記録は、自然や開拓者たちの生活を書き残すだけのものではなかった。むしろ西部での生活が決して牧歌的なものでもなく、またエデンの園のような楽園でもない現実を目の当たりにすることで、西部に暮らす女性の問題をフラーが再認識し、それを書き記していくものだったのではあるまいか。フラーが描く西部は――フラーの偏見も多分に含まれてはいるだろうが――本当に必要なものだけではなく、求める必要のないものまで欲する人々が集まる場所、つまり物欲にあふれ、まっとうな人間が育ちにくい場所として、彼女の目に映っていたのだろう。東部の女性であるフラーが提示した西部とは、「明白なる運命」が示すような西部神話の土台を揺らがすものであるともいえるだろう。しかし同時に、教育によってその土地が育む少女たちの誕生を願うフラーは、「明白なる運命」それ自体を完全に否定することはなく、むしろ次の世代に希望を託しているようにも思われる。それはすなわちこの「明白なる運命」による西部の問題解決を未来に託す――あるいは先送りする――態度とも言えるだろう。フラーはこの後、新聞特派員としてイタリア、つまり旧世界へと渡っていき、アメリカへの帰国直前に船舶事故で亡くなってしまったがために、西部という未来（futurity）の土地との関わりは、途切れてしまったのである。

## 二　荒野の独立宣言――セジウィックとミネソタへの旅

この時代の出来事と出版物の関係を年代順に見ていくと、興味深いことがわかる。フラーは一八四四年に『五大湖の夏』を出版し、一八四五年には『一九世紀の女性』を刊行しているが、それは奇しくもオサリヴァンの「併合論」の発表と同じ年であった。その翌年の四月にはその後二年に及ぶことになるアメリカ＝メキシコ戦争が始まり、六月には北部の境界を決めるオレゴン条約をイギリスと締結している。一八四八年にアメリカ＝メキシコ戦争が終結すると、グアダルーペ・イダルゴ条約によって、当時のメキシコ北部だった領土（現在のカリフォルニア、ネヴァダ、アリゾナ、ユタ、ニューメキシコなど）がアメリカに割譲されることとなった。一八四八年はまた、エリザベス・ケイディ・スタントンによる「所感宣言」が、セネカ・フォールズで開催された女性の権利大会で発表された年でもある。つまり、この時代には、領土の拡大と女性の権利拡張運動とが、時期を同じくしていたのである。その後西部に旅立ったのが、フラーよりも一世代年長で、同じく東部出身のキャサリン・マリア・セジウィックである。

セジウィックは一八五四年に、現在のイリノイ州シカゴからロックアイランドまでをつなぐ、シカゴ・アンド・ロックアイランド鉄道の開通を記念した周遊旅行に招待されている。シカゴを出発し、八時間かけてミシシッピ河岸のロックアイランドまで列車の旅を楽しんだ後、蒸気船に乗り換えてミシシッピ川を北上し、ペピン湖を越え、ミネソタ・テリトリーのセント・ポールへ向かい、その近くのセント・アンソニー滝を観光し、またシカゴに戻ってくるという六日間の旅であった。この周遊には東部の著名人が招かれており、そのなかにはミラード・フィルモア元大統領、歴史家ジョージ・バンクロフト、ハドソン・リバー派の画家ジョン・ケンセット、そしてセジウィックが含まれていた。一八五四年六月五日にシカゴに集まった招待客たちは、それぞれ自分の家族や友人などを伴ってきたため、六〇〇人を越えていたという（Peterson, et al. 7）。セジウィックはこの周遊の旅の記録を、「セント・アンソニー滝への大周遊――チャールズ・バクスター殿への手紙」と題した記事にまとめ、『パトナムズ・マンスリー・マガジン』誌一八五四年九月号に寄稿している。

この周遊は、地元の農産物などを東部に輸送するための手段として、シカゴとミシシッピ河畔の間に敷設されたロックアイランド鉄道を広く知ってもらうことを目的としていた。というのも、この直前一八五二年にシカゴから同じくイリノイ州にある町ジョリエットとの間に鉄道が完成した際に、ほとんど注目を浴びなかったことから、その二年後に開通したシカゴ・アンド・ロックアイランド鉄道のお披露目の際は、東部から著名人を招いて華々しい西部周遊の旅が企画されたのだった（Peterson, et al, 4）。それに加えて、西部を知ってもらい、移住を勧めることの意味があったと、ピーターソンが編集する大周遊一五〇年記念の冊子で説明されている。それはつまり、「望ましい人々（"desirable" classes of settlers)」による移住を推進するという狙いである（16）。このような背景を持つ大周遊に参加したセジウィックは、この旅について「真の文明の前進を明らかに示すもの」だと述べている（320）。では、ここでセジウィックが言う「真の文明の前進」とは、誰にとっての、どのような文明の前進を意味するのだろうか。

セジウィックは「セント・アンソニー滝への大周遊」のなかで、シカゴ・ロックアイランド鉄道の完成を喜び、迅速な移動が可能になったこと、また自由な西部と東部の結節を言祝いでいる。「彼らは広大な大草原に鉄道を伸ばし、分かちがたく解きほぐしがたい統一（Union）のなかに、自由な西部と東部を連結させたのである」（強調原文、320）。このように、セジウィックはこの記事の冒頭部分から、統一を彷彿とさせるレトリックを意識的に使用している。さらに、この周遊は、「わたしたちの不可譲（inalienable, 原文ママ）の所有物である、これまで注目されてこなかった豊かさと美しさを——多くの人にとっては初めて——見る旅」（321）と述べ、西部は自分たちに神から与えられたものであることを示している。さらに「われわれの旅の後援者たちが仕上げた道を横切っていると——それは統合と友愛の名において大西洋と太平洋から州を繋ぐ最後の絆であるが——、わたしたちは神がわれわれにお与えになった善き贈り物についておぼろげに理解するのである」（321）といった、合衆国の独立宣言とオサリヴァンの「併合論」を巧みに組み合わせた記述が続く。独立宣言と西部、そして「明白なる運命」が、セジウィックのこの周遊記のなかで分かちがたく結びつけられていることがわかるのは、彼女が独立宣言の一部を引用している以下の一節であろう。

「われわれは以下のことがらを自明のことと信ずる――すなわち、全ての人間は自由で平等に造られており（all men are created free and equal）、その創造主によって、生命、自由、そして幸福の追求を含む不可譲の権利を与えられていることである」。

この周遊旅行に参加した、ものごとを熟考する男性方そして女性方は、これまで思いもしなかったことでしょうが、西部へと向かおうとする自分たちの子孫や近隣の方々に託された運命を、感じ取ったのです。（321）[1]

もちろん、この統一や結合のレトリックの背後に、当時大きな問題となっていた奴隷州と自由州の問題があったことは想像に難くない。この大周遊が行なわれた一八五四年には、カリフォルニア州の連邦加入をめぐる一八五〇年の妥協を経て、一八五四年五月に成立したカンザス・ネブラスカ法によって、一八二〇年のミズーリ協定が無効になった。このような状況にあって、セジウィックは西と東の結合や統一といった言葉を用いながら、南と北に横たわる奴隷制の問題を暗示していたと考えることができる。

しかし同時に、なぜここで引き合いに出される結合のレトリックが独立宣言からのものなのか、問い直す必要があるだろう。注目すべきは、独立宣言のもっとも有名な一節「全ての人間（all men）は自由で平等に造られており」という一節を引用したあと、セジウィックが「この周遊に参加したものごとを熟考する男性方そして女性方（the reflecting men and women of our excursion party）」と述べている部分である。独立宣言のなかで、あらゆる人類を示す「人間（men）」は、セジウィック自身の記述部分では「男性方と女性方（men and women）」と表現されている。

ここで、もしあえてセジウィックが「男性方と女性方」という表現を選択したとするならば、「人間＝男性」と「男性方と女性方」の対比は、必然的にある一つの文書を想起させる。それはさきほども名を挙げた「所感宣言」に他ならない。一八四八年のセネカ・フォールズ会議において、エリザベス・ケイディ・スタントンは、独立宣言の「全ての人間は平等に造られ」を、「全ての男性と女性が平等に造られ」へと書き換え、イギリス国王ジョージ三世の植民地に対する専制を、アメリカ白人男性による女性の支配へと読み替えている（7-11）。女性の権利を訴えた「所感宣言」と、その数年後に執筆されたこのセジウィックによる「セント・アンソニー滝への大周遊」が共鳴しているとするならば、この記事はセント・アンソニー滝への周遊を記した単なる旅行記ではなく、またシカゴ・アンド・ロックアイランド鉄道の宣伝というだけでもなく、さらには国の東西の統合を言祝ぐだけの文書ではない可能性が出てくるのである。それはさきにふれた「真の文明の進歩」をセジウィックがどう考えていたのかを解き明かす鍵でもある。つまり、セジウィックがここで問いかけているのは、果たして我々に本当の文明があるのか、ということではなかったか。そして、真の文明があるとするならば、そこは男性と女性が対等に対峙する新しい空間ではないのか、ということなのだ。

もっともセジウィックは、最終的に「西部に住みたいか」という問いに対しては「ためらうことなくノーです」と語っているとおり（325）、最終的には東部に戻っていく。セジウィックのこの手記は西部の進歩や文明を喜ばしいものと報告しつつも、そこに留保をつける。セジウィックは西部を、「真の文明の進歩」が実現できる場所、次の世代が担うべき未来の場所として考えていたことがうかがわれるのである。

## 三　「明白なる運命」を支えた女性
## ――ジェイン・ストームと『デモクラティック・レビュー』

フラーとセジウィックの文章は、マニフェスト・デスティニーが示す、拡張と未来という運命を完全に否定することはなかったものの、どこか距離をとった視線で西部を眺め、次世代に未来を託したいという希望が示されている。では、フラーやセジウィックとは異なる未来を見据えていた女性がいたとするならば、その人物は何を西部に見ていたのだろうか。

『デモクラティック・レビュー』誌に掲載された「併合論」は、この当時の多くの記事がそうだったように、記名記事ではない。さきに言及した一八三九年の記事「偉大なる未来の国家」ももちろん筆者名は見られない。先述した「明白なる運命」という言葉の初出を確認したプラットは、「併合論」の筆者はオサリヴァンだという前提で論じているが、このことに別の見解の可能性を示唆しているのが、『明白なる運命の女主人』を著したリンダ・ハドソンである。ハドソンは「併合論」の筆者はオサリヴァンではなく、とある女性ジャーナリストだったと結論づけている。それがジェイン・マクマヌス・ストーム・キャズノーである（以下彼女の名前はジェイン・ストームと記す）[2]。

ニューヨーク州に生まれ、エマ・ウィラードのトロイ女学校を出たジェイン・ストームは、一八三〇年代初頭に父親がテキサスの土地に投資したのをきっかけとして、当時まだメキシコ領だったテキサスでの土地購入を自身の名義で行なった女性であった。彼女は弟とともに実際にテキサスの地を訪れ、土地を購入する予定にしていた。しかし、途中でテキサスがメキシコから独立したことで、土地売買の約束を何度か反故にされた結果、結局テキサスへの移住をあきらめざるをえなかった（Hudson 41）。このとき、彼女を金銭的に支援したのが、晩年のアーロン・バーであったことが知られている。

ハドソンは、ジェイン・ストームが投機に失敗した一八三〇年代の終わりから『デモクラティック・レビュー』誌の編集に関わっていたことを述べている。実際に彼女が「併合論」を執筆したかどうかは、のちの研究を待たなければいけないと思われるが、少なくともジェイン・ストーム自身が『デモクラティック・レビュー』誌の編集方針に賛同し、領土拡張を推し進める言説を支持していたと考えてよいだろう。『デモクラティック・レビュー』誌という雑誌は、「アメリカの文学文化を創出し、民主主義的理想を国内外に広めること」を目的とし、広い読者層を想定していた。そのため、同誌では政治主張だけではなく、文学作品も多く掲載されていたことをハドソンは指摘している（47）。また、作品が掲載されていた作家も、全員が民主党支持者ではないものの、エマソン、ポー、ホイットマン、ホーソーン、メルヴィルらの作品とならんで、E・D・E・N・サウスワースやダイム・ノヴェルの元祖ともいわれるアン・スティーブンスなどの女性作家の作品も数多く掲載しており、同誌が読者としての女性を意識していたことがうかがわれる（Hudson 47）。

ここで注目したいのが、ちょうど「併合論」が発表されたのとほぼ同時期の一八四四年五月号に、女性の権利に関する興味深い記事「女性に関する誤った法的状況」が『デモクラティック・レビュー』

誌に掲載されているという事実である。本記事の題目には註がついており、次の説明がなされている――「本記事は女性の執筆者によるものであることをここに認める。註釈やコメントを付けずに本誌に掲載するのみならず、その内容をいかんなく認め、賛同していることを間違いなく申し上げる」（477）。この記事が女性の手によるものだと、雑誌自体が明らかにしていることを考えるならば、先述のハドソンも認めるとおり、ジェイン・ストームがこの記事の筆者であると推定できる。

この記事は、結婚した女性が置かれている法的状況を糾弾する内容になっており、母親の子どもへの権利や、妻と夫の間の力関係の不平等、また結婚した女性が労働で得た賃金の権利などを求める内容になっている。「わたしたちはこう信じている。女性に対する不当行為があるのは、一般的に言って、婚姻関係というものの尊厳、品格、それにふさわしい幸福ということが未だにあまりにも低く見られているからであると」（478）。この結婚という制度における男女の差に関しては、この四年後に発表される「所感宣言」に通じるものがあるのみならず、マーガレット・フラーがこの記事の翌年に発表する『一九世紀の女性』で主張する、婚姻関係は雇用関係である必要はない（50）という意見と共鳴するものがある。

ここにふたたび、西部への領土拡張と女性の問題が重なる瞬間を見て取ることが可能だ。ただし、フラーが西部へ移住する女性たちとの同化をはかりかねていたのとは異なり、ストームの場合は、西部という場所と、男性の領域を重ねた上で、そこに女性もその領域に積極的に参入するべきだと考えていた（Hudson 58）。ジェイン・ストームは移住者・労働者の立場から女性が男性と同じように働くことができる領域を求め、そのような場所として西部を見ていたのである。

## 四　西の果てに待つもの——ルイス・デ・バートンとメキシコ

フラー、セジウィックはいずれも旅行者として東から西をながめ、ジェイン・ストームは土地投機を行ないながら、西部拡張の言説の生成に加わっていった。この三者に共通するのは、それぞれ異なる立場からであるものの、その拡張のなかに女性の問題を認めていたという点である。彼女たちはいずれも東部出身であり、その視線はつねに東から西を見るものだ。では、この拡張と女性の問題とのかかわりは、西からはどのように見られていたのだろうか。

本章の最後に考察したいのは、一八七二年に刊行された小説『誰がそう思っただろうか？』である。作者マリア・アンパロ・ルイス・デ・バートンは、一八三二年にメキシコのバハ・カリフォルニアにて、政治家・軍人が輩出した上流階級の家系に生まれた。この当時のメキシコ政府はメキシコ北部に対する対応が手薄になっており、マリアの一家が住んでいたバハ・カルフォルニアのラパスは、むしろアメリカによる占領を歓迎していたということだが、結果としてこの領域はメキシコにとどまることになる。メキシコ政府による報復を恐れたマリアの家族をはじめとした人々は、戦争終了後に北カリフォルニアへと移住した。そこで知り合ったウエスト・ポイント出身のアメリカ人軍人ヘンリー・スタントン・バートンと結婚したマリアは、その後夫の赴任にともない一八五九年から一〇年以上にわたって首都ワシントンＤＣに暮らし、リンカーン大統領夫妻とも知己を得ていた。（デ・ラ・ルッツ・モンテス「序文」xvi-xviii）。

小説『誰がそう思っただろうか？』は、夫が負債を残して病死した後に、ルイス・デ・バートンが執筆した初めての小説作品である。南北戦争前から終了時までが描かれる本作は、東部にあるドクター・ノーヴァルの家にひとりの黒い肌をした少女ローラが連れてこられたところから始まる。ドクター・ノーヴァルは西部を探検中に出会ったメキシコ上流階級出身の女性テレーザから、彼女の娘ローラを託されることになった。じつはテレーザは妊娠中にネイティヴ・アメリカンに誘拐され、その部族のなかで出産し子供を育てていたのである。しかし彼女の命は間もなく尽きようとしていた。そこで彼女は、東部からやってきた白人男性ドクター・ノーヴァルに、それまで少しずつ蓄えていた金や宝石を含む鉱石と引き替えに、ローラの養育を託したのだった。テレーザは、その財を使ってメキシコにいるであろう自分の夫、すなわちローラの父親を探してほしいとドクター・ノーヴァルに依頼したのである。

ローラはネイティヴ・アメリカンの部族のなかで暮らす際に、周囲から浮かないように肌を黒く塗られており、一見すると黒人の少女のようだった。ドクター・ノーヴァルはもらい受けた金塊を友人の弁護士に預け、それを元手にした投資によって莫大な利益を得るようになる。公明正大なドクター・ノーヴァルはローラのために蓄財を続けるが、その妻であるノーヴァル夫人は、黒い肌の子どもであるローラを厭わしく思いつつも、彼女がもたらす富を湯水のように使うことになんの抵抗感も持たなかった。ノーヴァル家の長男ジュリアンがローラに好意を持つようになるが、母親であるノーヴァル夫人はそれに猛反対し、どうにかして財産を手放すことなくローラを家から放逐できないかを、懇意にしている牧師のハックウェルと共謀する。

本作品では、西部を搾取しようとする東部人の態度が揶揄され、とくにノーヴァル夫人は奴隷制廃止論者でありながら、黒い肌をしたローラを毛嫌いするという偽善者として描かれる。

「ノーヴァル夫人は立派な奴隷制廃止論者ですもの、黒人のことは気になさらないでしょう。それに、レヴィ(ノーヴァル夫人の妹)だって、自分の犬を連れてきたではありませんこと?」とハマーハード夫人が言った。

「ノーヴァル夫人は口先だけけっこうな奴隷制廃止論者なのですわ」。フン、と鼻をならしながらミス・ルクレツィア・ケックルが言った。「でも行動はともなっていませんわね」(40)

ノーヴァル夫人は西部から到着したばかりのローラを労うどころか、客室ではなく、使用人の部屋に寝かせようとし、西からきた肌の黒い少女を労働者として扱おうとする(14)。このように、この作品は東の人々が西を見る視線のなかにある欺瞞を暴く内容になっている。それが端的に表れているのは、フラーやセジウィックが提示してきたような新たな世代に対する教育という、未来に繋がる道筋の提示を別の方向にずらそうとするところだ。

ローラの母親は、金塊や宝石をドクター・ノーヴァルに託すにあたって、メキシコにいるローラの父親を探すことの他に、カトリックの教育を受けさせることを条件とした。それに対して、カトリックを毛嫌いするノーヴァル夫人は、ローラは自分が信じる「合理的(rational)」な宗教を信じるべきだと主張し、カトリック教育に反対する(59)。他者からもたらされる富を享受しつつ、その他者の選択を退け、自らに同化させようとするノーヴァル夫人は、「よそものなんて大嫌い！」と言ってのける（56）。

こうした東部人の身勝手な欲望を描く本作は、南北戦争という背景のなかで、東と西の軸をさらに北と南へとずらしている。ここで興味深いのは、東と北の言説が、西と南を利用しているように描かれているところである。たとえば、ノーヴァル夫人の知人で、軍人や国会議員となった息子たちを持つケックル夫人は、マニフェスト・デスティニーが北部（および自身の暮らす東部）のための言説であることに疑いを持つことはない。

とはいえ、ケックル夫人は善良なアメリカ人女性であったので、彼女は「明白なる運命」、そして、神は必ずや北軍（the Union）を守るであろうことを固く信じていた——たとえそうすることによって、この世の他の問題がしばらくの間おざなりになるとしても。したがって、ケックル夫人は北部が「一歩先んじ」さえすれば、そして立ち止まって考えたり休んだりしなければ、「万事快調」だということを、疑っていなかった。（157）

ケックル夫人が信じるところの「明白なる運命」は北部（北東部）の優位性を意味し、北軍を守るのが神の定めであることを示している。しかし一方で本作品では、リンカーン大統領をはじめとする北軍に携わる人物は、おおむね信用できない人物たちとして描かれ、ルイス・デ・バートンはむしろ南軍の人物を好意的に描いている。

小説『誰がそう思っただろうか?』は南北戦争後の再建期に出版されているので、執筆時には、このアメリカを二分した大きな戦いが北軍の勝利に終わったことを、ルイス・デ・バートンも承知していたはずである。しかし勝者となった北軍およびニューイングランドを描くにあたり、彼女は彼らへの賛辞ではなく、むしろそのおごり高ぶりをコミカルに揶揄している。そして東部は、小説内で西部出身のローラからの反撃を受けることになる。

黒い肌の子どもとみなされていたローラは、成長するにしたがって肌の色が変わっていき、最終的には周囲の女性たちの誰よりも色が白く美しい女性になっていった。さらにはメキシコにいる裕福な祖父と父親が見つかったことで、ノーヴァル夫人とローラの立場は逆転していくことになる。ローラの実父が見つかったいきさつもまた皮肉が効いている。じつはローラの母親は、死ぬ間際に自分が捕囚されたこれまでの経緯や、自分の出自を口述した文書を作成していた。その文書は、本来であればドクター・ノーヴァル宅に郵送で届くはずが、なぜか配達不能郵便《デッドレター》として、配達不能郵便管理室に埋もれていたのだった(54)。しかし、その管理室で働いていたノーヴァル夫人の弟アイザックが、偶然これを発見したことがきっかけとなって、ローラの父親が見つかったのである。このアイザックは、南北戦争で北軍の兵士として参戦していたものの、上司に恨みを持たれたために同士である北軍に裏切られ、長期間南軍の捕虜になっていた。ようやく釈放されたアイザックは「自分の国と同胞にうんざりしてしまった」ために(191)、どこか外国へ行こうと考えた。そのとき、彼が思い出したのが文字通り「死んだ手紙《デッドレター》」となってしまうところだったローラの母の手紙の存在だった。彼はその配達不能郵便となった手紙に書かれた名前を頼りに、東部から西部へ、そして南に下ってローラの父親を捜し当てた。そこで出会ったのは、上流階級のローラの父親と祖父であり、しかも父親はオーストリア出身の人物であることが判明する。さらに、このふたりは一八六四年にオーストリアからメキシコ皇帝としてやってきたマクシミリアーノ一世を支持する人物だと明らかにされる。

「これについてはあまりものジレンマを感じていると言わねばなりません」とドン・ルイス・メディナ（ローラの父）は言った。「フランスだとか、あるいはその他メキシコに敵意を持って侵入してくる国のことならば、わたしは自分の国を守ることにいささかの躊躇もいたしません。しかし、わたしは、養子縁組の結果メキシコ人となっただけではなく、心もメキシコ人であるつもりですが、オーストリアの王子に戦いを挑むことはなかなか決心できません。わたしのなかのオーストリアの血がそうすることをよしとしないのです」

「わしはオーストリア人ではなく、メキシコの地に生まれた者だが」とドン・フェリペ（ローラの祖父）が言った。「しかしもし大公殿がメキシコ帝冠を受けて下さるというのが確かならば、彼のもっとも忠実な臣下になることはこの上ない喜びでしかない（後略）」。（195-96）

ここで重要なのは、ニューイングランドから見て西の果てであるメキシコにたどり着いたとき、そこにアメリカの共和制とはまったく異なる世界が待ち構えていたことだ。西に行くことが未来であり、過去とは決別した土地があるという「明白な運命」が象徴する場所ではなく、そこに待ち受けていたのはヨーロッパという、アメリカが捨て去ってきた「過去」との繋がりのある土地だった。ルイス・デ・バートンが描く西部は「未来」ではなく、蘇ったデッドレターが示すように、捨て去ったはずの過去の土地である。『誰がそう思ったのか?』は西部を見る東部のまなざしを裏切る作品であり、「明白な運命」が示す空間の意味を転覆させているのである。

## おわりに

『誰がそう思っただろうか?』の最後では、西部から来たローラの財力にあれほどまでに依存していたノーヴァル夫人が、手ひどいしっぺ返しを受け、物語の表舞台から消える。さらにローラの財産を狙う東部の男性たちを鮮やかに出し抜いて、ローラはメキシコへと帰還する。それを追うようにノーヴァル夫人の息子ジュリアンもメキシコへと赴き、そこで物語は大団円を迎えることになる。ここで描かれる西から東を見る視線は、東から西を見る視線への異議申し立てともいえるだろう。しかし同時に、東からと西からの視線が交差する場所に、西部と女性の問題を考える契機がひそんでいるとも言えはしないだろうか。

フラー、セジウィック、そしてストームが示した東から西を見る視線が、ルイス・デ・バートンによる西からの視線に見つめ返されたとき、「明白な運命」の明白さがいったん保留される。それぞれの作家がどこからどこを見ているのか、なにをそのまなざしで捉え、どのように言葉に残しているのか。これらを考えるとき、一九世紀アメリカにおける領土拡張と女性作家の関係を東と西の双方向から確認できる。そしてそこには、アメリカの国土の成立過程で埋もれていた声を掘り起こすことにも繋がっていくのである。

【註】

（1）セジウィックは、本来“all me are created equal”であるところを“all men are created free and equal”と記している。

（2）ハドソンは、ソフトによるテクスト解析のデータをもとに、「併合論」の作者をジェイン・ストームと結論づけており、その見解は前述のグリーンバーグも著書で触れている。しかし本論ではその信憑性については判断を留保し、ジェイン・ストームが『デモクラティック・レビュー』誌に携わっていたジャーナリストであることに着目する。

【引用文献】

“Annexation.” *The United States Magazine and Democratic Review*, vol. 17. no. 1, July-Aug. 1845, pp. 5-10.

Eyal, Yonatan. *The Young American Movement and the Transformation of the Democratic Party, 1828-1861*. Cambridge UP, 2007.

Damon-Back, Lucinda, and Victoria Clements. *Catherine Maria Sedgwick: Critical Perspective*. Northeastern UP, 2003.

De Barros, Deborah Paes. *Fast Cars and Bad Girls: Nomadic Subjects and Women's Road Stories*. Peter Lang, 2004.

De La Luz Montes, Amelia María. Introduction. Ruis de Burton, xi-xxiii.

“Declaration of Sentiments.” Report of Woman's *Right Convention, held at Seneca Falls, New York, July 19th and 20th, 1848*. John Dick at the North Star Office, 1848. pp. 7-11.

"The Female Industry Association and Women's Work in New York." *Working Man's Advocate*, Mar. 8, 1845. *The Lost Museum Archive*. https://lostmuseum.cuny.edu/archive/the-female-industry-association-and-womens

Fuller, Margaret. "Summer in the Lakes." *The Essential Margaret Fuller*. Ed. Jeffrey Steel. Rutgers UP, 1992. pp. 71-225. 『五大湖の夏』高野一良訳、未知谷、二〇一一年。引用は主に既訳に従ったが、文脈に応じて引用者が訳出した部分がある。

"Geocholonology of the 1854 Grand Excursion." *The 1854 Grand Excursion*. https://www.augustana.edu/academics/geography/department/GrandExcursion2/index.htm

"The Great Nation of Futurity." *The United States Magazine and Democratic Review*, vol. 6, no. 23, Nov. 1839, pp. 426-30.

Greenberg, Amy S. *Manifest Manhood ant the Antebellum American Empire*. Cambridge UP, 2005.

Hudson, Linda S. *Mistress of Manifest Domesticity: A Biography of Jane McManus Storm Cazneau, 1807-1878*. Texas State Historical Association, 2001.

Kaplan, Amy. "Manifest Domesticity." *The Anarchy of Empire in the Making of U.S. Culture*. Harvard UP, 2002. pp. 23-50.

Kolodny, Annette. *The Land before Her: Fantasy and Experience of the American Frontier, 1630-1860*. U of North Carolina, 1984.

---. *The Lay of the Land: Metaphor as Experience and History in American Life and Letters*. U of North Carolina P, 1975.

"The Legal Wrongs of Women." *The United States Magazine and Democratic Review*, vol. 14. no. 71, May 1844, pp. 477-83.

Merish, Lori. *Archives of Labor: Working-Class Women and Literary Culture in the Antebellum United States*. Duke UP, 2017.

Murphy, Gretchen. *Hemispheric Imaginings: The Monroe Doctrine and Narratives of U. S. Empire*. Duke UP, 2005.

Petersen, Penny A., et al, eds. *Merrily Over the Prairie: The Grand Excursion Ventures to Saint Anthony Falls*. n.p., 2004.

Pratt, Julius W. "The Origin of 'Manifest Destiny'." *The American Historical Review*, vol. 32, no.4, Jul. 1927, pp. 795-98.

Ruiz de Burton, María Amparo. *Who Would Have Thought It?* 1872. Penguin, 2009.

Sedgwick, Catharine Maria. "Great Excursion to the Falls of St. Anthony: A Letter to Charles Butler, Esq., by One of the Excursionists." *Putham's Monthly Magazine* no. 9, Sep. 1854, pp. 320-25.

ハムネット、ブライアン『メキシコの歴史』土井亨訳、創土社、二〇〇八年

古屋耕平「想像の世界文学共同体——マーガレット・フラーの『ゲーテとの対話』翻訳」『繋がりの詩学——近代アメリカの知的独立と〈知のコミュニティ〉の形成』倉橋洋子、高尾直知、竹野富美子、城戸光世編、彩流社、二〇一九年、一六九—一八八頁。

# 第五章　声を奪われる人びとと拡大する帝国
## ——ジョン・ドス・パソス『U.S.A.』三部作

越智 博美

# はじめに

ジョン・ドス・パソスの『U. S. A.』三部作は、『北緯四二度線』(*42nd Parallel*, 1930)、『一九一九年』(*1919*, 1932)、および『ビッグ・マネー』(*The Big Money*, 1936)の巻頭に「U. S. A.」という短い文章をつけて、一九三八年に一冊の本として出された大部な書物である。二〇世紀初頭から大恐慌前夜まで、米西戦争を皮切りに第一次戦争を通じてアメリカが帝国主義的に拡張して巨大システムとなることへの批判の書である。物語は、産業資本、金融資本が手を携えて加担する様を活写し、労働運動が最終的に力を持ち得ずに終わる予感を滲ませる。

三部作は、二〇世紀初頭からはじまり(『北緯四二度線』)、第一次世界大戦を経て(『一九一九年』)、大恐慌直前まで(『ビッグ・マネー』)を、大量の情報とともに、文章の四つのモード——ニューズリール、カメラ・アイ、伝記、物語——を組み合わせたコラージュのごとき作品であり、ローレンス・ビュエルはこの作品を「偉大なアメリカ小説(Great American Novel)」のひとつに数えている(Buell 389-415)。[1] ロナルド・E・マーティンは、冒頭の「U. S. A.」の最後に置かれた「しかしその大半においてU. S. A.とは、人びとの言葉(the speech of the people)」であるというテーマを体現するものとしてこの作品を位置づける(Martin ch. 14)。文章のモードを多種組み合わせた三部作は、たしかに言葉の壮大な実験でもあるが、しかし最終的に三部作として構成するときに付け加えた冒頭と、三部作最後にくる伝記章「放浪者(Vag)」の二つの文章において、町を歩く若い男(カメラ・アイの持ち主なのだろうか)は、終始無言であり、むしろ語るのは彼の目線やその動作である。この語らぬ人物を語ることをどう捉えたらよいのだろうか。

本稿では、『U. S. A.』を、一定の政治的立場からマーティンの言う「人びとの言葉」を描くことがいかに無力であるかを最終的に認識する過程として読んでみたい。その無力を引き起こす大きな背景となるこの物語の時間軸として、アメリカの帝国主義的拡張のもと、とりわけセオドア・ローズヴェルト、ウッドロー・ウィルソンらがモンロー・ドクトリンを読み替え続けた過程がある。モンロー・ドクトリンが帝国の野望を隠しながらのレトリックであるとするなら、『U. S. A.』とは、まさしくその帝国的野望が剥き出しになり、資本が政治をも巻き込み、言葉で捕捉できないほどの巨大システムと化していく過程をこそ、アメリカ合衆国として描き出す物語である。

またその帝国化は、巨大企業と広報の言葉を伴うものでもあった。ドス・パソスはそうした経済、政治、外交の激動の過程を言葉で捉えようとし、当初は左翼の活動に肩入れしながら自らの言葉を探り、最終的にその言葉と決別したのではないか。そのことを物語るのが、とりわけフォードやロックフェラーなどの有名人を扱った章とは一線を画す伝記章「無名兵士の墓」、およびカメラ・アイと物語章において炭鉱労働者を扱った箇所である。

## 一　人びとの声――誰の声が耳に届くのか

「人びとの言葉」は、アメリカ合衆国のように、四つの記述モードを組み合わせて織り上げられている。ロナルド・E・マーティンおよびマイケル・デニングによれば、『U. S. A.』三部作は、『マンハッタン乗換駅』同様に言語によるキュビスムといえる特徴を備えている（Martin ch. 14; Denning 163-69）。またゲイル・ロジャーズは、ドス・パソスが米西戦争以降のアメリカの帝国的拡張に批判的であり、その感情を表現する手法として、フォーディズム以前にスペイン各地で書かれた文学を「多様なアッサンブラージュ」として評価したことを指摘している（62）。キュビスムがコラージュやアッサンブラージュに開かれた手法であることを思えば、その呼称にかかわらず、少なくとも、何かを単一の視点からではなく、さまざまな視点の寄せ集めとして描くということは共通だろう。

こうした手法については、ドス・パソス本人がこの作品を「歴史的変化に対する同時代の注釈」として、「誰かの目」や「耳」で、「歌もスローガンも、政治的野心も偏見も」、あらゆるものをそこに入れねばならないとしていたことからも必然の成り行きであった（Dos Passos, "The Desperate Experiment," 3, qtd. in Martin in ch. 14）。畢竟その文体は、「無限に複雑で茫漠とした現象を知覚し、吸収し、言葉で表象すること。物事を秩序だてる決定的な視点はないし、理由もないことを理解すること」（Martin ch. 14）を表象することを目指し、それが四つのモードが組み合わされる作りを呼び込んでいる。

全体を通して〈1〉から〈51〉までの五一ヵ所を数えるカメラ・アイは、レンズを通して見たかのように視線を持つ者の主観のみで成り立つような、断片的な、したがって解釈を拒むような記述である。視点人物は、作者を多分に思わせる、その意味では自伝的な設定である。冒頭のカメラ・アイでは、明らかにこのまなざしの主体は幼く、ヨーロッパからアメリカに渡り、そこで成長する。このまなざしの持ち主が、第一次世界大戦を中心とする『一九一九年』のカメラ・アイ〈29〉においてはヨーロッパ戦線に赴き、戦争の捉えがたさゆえか、混乱し、断片化した戦地の様子を語り、『一九一九年』における最終カメラ・アイ〈42〉までヨーロッパに留まる。『ビッグ・マネー』において、この視点人物は、サッコ＝ヴァンゼッティ事件に関与し、ケンタッキーの炭鉱夫のストライキを取材し、最終的には言葉そのものを疑い始める。

カメラ・アイがそのまなざしの持ち主の主観と、その社会的な意識の成長を見せるとすれば、完全な客観性のようなものを提供するのが、新聞の記事や流行歌の歌詞の断片を寄せ集めたニューズリールである。そして極度な主観と客観の両極に挟まれた様式で書かれているのが、伝記章と、物語章である。

物語章が、歴史的な状況に翻弄される名も無き普通の人びとを追いかけるとすれば、伝記章は、そうした一般の人たちとは違い、そのような状況を作ることに大きく関与しつつもその状況に翻弄される著名な人物の人生を、事実に即した伝記として描く。政治家セオドア・ローズヴェルト、ウッドロー・ウィルソン、ユージーン・デブズ、発明家や資本家、たとえばヘンリー・フォード、モルガン家、トマス・エジソン、新聞王のウィリアム・ランドルフ・ハースト、あるいはイサドラ・ダンカンや建築家フランク・ロイド・ライト等が取り上げられる。そこに赤狩りの犠牲者ポール・バニヤン、無名戦士、放浪者が加わる。

物語章において、主要登場人物と見なせる（章のタイトルになる）人物は一二名程度だが、伝記章に比べると文章は平板であり、その名前もジョー、リチャード、メアリー等平凡である。彼らは、ある階層に生まれた場合に典型と思われるパターンを歩む。心の葛藤ではなく、その歩みを辿るだけの記述は、スタインベックの『怒りと葡萄』の中間章のような印象を与える。ビュエルの指摘するとおり、これは「標準化された生産というフォーディズムの時代に労働が分割されたことによる社会状況の徴」として、「社会学的」な物語である（394）。

こうしてみたとき「人びとの言葉」と言いながらも、この物語において声を持ち得ているのはほんの少数の者でしかない。たとえば、ジョーとジェイニーのウィリアムズ兄妹の場合、兄のジョーは、高い教育を受けることができず、商船に乗り、大西洋を往復して妹に各国の土産を持って帰るだけである。オフィスの職を得て都会のキャリアウーマンになっていく妹ジェイニーは、次第に兄とは話題も、お店や食事の好みも、階級差ゆえに合わなくなる。最終的にヨーロッパの路上で殴られて『一九一九年』の中盤で命を落とす兄とは対照的に、ジェイニーは、J・W・ムアハウスという広報のプロフェッショナルの秘書となり、第三巻の最後の方まで生きながらえる。ただし、ミス・ウィリアムズとだけ称されるオフィスの備品のような存在として。

しかし、市井の人びとを「社会学的パターン」として、社会的諸力の前に無力な存在として描くことそれ自体、実のところ、彼らを無力にしてしまう力への批判であるともいえる。三部作の長い時間を、途中で命を落とすことなく生き延びる人物は、「言葉」を操る職業の人物たち――ジェイニーの上役で広報専門家J・ワード・ムアハウスと、ムアハウスとほぼ同郷で労働運動の広報を担うメアリー・フレンチ、第一巻で詐欺師ビンガム博士として登場して第三巻ではラジオ等で健康アドバイスをするビンガム・プロダクツ社長E・R・ビンガムとして登場するビンガムである。『北緯四二度』において、一九世紀の終わり頃の七月四日に生まれたムアハウスは、広報の専門家として頭角を現す。

彼は「社会主義の危険」を排するには「近代的な広報の可能性を利用する」（238）ことが大切であり、そのために世情を「大衆に対して公平に提示する」民間のエージェントが必要である（236）と考え、労働者側の代表と折衝しながら大統領やアンドリュー・カーネギーのために利益を誘導し（254）、ロックフェラーやモルガンのためにプロパガンダも行なう（354）。『ビッグ・マネー』においてビンガムが健康問題の専門家として再登場したときには、ムアハウスはビンガムに健康キャンペーンの中心的な役割を託そうとし、それを「アメリカニズムのキャンペーン」（1183）と称する。

ビンガムが詐欺師上がりであることを考えるなら、資本と政治、資本と労働の間を取り持って宣伝の第一人者となり、ビンガムを宣伝するムアハウスの物語は、言葉がいかに資本と資本が結託する政治のために用立てられるか、またその言葉がいかにうさんくさいものかを示唆している。実際、ビュエルによれば、ムアハウスの下敷きになった可能性もある広報の父エドワード・バーニー、アイヴィ・レッドベター・リーが編み出した広告の手法は、ウィルソン大統領以降政府の広報に採用されたばかりか、その著書は一九三〇年代にはナチスの宣伝相ヨーゼフ・ゲッベルスに使われてもいた（406-07）。もっとも雄弁な言葉は、「産業デモクラシーを、お金を持つものの利害関心で乗っ取ってしまう」（Buell 407）。

この横溢する言葉は、官民が資本を後押しする、あるいは資本に後押しされている状況を加速し、そのような方向性は、フロンティアを超えた資本の帝国主義的進出と手を携えている。そもそも『U. S. A.』三部作そのものが、帝国的野望を秘めたものとしてのモンロー・ドクトリンの読み替え——ローズヴェルト・コロラリーから出発していたのではなかったか。ローズヴェルトは合衆国の希望を近隣諸国の安定だとしながらも、社会的な秩序が乱れて収まらない場合には、「文明国家による介入が最終的には必要になる」とし、ラテンアメリカ諸国に対して「国際的な警察力の行使」を示唆した。社会秩序を持ち出すことにより人道主義的な姿勢を見せながらも、それは実のところ経済的、軍事的な野望を秘めており、パナマ運河の利権獲得、経済的救済を梃子にしたドミニカ共和国の軍事的支配、さらにはキューバの占領に繋がっていく（Murphy 6; Smith 25-26）。さらに、ガディス・スミスの指摘どおり、これはモンロー・ドクトリンを当初の西半球に留まらず、トランスパシフィックに適用させる動きを新たに伴っていた。米国によるハワイ、フィリピン等の併合、および中国への門戸開放政策などがそれである。日清、日露戦争による日本の軍事的な台頭に伴い米国の存在感は太平洋でも増してゆくのだ。果たして、『北緯四二度』冒頭のニューズリールⅠは、一九〇〇年三月に米国とフィリピンの戦闘マウント・アラヤットの戦いの歌で始まり（11）、上海への野望を隠さないベヴァリッジ上院議員の言葉を紹介するのである（12）。三番目のニューズリールには、一九〇五年の対馬沖における日露の海戦を予見する見出し「世界最大の海戦近づく」（54）も入り込む。この日露戦争の際に、日本が米国の銀行家ジェイコブ・シフによる公債の買い受けに後押しされたことや、講和条約がローズヴェルトを介在させて米国のポーツマスで締結されたことを思い出すまでもないだろう。(2)

米国の拡大の運動は、経済的拡張として現れるが、えてしてそれは政治を否応なく巻き込み、戦争というかたちを取る。ローズヴェルトが「卑しむべき安楽ではなく、精力的な生活、すなわち骨身を惜しまず努力する生活、労働と闘争の生活」（Roosevelt 46）こそ重要であると説いてローズヴェルト・コロラリーを実行しようとするとき、すでにそれは含意されていた。このような労働と闘争、すなわち経済と軍事の複合的な動き――帝国化するアメリカ――をなにより批判するのが第二作『一九一九年』である。アルフレッド・ケイジンは、ドス・パソスが、『一九一九年』出版の一九三二年に、一九二一年出版の『三人の兵士』再版にあたり書いた序文に着目する。一九一九年に「アメリカ帝国」を覆っていた輝かしさは一九三二年にあっては「ロマンティックなゴミ」でもあり、それを心から追い払ったからには自分たち作家は「くもり無き仕事」をするまでである（"Introduction to *Three Soldiers*" 868-69, cited in Kazin 155）。ケイジンによれば、ドス・パソスはサッコ・ヴァンゼッティ事件以後ますます「システムに対抗」しようとしていたが、システムを強固にしたのが第一次世界大戦であり、これがアメリカの「イノセンスの時代」を奪った（159）。そして、このシステムゆえにマイケル・デニングの言う「個人主義的でありながらも、かなりの程度階級がなくなった共和国」としてイメージされる「リンカーン共和国」は崩壊（Denning 130）するのであり、三部作はその過程の物語だ。そのように考えたときに、システムの巨大さを鮮明に表象するのが無名戦士の墓を語る伝記章である。ケイジンが言及するのはウィルソン大統領だけであるが、しかし個人を無名の戦士として葬る「第一次世界大戦の罪深さ」（Kazin 158）を用意したのは、セオドア・ローズヴェルトであった。そのことはローズヴェルトの伝記章が、米西戦争で始まる『北緯四二度線』ではなく、むしろ『一九一九年』に「幸せな戦士」と題して、無名戦士と対を為すように置かれているという、配置それ自体が雄弁に物語る。

## 二　無名戦士の墓——言葉をなくすことへの抵抗

『一九一九年』は、第一次世界大戦が軍産協働の結果であることを明瞭に批判している。物語章で目立つのは普通の人びとの突如の死である。ある者は異国で殴られ、ある者は飛行機とともに墜落する。カメラ・アイの視点人物もけっしてきれい事ではない戦闘の有様を目の当たりにする（カメラ・アイ〈29〉〈30〉など）。他方、ウィルソンの伝記章では、ウィルソン以上にJ・P・モルガンが舞台裏で力を振るう戦後処理が描かれ、またそれに対応する物語章ではムアハウスも絡む。第一次世界大戦の裏にある資本家のもくろみ、およびメディアの力の前には、名も無き個人は無力である。第一次世界大戦で命を落とした兵士を「無名戦士」として葬る伝記章「あるアメリカ人の身体（遺体）」（The Body of an American）は、組織として巨大化する国家の前に言葉を失い矮小化される人びとの声なき声とその身体とを「無名戦士」として表象する。

『北緯四二度』を駆動したのは、モンロー・ドクトリンの解釈を帝国主義的拡張の梃子にしたセオドア・ローズヴェルトの戦争であった。それが時代遅れになるほどにその後の政治家や資本家がそのシステムを強固にしたことは、『一九一九年』のなかに、もはや時代遅れの遺物として批判的に組み込まれたローズヴェルトの伝記章が何より物語る。この伝記章の辛辣な皮肉を分析した三杉圭子が指摘するように、アメリカの近代性は軍事、経済の複合システムの謂いであり、最終的にそれが個人を無名にすべく働くものに他ならないのだ（Misugi 150）。

そして、ローズヴェルトを時代遅れに見せるほどに国家システムを強化したのが、『一九一九年』

におけるウッドロー・ウィルソンと彼の戦争——第一次世界大戦——である。国際連盟、一四箇条の平和原則を見れば、ウィルソンは平和と民主主義の護り手に見えるが、むしろドス・パソスが描き出すのは、それとは異なる相である。ウィルソンは、第一次世界大戦への参戦前夜、二つの半球をむしろ超越する理屈を発案し、「各国が一致してモンロー・ドクトリンを世界の原理とする」ことを唱えた（Smith 29）。どの国も独立し、また他国から脅かされてはいけないというその原理は、それに従わず反発する政体に対する干渉を呼び込んでしまう点では矛盾を孕むのだが、結局一九一七年四月に、「民主主義のために……小さな国々の権利と自由のために」宣戦布告を行なった（Wilson）。

しかし、三部作は、時としてウィルソンが自らの理想主義的な言明を裏切って軍事侵攻を行ない、資本の進出を後押しする様に執拗に言及する。すでに第一作の『北緯四二度』に、それは書き込まれている。世界産業労働組合の設立者ウィリアム・ヘイワードを描いた伝記章「ビッグ・ビル」において、第一次世界大戦は「モルガンのローンを救い、ウィルソンの民主主義を救うこと」（89）と位置づけられるのだ。また、マックの物語章では、ウィルソンのヴェラクルス侵攻を期待する石油産業関係者が登場し、侵攻についても言及される（266-70）。

ウィルソンの戦争は『一九一九年』の背景であると言ってもよいだろう。ランドルフ・ボーンの伝記章では、ウィルソンのニュー・フリーダムに言及しながら、数学に長けたウィルソンにとって改革とはモルガンのローンの保護であり、民主主義を護るという名目は実のところ戦争に勝つことにほかならない（449）と指摘される。イヴリンの物語章においても、労働運動の側に立つ人物がマスコミに買収されていること、モルガンの貸し付けが戦争と深く関係していること、ロシア革命の意味を銀行家同様ウィルソンも承知していることが明言される（471）。ウィルソンは、資本の動きと連動する政治家なのである。実際、第一次世界大戦とは、「アメリカが巨額の戦争債権を蓄積」して、イギリスに代わりラテン・アメリカとアジア各地で「主要外国投資・金融仲介国」となった戦争であった（アリギ 四一八）。

ローズヴェルトの伝記章の結び近くに、義勇軍を率いて第一次世界大戦に参加しようとしたローズヴェルトをウィルソンが「アマチュアの戦争ではない」（485）として許さなかった逸話がある。これは一見して平和と民主主義の護り手を標榜するウィルソンのほうが、むしろローズヴェルトが乗り出した戦争と合衆国の拡大を——ローズヴェルト・コロラリーを——よりプロフェッショナルに推し進めたということの端的な表明である。しかし、ウィルソンその人を扱う伝記章に至って、作家の筆致は辛辣を極める。ウィルソンの就任の日、モルガンはオフィスで民主主義を呪っている（567）。ウィルソンは、「ニュー・フリーダム」を唱え、また一九一三年一〇月にアラバマ州モービルで演説した際には、「征服によって少しなりとも領土を加えることは二度と求めない」と述べた。にもかかわらず、翌年には、メキシコのウェルタ政権を承認せずヴェラクルスを軍事支配下に置く（567）。第一次世界大戦勃発時には中立を誓うも、客船ルシタニア号撃沈事件やモルガンの（英仏への）貸付金の回収への不安から参戦に至る（567）。ウィルソンをめぐっては、その平和の主張とは裏腹な行動が繰り返し提示されるのである。

『一九一九年』の締めくくりに置かれた「伝記」章「あるアメリカ人の身体（遺体）」は、金融業界に動かされるウィルソンの下で、近代的な戦争に参画した人びと——アメリカにおける「個人」——

がまさしく名も無き遺体となるほかない顚末を雄弁に語る。ヨーロッパで戦死した「アメリカ人の遺体」を、ハーディング大統領がアーリントン墓地に埋葬するべく持ち帰るという新聞記事で始まるその伝記章は、「アメリカ人の遺体」の選別は可能なのかという疑問とともに、その名も無き遺体が白人であることを確かめて選ばれたことを皮肉な口調で語ったのちに、今や失われた無名戦士ジョン・ドウ（John Doe）の人生を、ひとつのかたちある人生として再現することを試みる。ハーディングが無名戦士の墓の式典で行なったスピーチにおいて「アメリカの何百万もの家庭のひとつで生まれ」（Harding）母に育てられたと語った内容をなぞるように、彼が生まれ、育った町として全米のさまざまな都市を列挙し、また最初に就いた仕事も同様に列挙する。彼は軍隊に入るが、ジョン・ドウという名称はここで初めて使われる。

個別の名のある身体、あるいは人生とは何か。彼が生まれてこのかた、アメリカ人になる過程でさらされてきた数々の言葉や知の枠組みが、あるいは彼を主体化した数々の呼びかけが繰り出される。

> 汝するなかれ　かけ算表割り算、今こそすべての善人が……ドイツ人が略奪しようとしたら自分の国が正しかろうと間違っていようと……これは白人の国だ、死ね、西へ行け……。（759）

次には普通の若者であった「彼」の意識の流れの文体で、フランスでガールフレンドにうつされたシラミを取り除くべく友人と川で泳いだ際に識別票を紛失したせいで名も無きものになったことが語られる。次の瞬間、読み手にわかるのは、ジョン・ドウの心臓が血を流していることである。自分が体験している最中のことを描写するカメラ・アイ同様の文体で、「自分」はくずおれ「夏の盛りの太陽が喉と喉仏を、胸にはりついた皮膚をなめる」(760)。血は土にしみ込み、脳や内臓は動物やハエのエサとなる(760)。その残骸こそが「無名戦士」にほかならない。遺体というよりはむしろ遺体と「みなした」ものに過ぎないにもかかわらず、「彼の胸があったはずのところ」(760)にはあまたの勲章が飾られ、その空白の身体は、国家的を象徴する物で埋め尽くされ、まさしく「物」へと変容する。あらゆる勲章、その他の装飾品で飾り立てられて意味を付与されるプロセスの締めくくりに、「ウッドロー・ウィルソンはポピーの花束を持ってきた」(761)。

ケイジンが『一九一九年』を第一次世界大戦の罪深さ(158)を語るものと評したのは正しいが、それをもっとも雄弁に語るのが、おそらくこの言葉を奪われた身体である。「無名戦士」の記念碑を「人間的尊厳を奪う行為」(294)と断じたのはハンナ・アーレントである。アーレントによれば、人が人間の世界に「言葉と行為」(288)によって参入するとき、その言葉と行為にはそれを行なう者が誰なのかがつきまとう。四年にわたる戦争の犠牲者が誰なのかを見出したいと願いながらも「戦争の行為者が実際は誰でもなかった」(294)事実を認めざるを得なかった結果が「無名戦士の墓」である。このとき「無名戦士の墓」とは、「戦争によっても名を知られることがなく……むしろ戦争によって」名前という「人間的尊厳」を奪う行為(294)への命名となる。

一九二一年一一月一一日にアーリントン墓地で行なわれた無名戦士埋葬のセレモニーは、ハーディングが捧げた美しいスピーチともども、戦死した兵士を「無名戦士」と名づけることにより、個人・

そして故人の口を塞ぐパフォーマンスに他ならない。このセレモニーを背景とした「あるアメリカ人の身体（遺体）」におけるウィルソンの献花は、『一九一九年』のなかで繰り返されてきた強制終了のごとき個人の死の再演でもある。ウィリアム・ソロモンの指摘するように、無名の人に対する呼称を亡き兵士の呼称とした「ジョン・ドウ」の六度の繰り返しは、ジョン・ドス（・パソス）と響き合い、国家が口を塞ぐ個人のなかには作家自身も含まれ得ることを思わせる（813）。国家と資本が戦争の名の下に結びついて個人を無名化する暴力に対し、ドス・パソスがこの伝記章で行なったことは、名も無いものとされた兵士の人生を「伝記章」で扱うことにより、彼らが名も無きものとされる過程を敢えて言葉で——具体的な都市名、経歴、そして彼の自己形成に動員された宗教や学校の言葉の数々を提示し、意識の流れを部分的に使って兵士となった一人の男性の主観を作り上げながら——立ちあげること、それにより、身体なき身体に、言葉をもって個としての身体を与えるべく対抗するパフォーマンスである。

## 三　ハーラン郡の炭鉱夫たち——言葉の喪失

「あるアメリカ人の身体（遺体）」が、言葉によって個人を回復させるという意味で「人びとの言葉」のひとつの相であるとするなら、『ビッグ・マネー』におけるカメラ・アイの主人公が最後にたどり着くのは、むしろ言葉の喪失、あるいは労働者を代表しようとする共産主義の言葉への信頼の喪失である。一般にドス・パソスが共産主義と決別するのはスペイン内乱の時期、ことに一九三七年に起きた友人のホセ・ロブレス（José Robles）の失踪——真相はスパイ容疑による銃殺——が最終的な契機とされている（Carr 375-77; Ludington 366-74）。しかし、スペイン行きの前に完成した『ビッグ・マネー』において、すでにそれは通じ合わない言葉、最終的には言葉の喪失として現れている。それが顕著なのはストライキを起こした鉱山労働者たちを尋ねていったと思われる場面を活写したカメラ・アイ〈51〉である。だが、その根源となった経験、あるいは言葉の問題は、彼が『一九一九年』を書き上げ、『三人の兵士』が再版された一九三二年に出されたレポート『ハーラン郡の鉱夫は語る』（*Harlan Miners Speak*）にすでに書き込まれていた。この経験の意味は、その後単独で書いた記事「ハーラン——銃の下で働く（Harlan: Working under the Gun）」（一九三二）を経てカメラ・アイ〈51〉において結実するばかりか、その後もディストリクト・オヴ・コロンビア三部作の第一作『ある若者の冒険』（*Adventures of a Young Man*）（一九三九）において、より明瞭なリアリズムの文体で若者を幻滅させるものとして描かれる。ドス・パソスの小説の言語に決定的な影響を与えたハーラン郡の経験とはいかなるものだったのだろうか。

大恐慌は、第一次世界大戦後に石炭の生産過多で困窮を深める炭鉱地域にさらなる打撃を与えた。石炭産業に関与する巨大資本——ロックフェラー、メロン、モルガン、フォード等——は賃金カットで生き残りをはかった。これに対抗してケンタッキー州ハーラン郡では一九三〇年代には連続して大規模なストライキが起こるが、会社と警察権力は、鉱山労働者と組合に対して圧力をかけた。「ハーラン郡の戦争」と称されたこの争議は激しさを増し、一九三一年にはエヴァーツの戦いとも呼ばれる銃撃戦にまで至った。鉱山労働者のもとへは、アメリカ鉱山労働者組合（United Mine Workers of

America, UMW）、共産党系の全米鉱夫組合（National Miners' Union, NMU）、赤十字などが援助を提供するも混乱は続き、最終的な収束には一九三五年に労働者の権利（団結権、団体交渉権）を保証するワグナー法成立後まで待たねばならなかった。（Hevener 1-93; Hennen "Introduction"）

この争乱が猖獗を極めていた一九三一年、共産党の政治犯弁護委員会からセオドア・ドライサーを筆頭にドス・パソスも含めた一一名の作家たちがハーラン郡を調査し、翌年、『ハーラン郡の鉱夫は語る』（以下『ハーラン郡』と表記）として出版する。そのレポートは、企業による労働者のさらなる搾取（企業の経営する家屋や食料品店への支払いで賃金が払底する）、企業側によるストライキ参加者の住居の爆破、子どもの劣悪な生育環境などを暴き出したほか、女性活動家のアント・モリー・ジャクソン、あるいは二〇世紀後半にまで歌い継がれることになる「あなたはどちらの味方なの？（Which Side Are You On?）」を世に知らしめた。

ドナルド・パイザーによれば、『ハーラン郡』の編者はドス・パソスである（"Dos Passos and Harlan" 6）。このレポートは冒頭のジャクソンの歌の歌詞に続くドライサーによる序文、委員会メンバーによるエッセイのあとに、長大なページを割いて、炭鉱労働者、保安官らの証言が続く。さらにベル郡調査のレポートをドス・パソスが書き、最後に、後日シャーウッド・アンダーソンが行なったスピーチが加えられている。この配置は、「鉱夫が語る」一人称の証言を理解するためのフレームワークを与え、一定の解釈を誘導する。前半のエッセイはNMUを代弁するばかりか、質疑応答の質問も、「資本側に搾取される貧しい鉱夫たち」のイメージを誘導するのである。[3]

炭鉱夫はアパラチアの貧しきヒルビリーのステレオタイプとして描かれている。アンソニー・ハーキンズは、ヒルビリーは、一般に古くからのアメリカ人として表象されることを指摘し、これが悪いイメージであれば、貧しさ、後進性、野蛮、暴力などと結びつけられ、良いイメージの場合には、素朴さ、パイオニア精神、個人主義といった性質を付与されるとしている(5-7)。『ハーラン郡』において、たとえばレスター・コーエンのエッセイでは、彼らは孤立した山地で「独自の法」に従い生きる「原始的」な人びとであり(18)、メルヴィン・レヴィも、彼らを「古い種族」だが、「孤立」して、時が止まったようにいまだダニエル・ブーンのことを語り、「地図を見たことも、本を読んだこともない」(20-21)と典型的な後進性のイメージで語る。素朴な彼らは易々と「近代産業主義」(18)の犠牲になってしまうのだ。

他方、ドス・パソスは、自らの担当部分において、「鉱夫の苦境」を編集方針通り提示しつつも、ささやかに抗うそぶりを見せている。冒頭、ストレート・クリーク訪問の描写では、付近の崩壊寸前のような小屋の惨状——タール紙のみで屋根を葺き、新聞紙で風を防ぎ、室内はおそろしく粗末——に「心が締めつけられる」ように辛い(278)と述べて、その貧しさを提示する。その後、ある教会での集会に行った際にも、その描写は一見して、コーエンやレヴィとその語彙が共通している。

> 天井の低いホールは鉱夫とその妻たちで一杯だった。その顔はすべてアメリカの歴史が始まったばかりの頃からのものだった。ホールに入るのは百年ほど時代を遡ることだ……痩せた顔……ジェファソンやジャクソンに投票し、喋るとなればパトリック・ヘンリーの雄弁にならう、フロンティアの人びとの顔。わたしはアメリカ独立戦争(the American revolution)が現実にあ

　　ることをここまで強く感じたことはなかった……古い時代の言い回しを使い、立ち上がっては、
　　なぜ自由のために闘うべき時がまたやってきたのかを語る山の人びと。(*Harlan Miners*, 288)

ただし、ドス・パソスはここで独立戦争、すなわち「革命」を、遠い過去のことにとどめ置かずに、彼の現在に引き寄せている。それは比喩ではなく、現実として描かれることで、共産党員の「革命」とは別様の意味をそこに込めて、語の意味をずらすのだ。後年ドス・パソスは、『テーマは自由』(*The Theme is Freedom*)（一九五六）において、共産党への違和感をハーラン郡調査で抱いたことを告白している。党員にとって鉱夫たちはチェスの「ポーン」にすぎず、「自分たちのゲームに従わないなら助けない」(87)。むろん、その文章の執筆は、彼が共産主義と決別して何年も経った冷戦時代であり、後知恵ともいえる記述である。しかしこの違和感は一九三二年に『ニュー・リパブリック』に寄稿した「ハーラン――銃の下で働く」において自らの視点で自らの言葉でこの経験を構成し直したときにも消えることはない。「耐え難い状況との戦いにあって、彼ら［鉱山労働者たち］に連帯と後押しを取り戻す」ことが目標(63)にもかかわらず、ドライサー委員会がわずか二日間の調査を終えるとあっという間にニューヨークに立ち去った(66)という皮肉を潜ませてその文章を終えるのである。

共産党への違和感は、『ビッグ・マネー』の終盤に書き込まれている。プロット上は、メアリー・フレンチの物語章におけるメアリーの経験として、また文章の実験としてはカメラ・アイ〈51〉として。中流階級出身のメアリーは、労働者の苦境に共感して組合新聞の記事を書き、当地に出向いて労働者を支援する。メアリーは、デニングの指摘するように、ムアハウスと対である(181)。ムアハウ

スが政府の側に立ち、資本と政府を結びつけて、アメリカの拡張を支える言説を生産し続けるのに対し、メアリーはそれに抗う言説を生産する。しかし資本に搾取される労働者に寄り添う彼女は、ジェンダーの政治学においては搾取される側である。活動家の恋人ベン・コンプトンにお金を貸し、妊娠するも中絶し、ドン・スティーヴンズもまた彼女を召し使いのように扱った挙げ句に別の活動家と結婚する。しかし、その彼女こそが男の言葉としての党の言葉に違和感を抱くのであり、『ハーラン郡』における違和感をジェンダー化して踏襲するかのようだ。このことはメアリーとドンの会話に端的に表れる。センチメンタリティは共産党の党紀には不要だとするドンに対し、メアリーは「炭鉱労働者の組合を助けたいという思いが強まるのは、センチメンタルなこと」(1218) だと返すが、ドンは、党紀の方が大事だと反論するのである (1218)。「党員だったことはない」(1233) メアリーは、自分の気持ちに従って活動する。炭鉱労働者の窮状を「悪夢」としてアピールを印刷し、寄付を求めて奔走し、痩せ細る。ドンに捨てられて、友人と死別してもなお、活動を続けるところで『ビッグ・マネー』最後の物語章は終わる。

『ビッグ・マネー』の終盤、カメラ・アイの視点人物の経験は、メアリーのそれに重なり合うように収斂する。最後の三つのカメラ・アイ〈49〉〈50〉〈51〉はサッコ・ヴァンゼッティ事件から炭鉱労働者支援までのエピソードを扱いながら、「言葉」の (不) 可能性を追求する。カメラ・アイ〈49〉は、清教徒以来の移民の歴史にニコラ・サッコとバルトロメオ・ヴァンゼッティを位置づけ、もともと「抑圧を嫌う」移住者で始まったアメリカの「古い言葉」が、この事件を扱う弁護士らによって「不快なものへとくたびれ果て、破壊された」のを「作り直」そうとする (1136)。カメラ・アイ〈50〉においては、死刑を待つヴァンゼッティの言葉を引きながら、「古い言葉を刷新した」二人の死刑囚が「移民の身体（遺体）」として墓地へ運ばれるのを見送るしかない（1158）。移民こそがアメリカ人であるという記述の流れを考えたとき、「移民の身体（遺体）」は国家システムのもとで無名化する無名戦士の身体と重なり合う。

その「言葉」は、しかし、カメラ・アイ〈51〉の最後で、宙に浮いて消失するかのようだ。負傷した鉱山労働者、郡拘置所、郡保安官事務所の三場面からなる〈51〉において視点人物は、「外国人」、「私」や「彼ら」といった代名詞を使い分けながら自分の立ち位置を理解していく。拘置所の鉱夫たちに共産党員が語りかけるとき、カメラ・アイの視点人物は、「私たち」、つまり党の一人だ。しかし「我々の組合に入ればタバコとキャンディを贈る。連帯だ」という党員の言葉は鉱夫には空しく響く。「私たちの目は彼らの目を鉄格子越しに見る」（1208）しかない。「鉄格子越しに」が繰り返され、格子の両側で言葉を共有できないことが強調される。そのとき語り手は「私たち」という代名詞を捨て「私に何が言えるだろうか」と考え始める。第一次世界大戦の捕虜の姿を思い浮かべ、再度「私たちは牢に入れられた人に何が言えるだろうか（What can we say to the jailed）?」（1209）と問いかける。「私」は党員とともに「私たち」でいる限り、何も言えない可能性を自覚するのだ。だが党員と同じ空間にいる「私」は、最後の保安官事務所においては、法を司る保安官によって「外国人」として敵視される「私たち」としてまとめ上げられてしまう。一貫して「彼」である保安官はその背後に弁護士、判事、会社のオーナー、政治のボス（1209）を、つまり政治経済システムを味方につけている。この強大な権力を前にして「私たちには対抗する言葉しかない（we heave only words against)」(1210)。しかし、何に対して?

前置詞の"against"の目的語が何なのか、語ることなく終わるカメラ・アイ〈51〉は、「人びとの言葉」を最終的には紡げないという敗北なのだろうか。党に違和感を覚えていた「私」が党員とともにこれまで考えていた言葉はもはや無力である。しかし同時に最終文の「私たち」は党員と自分という「私たち」とは異なる相も持ち合わせる。ここに含まれる「私」は鉱夫に戦争捕虜を重ね合わせる想像力の持ち主だからだ。

この空白の目的語をめぐり、パイザーは、ドス・パソスの草稿、校正刷りを精査した。当初の草稿ではこの目的語は「彼らの銃(their guns)」であり、印刷に回す原稿においても最後の数行が削られながらもその目的語は保持されていた。ゲラの段階で、この部分に続きシカゴの企業家サミュエル・インサルを扱った伝記章のタイトル「パワー スーパーパワー (Power Superpower)」を目にしたときにおそらく"against"の真の目的語を発見したのではないか(*Toward Modernist Style* 86-88)。物語のモードをまたがって、"against"の目的語はあたかも"Power Superpower"であるように目に映るのである。

カメラ・アイの語り手による目的語のない終わり方とそれに続くタイトルは、共産党の言葉では、あるいは彼らとともに「私たち」であることを続ける限りにおいては、カメラ・アイ〈49〉以降目指してきた「言葉」にはなり得ず、強大な権力には太刀打ちできないことを示唆している。インサルの伝記章に続くメアリー・フレンチの物語章では、メアリーが、共産党員の男性に裏切られても、ひとり言葉を紡ぎ、労働者に寄り添う場面で終わり、続いて最後の伝記章として三部作冒頭の「U. S. A.」に登場するのと同一人物とおぼしき無名の「放浪者(Vag)」の姿が三部作に幕を下ろす。無言でヒッチハイクをする彼は、ストライキにでも参加した時のことだろうか、警棒で殴られた記憶を思い起こす。過去形で「学校に行った。本には機会のことが書いてあり、広告はスピードを、自分の家を約束していた……働く気のある者には給与が支払われ……」（1240）と過去に自分が与えられてきた目標を思い出しながら、道路脇に佇む。むろんここで「無名兵士」の主体を形作ったさまざまな言葉を重ね合わせることも可能だろう。カメラ・アイの視点人物は共産党の人びとと「私たち」になる限り言葉を失いかねないことに気づき、メアリー・フレンチは同様の経験を共有しながら自らの言葉を使って動き続け、そして「放浪者」は、無言のままに旅を続けるのだ。

バーバラ・フォリーは、『U. S. A.』三部作を集団主義的な文学として位置づけ、作家自身は革命を目指す方向には行かなかったが、「社会関係や階級闘争を、階級を意識した視点から表象する」という点であらたな可能性を開いたことを評価する（436）。言葉の問題を、もの言わぬ無名戦士の遺体、サッコ・ヴァンゼッティの遺体と結びつけていくなら、この三部作は単なる階級（闘争）の表象以上に、むしろ既存の階級闘争の言葉で表象し得ないほどに巨大化した権力——政治、経済、軍事力の巨大なシステムとしての拡大するアメリカ——の存在を、コラージュという形式とともに、その無言の身体（遺体）や目的語の不在によっても示唆している。目的語の不在、そのあとの紙の上の空白ののちに目にはいる「パワー　スーパーパワー」の文字は、目的語のように見える位置にあるかのように見えているというだけのことであって、それすら言葉によって捕捉しきれないもの、目的語として繋ぎえないものである。あたかも絶対の他者であるかのように。この瞬間、ドス・パソスのこの言語パフォーマンスは、「見えるもの、言葉にできるもの、思考できるもの」の関係を、その言語実験によってかき乱すゆえに、ランシエールの考える「政治的な芸術作品」(Rancière 63) に限りなく接近する。

ドス・パソスは、『テーマは自由』において、ニューディールのある時点で「再度アメリカに合流した」(103) と言う。そのアメリカは共産主義と身を引き離したドス・パソスが参入したアメリカである。『U. S. A.』において捉えがたいシステムであった軍産共同体の帝国のアメリカは、その後ドス・パソスのなかでは、「組織」という把握可能なもの、リアリズムの文体で明瞭に描き得るものへと変容した。ディストリクト・オヴ・コロンビア三部作では、『ある若者の冒険』において「個人の運命には関心がない」(199) 共産党の犠牲になる若者、二作目の『ナンバー・ワン』(一九四三) において独裁的な政治家、三作目の『グランド・デザイン』(一九四九) においてニューディールが巨大システム化して個人の自由を奪う様が描かれ、それはあたかもフリードリヒ・ハイエクの『隷従への道』(*The Road to Serfdom*) (一九四四) のテーゼ「計画化は独裁へと向かう」(78) の物語のようである。軍産巻き込む市場システムという捉えがたき全体を捉えることに言葉の可能性を賭けることを止めて、むしろ市場統制や共産主義や組合という認識可能な組織を個人の敵として物語にするようになったとき、ドス・パソスは、リバタリアニズムに接近していくのである。

【註】

（1）これら四種類の文章モードは、ニューズリールとカメラ・アイはそれぞれ番号を付され、物語と伝記にはそれぞれにタイトルが付いた状態で、作品においては一つの章のように目次に記載されている。本論ではそれぞれに従い、カメラ・アイ、ニューズリールについてはその番号とともに言及し、また伝記と物語は、それぞれ伝記章、物語章と表記する。

（2）日本銀行副総裁の高橋是清と会い、日本の公債を引き受けたことなど、ユダヤ人資本家たちの日露戦争への関心に伴うシフの動きについては、ナオミ・コーエンによるシフ伝 p.134 を参照のこと。

（3）インタビュー対象者がそもそも誘導的な質問に応じるタイプであったことについては Hevener, p.65、この配置と解釈の誘導については、Pizer, "John Dos Passos and Harlan," pp. 8-9、Ochi, "Harlan Miners Speak: The Way Their Voices Were Heard" を参照のこと。

【引用文献】

"Arlington National Cemetary."
https://www.britannica.com/place/Arlington-National-Cemetery#ref212420
Buell, Lawrence. *The Dream of the Great American Novel*. Harvard UP, 2014.
Carr, Virginia Spencer. *Dos Passos: A Life*. 1984, Northwestern UP, 2004.
Cohen, Naomi W. *Jacob Schiff: a Study in American Jewish Leadership*, 1976. Brandeis UP, 1999.
Denning, Michael. *The Cultural Front: The Laboring of American Culture in the Twentieth Century*. London: Verso, 1997.
Dos Passos, John. "Introduction." *Three Soldiers. Novels 1920-1925*. Library of America, 2003, pp. 866-69.
---. "Harlan: Working under the Gun." *The New Republic*, 2 December 2, 1931, pp. 62-67.

---. *U.S.A.* The Library of America, 1996.

---. *Adventures of a Young Man*. 1939, Open Road Distribution, 2015.

---. *The Theme Is Freedom*. Books for Libraries P, 1956.

Foley, Barbara. *Radical Representations: Politics and Form in the U.S. Proletarian Fiction, 1929-1942*. Duke UP, 1993.

Harding, Warren. "Address at the Tomb of Unknown Soldier, Nov. 11 1921," https://archive.org/details/109825721

Harkins, Anthony. *Hillbilly: A Cultural History of an American Icon*. Oxford UP, 2004.

Hennen, John C. Hennen. "Introduction." National Committee for the Defense of Political Prisoners, *Harlan Miners Speak: Report on Terrorism in the Kentucky Coal Fields*. UP of Kentucky, 2008.

Hevener, John W. *Which Side Are You On?: The Harlan County Coal Miners, 1931-39.* 1978. U of Chicago P, 2002.

Hyek, F. A. *The Road to Serfdom*, 1944, U of Chicago P, 1994.

Kazin, Alfred. "John Dos Passos and His Invention of America." *The Wilson Quarterly*, vol. 9, no. 1,1985, pp. 154-66.

Ludington, Townsend. *John Dos Passos: A Twentieth-Century Odyssey*. Carroll & Graf Publishers, Inc., 1980.

Martin, Ronald E. *American Literature and the Destruction of Knowledge: Innovative Writing in the Age of Epistemology*. Kindle ed., Duke University Press.

Misugi, Keiko. "Deromanticizing War: John Dos Passos's Critique of Theodore Roosevelt in 1919." *Kobe College Studies*, vol. 62, no. 2, 2015, pp. 139-52.

Moglen, Seth. *Mourning Modernity: Literary Modernism and the Injuries of American Capitalism*. Stanford: Stanford UP, 2007.

Murphy, Gretchen. *Hemispheric Imaginings: The Monroe Doctrine and Narratives of U.S. Empire*. Duke UP, 2005.

National Committee for the Defense of Political Prisoners, *Harlan Miners Speak: Report on Terrorism in the Kentucky Coal*

*Fields*. With a New Introduction by John C. Hennen. 1932. UP of Kentucky, 2008.

Ochi, Hiromi. "Harlan Miners Speak: The Way Their Voices Were Heard." Correspondence: *Hitotsubashi Journal of Arts and literature,* no. 3, 2018, pp. 83-102.

Pizer, Donald. *Toward a Modernist Style: John Dos Passos*. Bloomsbury Academic, 2013.

---. "John Dos Passos and Harlan: Three Variations on a Theme." *Arizona Quarterly*, vol. 71, no.1, 2015, pp. 1-23.

Ranciére, Jacques. *The Politics of Aesthetics*. Translated by Gabriel Rockhill. Continuum International Publishing Group, 2004.

Rogers, Gayle. "Restaging the Disaster: Dos Passos and National Literatures after the Spanish-American War." *Journal of Modern Literature*, vol. 36, no. 2, 2013, pp. 61-79.

Roosevelt, Theodore. *The Essential Theodore Roosevelt*. Ed. John Gabriel Hunt. Gramercy, 1994.

Smith, Gaddis. *The Last Years of the Monroe Doctrine 1945-1993*. Hill and Wang, 1994.

Solomon, John. "Politics and Rhetoric in the Novel in the 1930s." *American Literature*, vol. 68, no. 4, 1996, pp. 799-818.

Wilson, Woodrow. "Joint Address to Congress Leading to a Declaration of War Against Germany (April 2, 1917) https://www.ourdocuments.gov/doc.php?flash=false&doc=61

アリギ、ジョヴァンニ『長い20世紀——資本、権力、そして現代の系譜』土佐弘之監訳、作品社、二〇〇九年。

アレント、ハンナ『人間の条件』志水速雄訳、ちくま学芸文庫、一九九四年。

# 第三部——アメリカニズムの表と裏

# 第六章　大西洋を渡る建国の父祖

## ――ハーマン・メルヴィルの『イスラエル・ポッター』にみる「アメリカニズム」批判と再創造

田ノ口 正悟

# はじめに

「わたしが、乞食のアメリカ建国譚（"the Revolutionary Narrative of the beggar"）を書くときには、この地図を使うことにしよう」(*Journals* 43)。一八四九年一二月一八日、ロンドンに来ていたハーマン・メルヴィルは、ある書店でその町の古地図を買い日記にこう書きつけている。結局、この構想が実現して『イスラエル・ポッター——五十年の放浪』（以下『イスラエル』）が出版されるのは一八五五年のことになる。本作は、アメリカ独立革命の嚆矢となるバンカーヒルの戦いに従軍しながらも、戦場で負傷したために敵の捕虜になり、イギリスへと渡り五〇年近い放浪生活を余儀なくされた兵士の数奇な人生を描く。『白鯨』（一八五一年）や『ピエール』（一八五二年）の立て続けの失敗によって作家としての評価を大きく下げたメルヴィルだったが、『イスラエル』は比較的高い評価を得た。本作は矢継ぎ早に三回増刷されるだけでなく、ロンドンでは安価な海賊版が出版された[1]。好意的書評も多く『ニューヨーク・コマーシャル・アドヴァタイザー』誌は、「アメリカ的情感」に満ちている本作が、「その愛国的な関心」によって「もっとも人気を博すことになるだろう」と述べている（Higgins and Parker 458）。

『イスラエル』が高評価を受けたのには、一七七六年にアメリカ植民地がイギリスから独立を果たしてから、メルヴィルが創作活動を行なっていた一九世紀前半にかけて、アメリカ建国にまつわる書物が多く出版された背景が関係している。たとえば、ベンジャミン・フランクリンやジョン・ポール・ジョーンズなど建国の英雄に関する物語が世に出た。第二次独立戦争と呼ばれる米英戦争（一八一二年～一八一五年）を経てイギリスからの独立の機運が再燃するなか、フランクリンの自伝や伝記が提示する「依存から独立」へと至った個人の成功譚は、国家的物語として受容された（Mulford 419）。また、メルヴィルのタネ本になったヘンリー・トランブル著『イスラエル・R・ポッターの生涯と驚くべき冒険』（一八二四年）のような、独立戦争に従軍した一兵卒に焦点を当てた物語も出版された。ありふれた兵士の姿を「国家的愛国主義的アイデンティティの礎」として描出するそれらの物語を通じて、アメリカの読者は「過去の感覚を獲得し、自由と平等に基づく未来への基盤として誇りを持つ」ようになった（Dorson 4）。つまり、これらの物語はイギリスから独立するアメリカの国家的アイデンティティを形成するために、個人の美徳を国家的理念の象徴として示したのである。

本論の副題に掲げた「アメリカニズム」（149）とは『イスラエル』において用いられる言葉である。メルヴィルの語り手は、タイコンデロガ砦の英雄イーサン・アレンの率直で気さく、愛情に溢れた「西部人の気質」を「彼特有のアメリカニズム」、すなわち「真のアメリカ的精神」（149）と称する。当時の建国譚と同じく、本作もキャラクター個人の気質から国家を象徴する精神性、すなわち「アメリカニズム」を抽出しようとする。これまで『イスラエル』は、メルヴィルによるアメリカニズムへの批判の書として読まれてきた。父と子の決別で始まり最後までその和解は達成されないという物語の顛末を強調しながら、これまでの研究は本作を、建国の父祖を神話化する当時の愛国的歴史観に対抗する物語として読解してきた。しかし、本論が目的とするのは、『イスラエル』を単なるアメリカニズムの批判として割り切ることではない。むしろ、メルヴィル作品がアメリカ的精神の流動性を描いた点を明らかにしたい。たしかに、メルヴィルは作中で、アメリカという国家をその基盤となる個人の精神性から批判している。しかし同時に、本作はただの批判にとどまらず、アメリカニズムの再構築を志向しているのである。そこで本論は、メルヴィルが描く建国の父祖の両義的表象と主人公イスラエルの流動的主体性——より厳密に言えば主体性のなさ——に焦点を当てる。そうすることで『イスラエル』は、一九世紀中庸にあってまさに現在進行形で形成されつつあったアメリカ的精神を批判しつつも再構築した作品として読解することができるからである。

## 一　セルフメイド・マンとしてのイスラエル

アメリカ建国譚が隆盛した背景には、一九世紀初頭から中庸にかけてニューヨークを中心に展開された愛国主義運動——ヤング・アメリカ運動——が関係している。トマス・ジェファソンやジョン・アダムズら建国の父祖が一八二〇年代に相次いでこの世を去ると、若い世代は彼らの偉業を引き継ぐため、「普遍的民主主義、平等、それにヨーロッパの君主の打倒」(Rogin 73) を旗印に国内外で運動を展開していった。メルヴィルは文壇の中心人物エヴァート・ダイキンクとの関係から、この運動に大きく関係していた。そのことは、彼が一八五〇年八月にダイキンクの編集していた『リタラリー・ワールド』誌に発表したエッセイ「ホーソーンとその苔」を読むと分かる。彼は、ホーソーン作品には「人間の生来的堕落と原罪というカルヴィン主義的感覚」に由来する「偉大なる闇の力」が秘められていると評しながら、ホーソーンをアメリカ文学における「偉大なる天才」と賞賛する (243)。そこでメルヴィルは彼の文学的愛国主義を明らかにしている。彼は同時代のアメリカ人作家に対して、

「イギリスへの文学的追従主義」をやめて「自律的」な国家文学を確立するように檄を飛ばしながら、アメリカ人作家の使命は「万物に制限なきキリスト教の民主主義的精神」を見出すことにあり、「生活のみならず文学において共和主義的進歩」を体現することだと熱弁する（247-48, 248, 245）。

　ゲイル・テンプルは、ヤング・アメリカ運動が建国の父祖らを「国家主義的で愛国的なアイデンティティの礎」（454）として神格化していくさい、出版物や芸術作品を活用したと論じるが、同様の神格化は記念碑の建造においてもみられる。有名な例としては、マサチューセッツ州チャールストンに一八二五年から一七年にわたって建造されたバンカーヒルの記念碑が挙げられる【図1】。高さ六七mにもおよぶ、煉瓦の集積体のようなオベリスク型の記念碑は、独立革命初期の一七七五年六月一七日に行なわれたバンカーヒルの戦いの戦死者を追悼するために建設された。この記念碑が特異なのは、兵士の死を追悼することが主眼ではなく、むしろ建国の父祖を神聖化して、アメリカの独立と自由を達成した彼らの偉業を世界に宣伝する側面が強かったことである。

【図1】バンカーヒルの記念碑
（1843年6月17日。ナサニエル・カリアー作）

　そのことは、ダニエル・ウェブスターがバンカーヒルの記念碑の建造が始まった一八二七年六月一七日に行なった講演にみられる。彼は、アメリカ独立革命をヨーロッパ君主制に終止符を打った英雄的業績として強調する。ルイ一四世の発言「朕は国家なり」に象徴される君主制において、人々は「国家から分離され」ながら、「政府の権力というのは委託されたもの」であるにもかかわらず、「それらが共同体の善のために正しく用いられることなどない」という「明白な真実」に思い至る（133）。そして、人々は君主から権力を奪還して抑圧を終結させるための革命を行なった。ウェブスターは、ジョン・ウィンスロップの「丘の上の町」演説を彷彿とさせるレトリックを用いながら、アメリカそれ自体を世界に起立する巨大なモニュメントとして語る。すなわち、この記念碑は独立革命がもたらした「知恵や平和、自由」の理想を未来永劫、後世に、そして世界に示していく象徴的建造物なのである（135）。

メルヴィルの『イスラエル』は、このバンカーヒルの記念碑への献辞で始まっている。語り手は自らを「もっとも熱心で従順な」「編者」として、バンカーヒルの記念碑を戦死した兵士たちの「偉大なる伝記作家」と擬人化する（vi）。本作の目的は「名もなき一兵卒」イスラエルの物語をその記念碑に捧げることにある（vi）。彼は建国の戦いにおいて「忠義深い貢献」（v）をみせたにもかかわらず、兵士としての恩給を受けることなく人生を終える。彼の伝記は一度世に出されるも、現在は絶版となっている。語り手は、「人々の前に再び姿を現す」ことを望むイスラエルの願いを叶えようとする（vi）。本作は多少の訂正はあろうとも基本的にはトランブルによる原作の「復刻版」であり、そこに「詩的な正義」でもって改変を加えることはない（v, vi）。

以上のような作品の冒頭を読めば、本作が「アメリカ的情感」に満ちていると評されるのも頷ける。なぜなら語り手は、イスラエルの出生と来歴を語りながら、彼をアメリカ的個人の雛形、すなわちセルフメイド・マンとして強調するからだ。イスラエルはフーサトニック渓谷にある石造りの家に生まれるが、語り手に言わせれば、そこ以上に「熱心な愛国者の出生の地としてふさわしい場所」はない(5)。さらに一八歳になった彼はジェニーという娘と恋に落ちるも、父は二人の結婚を認めずあらゆる方法で二人を別れさせようと画策する。父の行ないを「不当で抑圧的」だと感じた彼は「他の家と友人を求めて」、家族と恋人を捨てて故郷を出奔する(7)。彼はさまざまな仕事――農夫、行商人、捕鯨船員など――を転々としながら、厳しい自然のなかを生き延び着実に財を成していく。語り手は誇らしげに、イスラエルが、過酷な人生経験を通じて「我らが父祖をしてアメリカの自由へと向かわせた恐れなき自己信頼と独立」の気質を獲得したと回顧する(9)。イスラエルが「不当で抑圧的」な父のもとを離れて独立を実現する過程は、まさに、アメリカのイギリスからの独立の歴史を読者に想起させる。メルヴィルの物語は、アメリカ建国の英雄と同様の精神性――抑圧的な父からの独立心と過酷な状況で生き抜く勤勉さ――を主人公に付与することで、当時の読者に受け入れられたといえる。

しかし一方で、『イスラエル』を単純なアメリカニズム礼賛として読むことはできない。なぜならメルヴィルの建国譚は、アメリカ独立期の英雄たちを脱神話化してみせるからだ。それは、トランブルによる原作に忠誠を誓ったはずの語り手が行なう改変に現れている[2]。次節では、メルヴィル作品が行なう反復行為、なかでも引用に焦点を当てる。『イスラエル』はフランクリンの自助の哲学に関する実際の文言を引用しながら、独立革命以降のアメリカを支えた精神がいかに問題を抱えて時間と共に堕落していったかを、一九世紀中葉の観点から明らかにする。

## 二　空虚なる反復／引用

『イスラエル』は父と子の物語である。祖国を離れてヨーロッパを放浪するイスラエルはアメリカ建国期の象徴的な父親——ベンジャミン・フランクリン、ジョン・ポール・ジョーンズ、イーサン・アレン——と出会う。メルヴィルの物語は、抑圧的な父のもとを出奔したイスラエルがさまざまな父祖と出会い、そして別れる様を通して、読者にアメリカニズム、すなわちアメリカ的精神についての批判的再考を促す。とりわけ、イスラエルとフランクリンの出会いは重要である。イスラエルはフランスに滞在する彼のもとに密書を届けるために派遣される。トランブルによる原作と比較をすれば、メルヴィルによるフランクリン批判の要諦が見えてくる。トランブル版のフランクリンは「非常に愛想が良くかつ教育的な態度」(50)でイスラエルの苦労話を聞く。彼は、バンカーヒルで戦いながらも兵士としての恩給をもらえないことを嘆く。対してフランクリンは、アメリカが「イギリスからの独立を達成する」という「大いなる目的」への道半ばにあること、そして「仲間の兵たち」は「国家の大義」のために今なお戦っていることを教え諭す(51)。彼はイスラエルに、国家が独立の道半ばにあることを気づかせることで、その利己的ともいえる考えを改めさせる。そして、フランクリンとの出会いは「愉快な接見」(50)として肯定的に評される。

他方で、メルヴィルは原作を大きく書き換えつつ、フランクリンを抑圧的な家長として描出する。彼は「家父長らしい小言」(41)で主人公の行動を制限する。たとえば、イスラエルが外食をしようとしたところ、「貧者が自分のお金でもって外食をするのはよくないやり方だ」（43）と言ってそれを諫める。外出の機会を奪われた彼は、部屋を片づけに来る魅力的なフランス人女中に癒しを見出すが、再びフランクリンは「ヒ素は砂糖より甘い」（53）、つまり美しいものには棘があると述べて彼女の訪問を一方的に断ってしまう。代わりに彼は、著名な『貧しいリチャードの暦』を渡してそこから「良識」（41）を学ぶように言いつける。やってくる度にあらゆるものを「取り上げる」フランクリンのことを略奪者と呼びながら、イスラエルは彼の良識の二面性を明らかにする（53）。「非常に道理をわきまえた青年」だと評しておきながら、じっさいはイスラエルのことを信じておらず、自分の言葉で彼を「捕囚」してそこから何かを奪おうとするのである（55）。人を「家父長的に」支配して操るフランクリンの言葉の虚偽に気付いたイスラエルは、彼のことを「ずるく、狡猾で、悪がしこいやつ」（"he's sly, sly, sly"）だと批判する（55, 54）。

原作とは真逆ともいえるフランクリン像について、先行研究はメルヴィル流のアメリカニズム批判として解釈してきた。フランクリンの提唱する美徳――勤勉、寛容、自己犠牲、倹約など――が、アメリカ的資本主義を正当化する論理を形成したというのだ。[3] しかし、わたしが注目したいのは、イスラエルによる批判がフランクリンの著名な格言を引用することで行なわれる点である。

「『時勢が良くなることを望んだり願ったりすることに何の意味があるのでしょうか？　懸命に精進すれば時勢はよくなるものです。貧しいリチャードも言うように、勤勉に願いなど必要ないのですし、希望に生きる者は飢えて死ぬのです。それに貧しいリチャードはこうも言っています。苦労なくして利益なし、土地がなければ手を動かせと』なんてこった、こんな知恵にはまったく驚かされるな！　わたしに知恵を説くのは侮辱のようものだ。安いものは知恵で、高いものは運さ。貧しいリチャードにはないが、きっとそうなんだ」と言うと、イスラエルは突然冊子を叩きつけた。（略）「この老紳士［フランクリン］にはどこか驚くほどずるいところ――途方もない狡猾さのようなもの――があるようだ。そして彼の知恵も同じく狡猾なようだ。尊敬を集めてはいるが、彼はたんまりと良識をふりまきながら、世界にそれ以上の暗示をかけるタイプの老人だと、わたしは思う。してみれば、彼はずるく、狡猾で、悪がしこいやつなんだ。ああ、まてよ、貧しいリチャードはこうも言ってるな。『天は自ら助くる者を助く』すこし考えてみようか。（略）この格言に印をつけて、また見返すことのできるようにパンフレットは開いたままにしておこう」（53-54）

前半の部分は、『貧しいリチャードの暦』におさめられた「富に至る道」からの引用である。外出を禁じられたイスラエルがこのパンフレットを読んでいると、フランクリンの有名な格言を目にする。個人の勤勉さをもってすれば富がもたらされるというフランクリンの自助の哲学に対してイスラエルは、そのような「知恵」は自分にとって侮辱に他ならないと憤慨する。なるほど、そもそもアメリカにいたころのイスラエルの生活を思い返せば、親から独立して勤勉に仕事をこなし自らを陶冶してきた彼こそがフランクリン的人間であったと言える。しかし、彼の勤勉さや独立心は“better times”どころか、祖国から離れた不遇の人生を強いる。フランクリンが提唱した富へ至る道を真っ向から否定するイスラエルの人生は、アメリカ的個人主義の根幹をなす知恵が内容を失ってしまった「空虚なクリシェ」（Temple 454）に堕していることを示唆しているのだ。

振り返ってみれば、メルヴィル作品はこのような空虚な反復を行なって見せることで、建国の理念が堕落していく様を明らかにしてきた。たとえば『マーディ』（一八四九年）は、アメリカ民主主義の根幹をなす独立宣言にある文言を書き換えながら、その理念が内包する矛盾を露呈させる。「この共和国ではすべての人間は生まれながらにして自由で平等である。（略）ただしハモの一族は除く」（512-13）。アメリカ南部の奴隷を暗示する「ハモの一族」という表現は、万人の平等というジェファソン的民主主義の矛盾を痛烈に揶揄している。また『ピエール』の主人公は、独立記念日に祖父が戦場で使っていた「少将の指揮棒」を「式典用の杖」として携え、祖父が残した土地を誇らしげに練り歩く（12-13）。一族の過去の闇に気づかず、祖父を無批判的に英雄化してその行ないを表面的に模倣する主人公には、革命の理想が忘却されるのみならず、抑圧が再生産されていく未来が予見されている。[4] サクヴァン・バーコヴィチは、『ピエール』の若い主人公が行なう空虚な反復行為には、メルヴィルの世代、すなわちヤング・アメリカ期の時代的不安が反映されていると指摘した。つまり、ポスト独立革命の世代が「義務と欲望、美徳と真実」の板挟みに苦しみながらも、「それを解決できずにいる」という「後続の不安」が反映されているのである（254, 293）。

同様の批判は、『イスラエル』に登場するジョン・ポール・ジョーンズにも見られる。一七七九年のセラピスの海戦で初めてイギリスを撃破したアメリカ海軍の英雄は、イスラエルとは異なり、フランクリンの自助の格言を気に入り「お守り」（61）として自分の身につけるほどである。また自身の船を改名するさいには、その著作をもとにしてボノム・リシャール号と名づける。彼はフランクリン同様、二面性ある存在として描かれる。部下の戦闘後の略奪行為を禁じる誠実で慈悲深い紳士である一方、彼は敵国への憎悪によって、英国王を「チャールストンの競売にいる奴隷」(93)のように扱うことを願う。もし直接会う機会があれば、「英国王を誘拐してボストンに運び」、「アメリカの自由のための人質にしたものを」(92)とまで言い切る。このような発言からは、自由というアメリカの大義が敵を隷属化させる欲望と表裏一体をなす様が揶揄されている。さらに語り手は、ジョーンズの野蛮な気質をアメリカの根底にある精神性と重ね合わせる。外見は文明化されていながらも、内面では「制限のない野心」と「野蛮さ」を隠し持っているアメリカもまた、「国家におけるジョン・ポール・ジョーンズ」なのだ(120)。ここでメルヴィルは、フランクリンの「自助の哲学がもつ絶妙な残酷さ」とジョーンズの「野蛮さ」が「象徴的に融合」する瞬間を示しながら、「アメリカ独立革命を堕落の根本的要因」として貶める精神性を明らかにしている(Muller 236)。興味深いことに、ジョーンズに「腹心」(92)と呼ばれたイスラエルもまた残虐行為に走る。海戦のさい、彼は敵艦に手投げ弾を投げ込み多くの兵を殺傷する。その行為には若きアメリカ人が建国の理念を受け継ぐどころか、皮肉にもその暴力性や抑圧性を継承してしまうという不安が反映されているといえるだろう。

ケヴィン・ヘイズは、フランクリンの言葉を相反する形で引き継ぐイスラエルとジョーンズを比較しながら、「聖書も格言も双方を奪われたイスラエルは、自分の行動の指標となるテクストを失ってしまった」(33)と結論づけた。しかし見逃せないのは、本作におけるイスラエルのフランクリンと別れへの態度には、ただの批判にとどまらない曖昧さがあることだ。じっさい、彼はフランクリンと別れる間際、彼の知恵を故郷に持ち帰りたいと考える。また、フランクリンのことを狡猾な略奪者と罵った舌の根の乾かぬうちに、彼はフランクリンが考案した農業知識に「大いに心を打たれ」、「自分が山あいの故郷にいたら、すぐにでもこの方法を農夫たちに紹介するのだが」と考える（54）。このようなイスラエルの両義的態度からは、彼の放浪が建国の父祖への批判にとどまらない別の可能性を内包していることがうかがえる。つまりイスラエルは、アメリカニズムの理想が無批判的に反復／継承されることで堕落してしまう危険性を示す一方で、大西洋を渡った放浪の人生を通じて、アメリカ的精神を批判的に再構築しようとしているのではないだろうか。次の節ではこの点について論じる。

## 三　再構築される「アメリカニズム」

『イスラエル』は悲劇的物語として読まれてきた。イスラエルは長年の放浪の果てに故郷に戻ってくるも、恩給を受け取ることも別れた父とも再会を果たせないからだ。ウィリアム・ディリンガムは、イスラエルが悲劇的最後をむかえるのは、彼がフランクリンの教えを誤解するためだと指摘した。「深い自己理解」により達成はもたらされるというフランクリンの自助の教えを誤解したイスラエルは、外的な出来事に翻弄され内省に向かわないために彼の旅は「虚無と死」へと帰結する（269, 249）。しかし、イスラエルの人生は悲劇的だと一概に言えるのだろうか。げんに、ウィン・ケリーはイスラエルの悲劇的にみえる人生に肯定的側面を見出す。ピエールやバートルビーと異なり、イスラエルは地獄的都市として描かれるロンドンで労働者に身をやつすもそこで死ぬことはない。彼は過酷な日々を生き抜き、妻や子どもを失うも、最終的には捕囚されていた都市を抜け出して故郷へと帰還する(231)。興味深いことに、ケリーは、イスラエルの生存は彼が無私の姿勢――「謙虚」の精神――から己を捨てて匿名性を獲得したためだと指摘する(226, 232)。

なるほど、イスラエルは受動的人物である。敵国で生き延びるため、彼は臨機応変に変装をして、アメリカ人としてのアイデンティティを隠す。[5] しかしそもそも、彼が憎んだフランクリンこそが主体性なきアメリカ人ではなかったか。たとえば、彼が独立戦争時、フランスからの支援を受けるためにアライグマの毛皮を着込み野蛮なアメリカ人を演じたエピソードからは、彼が自我とは演出により成り立つ構築物であると熟知していたことがうかがえる(Maloney 145)。また『フランクリン自伝』において、彼は自らの人生を本に喩えながら、人生の過去の過ちは未来に向けて改ざんすることができると説く。そう考えるとイスラエルは、フランクリンとは違い、合目的自己演出能力に欠けた人物であったと言えよう(Matterson 151)。しかし、作品を詳細に読めば、イスラエルの放浪はフランクリン哲学の批判的継承であったことに気づく。そこで最後に、イスラエルの生存を可能にした無私の人生が、フランクリン的自助の思想の再構成によって可能になったことを論じながら、それが狭量なアメリカ的精神を批判的に改めていく点を明らかにする。

イスラエルの受動的主体性についてはこれまで、父への反抗の手段として逃避という消極的方法を取る点や、彼が次々と変装していく様にはその「消えゆく自我」が反映されているという指摘がある(Watson 564-65; Matterson 151)。そのようなイスラエルの主体性のなさはフランクリン批判においてもみられる。すでに引用した、イスラエルが彼の自助の格言に怒りを覚える場面で、彼はその文体をまねながら批判を行なう。彼は、フランクリンの平易な文体を模しながら「安いものは知恵、高いのは幸運だ」と言って、自分自身の境遇を反映した新たな格言を生み出す。

ここで興味深いことは、アメリカ人としてのアイデンティティを隠そうとする彼が、アメリカニズムの批判的再考を行なうことだ。げんに彼は、当時のアメリカ社会に蔓延していた反英感情を改める。イスラエルは英国王ジョージ三世に出会うのだが、歴史的に振り返るなら、彼はアメリカ植民地を抑圧する象徴であった。アメリカ独立宣言は、英米間の関係断絶と独立の正当性を主張するさい、「現在の英国王の歴史は繰り返される不当と強奪の歴史」（n. pag.）を体現していると弾劾した。メルヴィルの主人公も初めは、このような「ニューイングランドを支配していた偏見」（32）を抱いていた。独立戦争は「議会や国家の意図というより王の利己心によって」引き起こされたのであり、ジョージ三世こそ「祖国の災難」と「戦争に起因する「イスラエル」の苦しみ」を生み出した元凶なのだ（30）。しかし、実際に英国王に遭遇した彼はその偏見を改める。ジョージ三世は、彼のキューガーデンに潜り込み庭師に扮するイスラエルの正体がアメリカ人だと気づきながらも、敵である彼を追い出すことをせず、逆にその保護を誓う。英国王の「暖かい心」を知ったイスラエルは、彼をアメリカ植民地の迫害に向かわせたのは「議会にいる家臣の冷徹な脳みそ」だと悟り、「この王に対して非常に好意的な考え」を持つようになる（31-32）。

この出会いが重要なのは、イスラエルに反英感情に裏打ちされた狭量な愛国主義との決別を促すからだ。メルヴィルの語り手は、ジョーンズが指揮したセラピスの海戦を、建国期の英雄的勝利などではなく、愛情でもって繋がっていた兄弟に「全く逆の感情」（125）、すなわち憎悪をもたらした戦いとして語り直す。語り手の目には、「イギリスと同じ血を分けながら」争うアメリカとイギリスは、「あたかもシャム双生児が自分たちの友愛関係を忘れて、不自然な戦いに暴れくるっているかのよう」(125)に映る。しかし、イスラエルはそのような愛国主義と距離をおく存在である。げんに彼は、ジョーンズに影響を受けながらも考えの違いを明らかにする。英国王を憎悪するジョーンズに対して、彼は悪い人物ではなく、「自分に対して本当の人間らしく立派に振舞ってくれました」と反論する。(6)

アメリカニズムを棄却しようとする人物こそがそれを再構築する。イスラエルの哲学――その名も「虚無と土くれ」――はその逆説を体現する。第二三章「エジプトのイスラエル」は、ロンドン郊外のレンガ工場の労働者に身をやつした主人公を描く。そこで彼は「祖国を愛するがゆえにその敵の憎しむ者になった」(157)と考えながら、愛国主義の皮肉を悟る。煉瓦造りの作業をしながら彼は言う。「『王も道化も変人さ――とるに足りない者ばかり』ペタン!『全ては虚無と土くれなのさ』」(157)。ここで見逃せないのは、確固たるアイデンティティを否定するイスラエルの哲学が、フランクリンの考えを換骨奪胎することで生み出されていることだ。それはイーサン・アレンとの出会いの場面で明らかになる。イスラエルはカナダで捕虜となりイギリスへ移送中のアレンに出会うが、それが、彼にフランクリンの自助の哲学(“God helpeth them that help themselves”)を逆転させるきっかけを与える。アレンは言う。「わたしたちは無常の世界に生きているのだから、いつ人の助けを借りるようになるかなど分かりはしないのだ」(“ours is an unstable world; so that one gentleman never knows when it may be his turn to be helped of another,” 148)。「真のアメリカニズム」を体現するはずのアレンは、イスラエルと同じく英雄から捕虜への転落を経験した人物であった。そして彼は、助ける者は明日には助けられる者へと転落しうるという、この「無常の世界」における一つの真実に思い至る。

イスラエルの「虚無と土くれ」の哲学は一見虚無的に見える。しかし、そもそもメルヴィルが描いた虚無には両義性がある。じっさい、『ピエール』において主人公は、「虚無」（"a nothing"）を「美徳と悪徳」という倫理的ヒエラルキーを棄却する一方で、全ての基盤としてそれらを生みだす存在として規定する（274）。そしてピエールは、そのような価値転覆の可能性を内包した虚無になることを願う。同じように、イスラエルがたどり着いた「虚無と土くれ」の哲学は無情な世界への諦念と同時に、創造的可能性を内包する。げんに、イスラエルは煉瓦に関する聖書解釈を披露しつつ、土くれ、あるいは煉瓦の有用性を説く。「人間と煉瓦は等しく土でできて」いて、「アダムの子孫にとって煉瓦とは全くもって悪い名前ではない。なぜなら、エデンの園だって煉瓦でできた庭だったのだから」（155）。放浪の果てに匿名性を獲得した彼は、共同体に開かれた個の価値を示す。人間が価値を持つようになるのは、個としてではなく「煉瓦が壁にはめ込まれるように、共同体に組み込まれる」（156）ことによってなのだ。

このようなイスラエルの「虚無と土くれ」の哲学は、彼の人生の物語の最後を描いた第二六章「魂に平安あれ」で実現される。一八二六年七月四日、イスラエルは息子とともに、半世紀近い放浪の末にようやく故郷の土を踏む。建国の一兵士であるはずのイスラエルは、くしくも独立記念日の祝祭ムードの真っ只中で「愛国的凱旋車」（167）に危うく轢かれそうになる。その旗には「金箔の文字」で「バンカーヒル。一七七五年。そこで戦った英雄たちへ栄誉を」と刺繍されている（167）。ここでは、「金メッキ」などの意味を持つ形容詞 "gilt" が用いられていることから、メルヴィルがヤング・

アメリカ期に発露していた愛国主義の表層性を揶揄していることがうかがえる。しかし一方、イスラエルが母国で真に安らぎを覚えるのは、なんと、バンカーヒルの戦いのさい「敵の陣地の一つ」として用いられたコップズ・ヒルである（167）。語り手が「真のポッターの地」と称するその「墓地にある小高い丘」に座りながら、イスラエルは「この丘のそば以上に心安まるところはない」と言う（168）。建国の父祖に惹かれながらも一線を置いてきた彼は、英国王の親切心に触れてアメリカに蔓延していた憎悪に根ざす狭量な愛国主義的偏見を改めて、敵の墓に寄り添いながら開かれたアメリカニズムを示す。

最後にイスラエルは、息子とともに自分の生家へと帰ってくる。二人は崩れかけた石造りの家のそばで鋤を使い地面をならしている者を目にする。そして、年老いたイスラエルは若かりし日々を思い出す。「『父さん』じゃと！　ここじゃ」杖で地面をかきながらイスラエルは言った。『わしの父さんはここに座って、母さんはそこ、そしてまだ幼子じゃったわしは、その間を今と同じようによちよちと歩いたものさ。まさにここじゃ。昔と変わらん。今わしは屋根のない場所を歩いているがな。話の端と端はあったようじゃ（“The ends meet.”）。さぁお前さん、鋤いてしまいな』」（169）。イスラエルは生き別れた父と母を幻視して「話の端と端があった」と言う。バンカーヒルの記念碑への献辞で本作が始まることを考慮に入れれば、本作の終わりはイスラエルの荒廃した家をまた別のモニュメントとして提示していると考えられる。イスラエルは、バンカーヒルではなく自分の苔むした石造りの家で魂の平安を覚える。ここで、主人公が作品随所で「石」としてのアイデンティティを付与されていたことは重要である。彼はロンドンでの煉瓦作りを通じて人間と煉瓦の呼応性を実感していたし、苦労を重ねていくうちに硬化して閉じていく心は「もっとも硬い石」（163）に喩えられる。このことを考慮に入れれば、イスラエルの帰還は「虚無と土くれ」の哲学に至る彼の受動的人生の集大成として解釈することができる。つまり、イスラエルが自分の石造りの家に帰ってきてそこで魂の安寧を見出す場面は、人間としての主体性を棄却した彼が、一つの石としてその荒廃した建造物の一部になったと象徴的に読解することができるのである。

この直後、物語は唐突に終わる。語り手はイスラエルが亡くなるまでを淡々と語る。「彼の伝記は絶版となり、彼自身が亡くなったように、その名前は忘れ去られてしまった」（169）。彼は、「生まれた丘で最も古い樫の木が倒れたのと同じ日」（169）にこの世を去った。木こりに切り刻まれようとも「生命の根の活力を生かし続ける」（165）樫の木は、苦境にあっても生き抜いたイスラエルの人生を象徴している。そのため、樫の木が倒れたことでイスラエルの死を象徴する物語の結末は、いささかペシミスティックにうつる。しかし、樫の木ではなく別の植物――イスラエルの家にはびこる苔――に着目すれば、メルヴィル作品の一見虚無的にみえる結末が、ある種の創造性を示していることが読み取れる。主人公が生まれ育った石造りの家は廃れ、暖炉があったところは「苔がうっすらと人を遠ざけるかのように取り巻いて」いる（169）。この「苔」というのはメルヴィル作品では象徴的な植物である。げんに、「ホーソーンとその苔」の語り手は、ホーソーンを「もっとも卓越した苔の男」あるいは「苔むした男」と呼ぶ（240, 241）。彼は、その作品（"these Mosses"）を読んだ後で「柔らかな恍惚感が自分を包み込んで」、「自分の魂に根をはる種子を落として」いくのを感じる（250）。メルヴィルにとって苔は荒廃や衰退、あるいは死を意味するのではなく、種や根をたたえた生命の発現を象徴している。そう考えれば、苔むしたイスラエルの生家は荒廃しているように見えて、じっさいは生命／将来性を有しているのである。げんに、イスラエルの家にはびこる苔は「まさに遺言執行人の封書（"executor's wafers"）」（169）のようだと語られる。つまり、苔むす彼の家は単なる荒廃というよりは、語り手も示唆するように「永遠に中絶された意図」（168）を内包しているのである。また、苔のモチーフは物語の始まりと終わりをつなぐ。イスラエルの家が苔むしているように、バンカーヒルの記念碑も「永遠に新しい苔」（v）を戦死者の体の上にはびこらせている。

では、このような作品の円環構造が示す「永遠に中絶された意図」とは何か[7]。そのことを考えるときにイスラエルを母国に連れてきた子どもの存在が重要になる。下河辺美知子はイスラエルが生き別れた父と想像上の再会を果たす場面を、「父と自分と息子という連続の中に自分を置いて、起源としての『父』に回帰した」瞬間としてとらえた（五〇）。ここで注目したいのは、語り手が彼の子どもを聖書のイスラエルの末の子になぞらえて"Benjamin"（166）と呼ぶことだ。この一見些細な原作改変は重要な意味を持つ。思い返せば、イスラエルがフランクリンに初めて会ったとき、彼には「蝿が絶え間なく」（39）たかっていた。あたかも朽ちていくように描かれる彼の体は、その理念の形骸化を暗示している。しかし、物語最後でイスラエルの子どもにフランクリンの名前が重ねられたとき、本作はフランクリンの自助の哲学に由来するアメリカニズム、すなわちアメリカ的精神の主題に収斂していく。

物語の最後で、イスラエルが荒廃した自分の家で魂の平安を覚える場面は、アレンから与えられた教えの延長にあると捉えることができる。アレンはイギリス兵の捕虜に対する不当な扱いに対して、「隷属的平穏」（“submissive quietude”）ではなく「怒り狂う自己主張」（“the exasperating tendency to self-assertion”）に身を任せて、暴力には暴力でもって対抗すべきだと説いた（150）。対してイスラエルは隷属的平穏に生きることを選択して、ロンドン郊外で煉瓦造りの労働に従事する。この選択が重要なのは、それによってイスラエルは、ジョーンズとの出会いのさいに見せたような暴力の継承を拒否することができたからである。つまり、イスラエルは一労働者として「隷属的な」生活を送ることで、アメリカ的暴力の歴史から決別したといえるのである。イスラエルは半世紀近くにおよぶ艱難辛苦の果てに、苔むす生家に帰り自身がその一部となることで、隷属的平穏を体現するモニュメントを完成させる。しかしそれはただの隷属などではない。彼はイギリスを放浪しながら、フランクリンの自助の哲学を批判的に継承しつつ、アメリカニズムが抱える野蛮性や暴力性に向き合いそれらと距離を置くように生きてきた。この意味で、イスラエルが完成させる新たなモニュメントは、建国の父祖が示した理想を表面的には静かに批判しながら、しかし深層では再構築する象徴的建造物として作品最後に残されたといえるだろう。そして、父イスラエルの記念碑の完成を目の当たりにする子どものベンジャミンは、フランクリンに代表される建国の理念の再構築を未来への遺言として継承していく存在なのである。

## おわりに

本論は『イスラエル』を、バーコヴィチのいうポスト独立革世代の「継承の不安」を反映した、建国の父祖への両義的心性の集大成として読み直した。一九世紀中庸に展開されたヤング・アメリカ運動は、自由と平等を実現してアメリカを建国した父祖の偉業を神話化していった。他方で、その運動は奴隷制やアメリカ先住民の抑圧などアメリカが建国以来内包する矛盾への意識を生み出した。本論は、メルヴィルによる「乞食のアメリカ建国譚」を読みながら、いかに彼がそのような両義的心性を主人公の受動的人生に描き出したかを考察した。本作は、フランクリンやジョーンズ、あるいはアレンなどの建国の父祖を語り直しながら、アメリカという国家を支えてきた精神性——アメリカニズム——が内包する暴力性や抑圧を明らかにする。しかし、主人公の体現する流動的主体性を単純なアメリカ批判と割り切ることはできない。イスラエルの体現する主体性なき主体のあり方はアメリカニズムへの批判と同時に再構築を促す。それは、イスラエルの「虚無と土くれ」の哲学がフランクリンの哲学の換骨奪胎により成立することからもわかる。大西洋を渡り象徴的父たちとの出会いと別れを通じて、彼は反英感情に根ざす偏狭なアメリカニズムを改める。イスラエル自らが人間としてのアイデンティティを捨てて一つの石となり、苔むした石造りの家に帰ってきたとき、メルヴィルのテクストは、表層的愛国主義を体現するバンカーヒルとは違うもう一つのモニュメントの完成を示唆する。そして、その新たな記念碑は、フランクリンら建国の世代が訴えた理念がイスラエルの受動的だが批判的な人生を経由して再構築され、その子ども、すなわち次世代で再創造されていく未来を展望するのである。

【註】

（1）出版当時の作品受容については Melville, *Israel Potter* "Historical Note," 211-233 に詳しい。

（2）メルヴィルによる原作改変については、同書 184-205 に詳しい。

（3）たとえば Adler 81 を参照。

（4）『ピエール』は建国の父祖の英雄的業績の裏に隠されたアメリカ先住民や黒人奴隷への抑圧の歴史を暗示している。前者については Otter 200–01、後者については Levine を参照。

（5）西谷拓哉は、イスラエルが生き延びるためにイギリス人に変装するも、すぐにアメリカ人だとばれてしまう点に言及した上で、それは「イギリス対アメリカの戦争を扱う小説のイデオロギー的な要請でもあるだろう」と指摘している（63）。

（6）イスラエルとジョーンズの決別はその同衾の失敗の場面に象徴される。『白鯨』のクィークェグを連想させる多人種性を付与されながらも、ジョーンズとイスラエルの同衾は、イシュメールとクィークェグの場合とは異なり、達成されない。キャロライン・カーチャーはここに人種的平等の理想が頓挫する様が暗示されていると指摘している（106）。

（7）ジョン・ヘイは、作品最後でイスラエルの土地が鋤でならされる場面に注目しながら、それは「国家的進歩の盲目的賛美」でもその失敗への「冷笑的な批判」（216）でもないとした上で、次世代のための創造的行為であると分析した。『イスラエル』の結末における未来志向に言及するものの、ヘイの議論は散文作家から韻文作家へと移行するメルヴィルの作家論へと回収されている。

【引用文献】


Adler, Joyce Sparer. *War in Melville's Imagination*. New York UP, 1981.

Bercovitch, Sacvan. *The Rites of Assent: Transformations in the Symbolic Construction of America*. Routledge, 1993.

"The Declaration of Independence." 1776. *US History. org*, www.ushistory.org/declaration/document/. Accessed 5 March 2016.

Dillingham, William. *Melville's Later Novels*. U of Georgia P, 1986.

Dorson, Richard. *America Rebels: Narratives of the Patriots*. Pantheon, 1953.

Foote, Kenneth. *Shadowed Ground: America's Landscapes of Violence and Tragedy*. U of Texas P, 2003.

Hay, John. "Broken Hearths: Melville's *Israel Potter* and the Bunker Hill Monument." *New England Quarterly*, vol. 89, no. 2, 2016, pp. 192-221.

Hayes, Kevin J. *Folklore and Book Culture*. U of Tennessee P, 1997.

Higgins, Brian, and Hershel Parker, editors. *Herman Melville: The Contemporary Reviews*. Cambridge UP, 1995.

Kelley, Wyn. *Melville's City: Literary and Urban Form in Nineteenth-Century New York*. Cambridge UP, 1996.

Karcher, Carolyn L. *Shadows over the Promised Land*. Louisiana State UP, 1980.

Levine, Robert S. "Pierre's Blackened Hand." *Leviathan*, vol. 1, no. 1, 1999, pp. 23–44.

Maloney, Ian S. *Melville's Monumental Imagination*. Routledge, 2006.

Matterson, Stephen. *Melville: Fashioning in Modernity*. Kindle ed., Bloomsbury, 2014.

Melville, Herman. "Hawthorne and His Mosses." 1850. *The Piazza Tales and Other Prose Pieces*, 1839-1860, edited by Harrison Hayford, et al., Northwestern UP, 1987. pp. 239–53.

---. *Israel Potter: His Forty Years of Exile*, 1855, edited by Harrison Hayford, et al., Northwestern UP, 1982.

---. *Journals*, edited by Harrison Hayford, et al., Northwestern UP, 1989.

---. *Mardi: and A Voyage Thither*, 1849, edited by Harrison Hayford, et al., Northwestern UP, 1970.

---. *Pierre: or, the Ambiguities*, 1852, edited by Harrison Hayford, et al., Northwestern UP, 1971.

Mulford, Carla. "Figuring Benjamin Franklin in American Cultural Memory." *New England Quarterly*, vol. 72, no. 3, 1999, pp. 415-43.

Muller, Kurt. "Herman Melville's Narratives of Facts and the Fourth of July." *The Fourth of July: Political Oratory and Literary Reactions, 1776-1876*, edited by Paul Goetsch, et al., 1992, Narr, pp. 219-38.

Otter, Samuel. *Melville's Anatomies*. U of California P, 1999.

Rogin, Michael Paul. *Subversive Genealogy: The Politics and Art of Herman Melville*. Alfred A. Knopf, 1983.

Temple, Gale. "Fluid Identity in *Israel Potter* and *The Confidence-Man*." *A Companion to Herman Melville*, edited by Wyn Kelley, Blackwell, 2006, pp. 451-66.

Trumbull, Henry. *Life and Remarkable Adventures of Israel R. Potter*. 1824. *Internet Archive*, archive.org/details/lifeandremarkabl00pottrich/page/n4. Accessed 10 March. 2018.

Watson, Charles N. "Melville's *Israel Potter*: Fathers and Sons." *Studies in the Novel*, vol. 7, no. 4, 1975, pp. 563-68.

Webster, Daniel. *The Great Speeches and Orations of Daniel Webster*, edited by Edwin Percy Whipple, Little, 1879.

下河辺美知子「『イスラエル・ポッター』とアメリカ独立革命」『アメリカ文学評論』第一二号、筑波大学アメリカ文学会、一九九三年、四三―五二頁。

西谷拓哉「メルヴィルとトランスナショナルな身体――『白鯨』、『イスラエル・ポッター』を中心として」『環大西洋の想像力――越境するアメリカン・ルネサンス文学』竹内勝徳、高橋勤編、彩流社、二〇一三年、四九一―六七頁。

# 第七章　大衆音楽と先住民表象

## ――ジャミロクワイの歴史認識

舌津　智之

# はじめに

アメリカの大衆文化における先住民表象は、しばしば単純に二極化されたイメージを付与されてきた。政治的な正しさが意識される以前、とりわけ西部劇のようなジャンルにおいて、白人を襲う残虐な野蛮人というインディアンのステレオタイプはすこぶる固定的であった[1]。一方、自然界と調和した生活をいとなむ神秘的な民族に対する憧憬や羨望も、一九世紀以来、都市化や産業化が進む文明社会において根強く存在するものであった。ことに、多文化主義が浸透する二〇世紀の末頃からは、もちろん「真正性の観点からすればつねに問題含み」のイメージであるにせよ、アメリカ先住民は、「エコロジーの先駆的実践者」ないしは「環境破壊をもたらす消費資本主義からの逸脱者として」（余田二六）理想化ないしは美化されるようになっていく。典型的な一例は、ディズニー映画『ポカホンタス』（一九九五年）であろう。音楽作品としてもヒットした挿入歌「風の色」に歌われているとおり、この映画に描かれる先住民とは、森林を伐採したりせず、動植物や大自然とともに生きるロマンティックにしてエコロジカルな存在である。

本稿は、こうした文脈をふまえつつ、一九九〇年代に頭角を現わしたイギリス人アーティスト、ジャミロクワイの音楽作品にみる環大西洋的米国史観とアメリカ先住民表象を検証するものである。ジャンル的にはアシッドジャズと呼ばれる審美的に洗練されたジャミロクワイの音楽は、作詞作曲とヴォーカルのほぼすべてを担当するジェイソン・ケイ（通称ジェイ・ケイ）によって生み出されており、流動的な他のメンバーは彼を支えるスタッフ的な位置づけにとどまっているので、音楽ユニットであるジャミロクワイとは、事実上、ジェイ・ケイの別名であるとみなして差し支えない。そのユニット名（Jamiroquai）は、よく知られているとおり、即興のジャズ・セッションを意味する「ジャム（jam）」と、アメリカ先住民である「イロコイ族（Iroquois）」の二語を組み合わせたものである。しかし、なぜ、イギリス人のアーティストがアメリカ先住民の名前を借用したのか、そしてまた、実際の楽曲においてどれほど先住民の主題が言語化されているのかについて、これまで批評的な解説や分析はほとんど見当たらない。

ただ、ジェイ・ケイという人物が、デビュー当初から、強い社会意識をもって環境問題に取り組んでいたことは明白である。彼のファースト・シングル「ホエン・ユー・ゴナ・ラーン」（一九九二年）は、動物の乱獲や環境破壊を止めるよう訴えるものであり（Jamiroquai, "When"）、この歌が収録されたデビュー・アルバム（一九九三年）のタイトル――日本発売版はユニット名の『ジャミロクワイ』だが――を直訳するならば、『惑星地球の緊急事態』にジェイ・ケイは警鐘を鳴らしたのである。実際、クインシー・ジョーンズが創刊した音楽芸能誌『ヴァイブ』の一九九七年三月号にジャミロクワイの記事を寄稿したマイケル・オデルによると、ジェイ・ケイは、環境保全の大義のため「収益金の七パーセントをグリーンピースに寄付している」（Odell 101）。加えて、彼の初期のアルバム・ジャケットにはいつも、バッファローの角が生えた少年のシルエットがロゴとして使用されている。「イロコイ族の世界観は、命のすべてが、部族を取り巻く自然環境やその他の力と霊的に結ばれているとの考え方にもとづいている」（Grinde 2）とするならば、先住民との結びつきが強い動物を自らのシンボルに設定することは、ジャミロクワイというユニット名についての雄弁な注釈となる。かくして、環境活動家でもあるジェイ・ケイにとってのアメリカ先住民とは、それを表面的に理解する限り、自然と共生する理想的なライフスタイルを実践する者たちという、素朴なクリシェに回収されてしまうかのようにも見える。

しかし、ここで注目すべきは、一九九三年、デビュー・アルバムのプロモーションで来日したジェイ・ケイをゲストに迎え、ＦＭラジオ局Ｊ―ＷＡＶＥが行なった貴重なインタビューの動画である。このなかで、ジャミロクワイというユニット名の由来について聞かれたジェイ・ケイは、子どもの頃、学校でベトナム戦争の課題学習があり、イロコイ族の名前を冠したヘリコプターがあると知ったことがそもそものきっかけであったと述べている（"J-WAVE" 05:50-58）。これは、ベル・ヘリコプター社が一九五〇年代後半から製造した機種（The Bell UH-1 Iroquois）のことであり、『地獄の黙示録』等の映画でも印象的に登場する、いわばベトナム戦争の顔となった軍用機である。ジェイ・ケイによれば、イロコイ族とは、「マクドナルド」のために「殺され、土地を追われたすべての先住民、すべての民族の象徴」（06:41-58）であるという。[(2)] むろん、このレトリックは意図的なアナクロニズムだが、ここでジェイ・ケイのいう「マクドナルド」とは、その始まりからアメリカという国家に内在していた支配的かつ資本主義的な欲望の代名詞にほかならない。つまり、ジャミロクワイにとっての先住民とは、自然と人間の共生をめぐる理想像というよりも、グローバルな暴力性の偏在を想起させる両義的な記号としてあり、そのユニット名に込められているのは、ＷＡＳＰのアメリカが紡いだ歴史に対する疑念と憤りなのではあるまいか。

その意味において、ジャミロクワイのセカンド・アルバム『スペース・カウボーイの逆襲』（一九九四年）に収録された「マニフェスト・デスティニー」は、ユニット名の本質に肉薄する特別な作品であるといってよい。このアルバムが発表されてほどなく、日本の音楽誌『リミックス』のインタビューに応じたジェイ・ケイは、「マニフェスト・デスティニー」という楽曲が、「黒人やインディアンに酷い仕打ちをして」建国されたアメリカを主題としていることを明言したうえで、おそらくは作品の音楽的側面に惹かれてこの歌を気に入るであろうアメリカ人のリスナーに対し、「歌詞をよく聴いて」みるように促したい、と述べている（"Remix"）。なるほど、ポピュラーソングとは、何よりもまずリズムとサウンドが要であるし、そのダンサーとしてのパフォーマンスも圧倒的な印象を与えるだけにいっそう、[3]ジャミロクワイの場合、ジェイ・ケイの政治的なメッセージ性はこれまで過小評価されてきたように思われる。そこで本稿は、ジェイ・ケイ本人の要望に応えるべく、これまで掘り下げて考察されることのなかった「マニフェスト・デスティニー」の歌詞を精査するとともに、最終節では彼のミュージック・ヴィデオにも目配りしつつ、ジャミロクワイ作品における先住民表象の深みを詳らかにしていきたい。そもそも、ポピュラー音楽の分野で、黒人の公民権ならまだしも、歴史的なインディアンの迫害を主題として扱うのが、商業的に困難であることは想像に難くない。アメリカにおいてそのような試みがなされたのは、プロテスト・ソングが大衆的に受容されたフォーク・ミュージックなど、一部の音楽ジャンルに限られる。[4]ジャミロクワイはその点、アシッドジャズという、社会参加からは遠く離れた芸術性の高い音楽にコミットしながらも、イギリス人ならではの距離感と歴史的当事者意識のバランスをもって、（「マニフェスト・デスティニー」の歌詞を引くなら）「自分の祖先の恥を／注意深く見定め／物語の筋書きを再定義する」（Jamiroquai, "Manifest Destiny"）という政治的作業を行なってきたのである。

## 一　忘却された暴力——ロアノーク植民地

「僕は覚えているが／四〇〇年かそれ以上前／君らは迫害にやってきた」——アメリカの起源を語るこの一文から「マニフェスト・デスティニー」は始まっている。が、そこには、規範的な歴史観を問い直す重要なひとひねりが加えられていることを見逃してはならない。というのも、この歌が発表されたのは一九九四年であり、その四〇〇年以上前といえば、一六世紀なのである。メイフラワー号のピルグリム・ファーザーズが新大陸へやってきた一七世紀ではない。つまり、プリマス植民地はいうに及ばず、ヴァージニア植民地よりも前のアメリカ史に目を向けるよう、この歌は促している。なるほど、一六二〇年という年は、アメリカの原点としてしばしば伝説化ないしは神話化されているが、それに三〇年以上先立って、イギリスから新大陸へ渡った者たちがいた。『ロアノーク島——英語圏アメリカの始源』を著したデヴィッド・スティックが力説するとおり、「英語圏アメリカの歴史は……多くの人がそう信じさせられているように、ジェイムズタウンやプリマス・ロックに始まったのではなく、ロアノーク島に始まったのである」(Stick 247)。それは、とりもなおさず、アメリカ先住民に対する暴力の歴史の始まりでもあった。

以下、一五八〇年代にアメリカの東海岸で起きていたことを、簡略に整理しておこう。まず一五八四年、女王エリザベス一世の勅許を得たウォルター・ローリーが、植民地建設に向けた先遣隊を送り、現在のノースカロライナに当たる海岸線の沖にロアノーク島が「発見」される。これを受けて翌年、ラルフ・レーンとリチャード・グレンヴィル率いる一〇八名の植民者たちが島へと上陸する。彼らは現地のインディアンを手荒く扱い、その集落を襲撃した。[5] 白人と先住民の関係悪化が決定的になったのは、レーンの従者だったエドワード・ニュージェントという若者が、近隣のアルゴンキン族の指導者であったウィンジーナの首を掻き切って殺害したことである。インディアンの報復を恐れたレーンの一行は、（一足早く帰国したのち物資の補給に戻ってくるはずのグレンヴィルの船がなかなか戻ってこないこともあって）一五八六年、上陸から一年足らずで、たまたまカリブ海から立ち寄った別の船に乗ってイギリスへの帰途につく。その後、行き違いとなってロアノーク島へ戻ったグレンヴィルの救援隊からは、一五名が島に残されるが、彼らの消息は不明となる。さらに一五八七年、二度目の本格的な植民が試みられる。これは、最初の植民にも参加した画家のジョン・ホワイトが率いたものであり、同年、彼の孫にあたるヴァージニア・デアが誕生し、新天地で生まれた白人の第一号となる。しかし、救援隊派遣のためいったん帰国したホワイトは、諸事情によりなかなか再び本国から出航できず、三年後の一五九〇年にようやく新大陸へ戻ったとき、植民者たちはもうどこにも見当たらなかった。こうして、彼らがたどった運命は謎に包まれたまま、ロアノーク島は「失われた植民地」としてアメリカの正史から除外されることになる（Oberg xiv）。

以上のような経緯こそ、ジャミロクワイの楽曲「マニフェスト・デスティニー」が、忘却からの呼び起こしを訴えているところの「迫害にやってきた」白人たちの物語にほかならない。かような史実に照らして興味深いのは、歌詞のなかの「迫害する（crucify）」という単語の非文法性である。この語は本来他動詞であるにもかかわらず、なぜか目的語がない。つまり、白人植民者たちが誰を虐待し、責め苦しめたのか、という対象がはっきり名指されていないのである。もちろん、この動詞は「十字（cruci-）」を意味する語根に由来する言葉であり、キリスト教の名のもとに暴力を正当化した「明白なる運命」という概念に対する皮肉を含んでいることは間違いないが、おそらく、この作品冒頭文における目的語の不在は、迫害の対象をただ一つに限定しえないという、歴史的暴力の暗い多義性を示唆するものであろう。その多義性を反映するのが、直後に来る歌詞の一文――「そして彼らは故郷からはるばる遠くに連れ去られた／楽園の約束があったはずの地へと」――である。この一文における曖昧な「彼ら」とは誰を指すのか考える際、さらに続く一節――「だがもしもあの日／選ばれし者たちの魂を満足させるため／こんなふうに売られる身なのだと彼らが聞かされていたならば」――をふまえると、アフリカから新大陸へ移送された黒人奴隷たちが第一義的には連想されることとなる。けれども同時に、故郷からの追放というイメージを念頭におくならば、それが（実際、歌の後半で言及される）インディアンの強制移住とも無縁ではありえないことを忘れてはなるまい。したがって、「マニフェスト・デスティニー」の主題に関し、先住民を視野に入れることなく、「四〇〇年以上に及ぶ黒人の隷属状態をめぐる白人の罪意識の吐露」（Odell 101）を扱う作品である、と限定的に捉えるべきではない。

「明白なる運命」とはいうまでもなく、「人種的に優越した、選ばれし者たちによる神聖なるミッション」（Patterson 45）とされている。そのような選民思想に導かれたピューリタンたちの行ないを、「自分の祖先の恥」として認識する語り手は、すぐれてトランスアトランティックな想像力の持ち主である。この語り手があくまでジェイ・ケイのペルソナであるとすれば、彼は、イギリス人としてアメリカとは距離をおきつつも、同じ祖先を共有するアングロアメリカの認知地図にもとづく視点も失っていない。[6] この歌はつまり、環大西洋の植民史を一七世紀から一六世紀へとずらし、アメリカの始まりの神話から意図的に目をそらすことで、新大陸の植民者として罪と暴力の歴史を紡いだのは、元をたどれば、アメリカ人になる前のイギリス人である、という当事者意識を打ち出している。このように相対化された世界観を得るためには、あらかじめ与えられた画一的な物の見方から脱却し、複数の視座を知ることが不可欠である。「もし一日でも機会を得て／別の道を示されたなら／どんな子どもだって話が違うと学ぶだろう」というこの歌のリフレインで強調されるのは、歴史認識というものの危うさと、それに大きな影響を与える教育の重要性である。歴史とはむろん、誰にとっても同様の確固たる客観的事実ではなく、しばしば恣意的な言説であり、常に語り直される宿命を負った物語である。思えば、ジャミロクワイのデビュー・アルバム『惑星地球の緊急事態』のタイトルナンバーは、その冒頭、「子どもたちには教育が必要だ」（Jamiroquai, "Emergency"）というストレートな主張を投げかけていた。先述のとおり、ジェイ・ケイがイロコイ族の名前を初めて知ったのも、学校での課題研究がきっかけであった。とはいえ、批評家スティックが嘆くように、新大陸で一六世紀末に起きた一連の出来事は、「アメリカ史の研究や教育において用いられるテキストでは滅多に言及されることがない」（Stick 95）。なぜなら、ロアノーク植民地とは、期待された定住には失敗し、暴力の爪痕だけを残して消滅した植民地であり、成功の夢の国であるはずのアメリカが、失敗と加害から始まったことになるのは、国家誕生のストーリーとしていささか都合が良くないからである。

## 二　赤と白と黒の攪乱――先住民と奴隷制

余田真也は、アメリカのインディアン文学を俯瞰する研究書の副題に、「赤と白と黒の遠近法」というフレーズを用いた。これは、先住民文学という閉じられたマイノリティ研究のカテゴリーに対する異議申し立てであり、インディアンを語る際、その迫害者（であると同時にある種の崇拝者）としてある白人のみならず、同じく白人からの迫害を受け、インディアンとも密接なつながりをもつアフリカ系アメリカ人の存在を無視すべきではない、との捉え方である。

この余田の見取り図は、ジャミロクワイの「マニフェスト・デスティニー」という作品の核心的な枠組みにそのまま当てはまる。歌の後半、二番の歌詞が以下のような議論を展開していることに留意したい――「多難な涙の道が語るのは／いかに僕が本来いるべきでない場所に片付けられたのかという物語／女、子どもに男も売り物だ／そう、人道的な奴隷制もあるだなんてたわ言さ／死んでいるのにどうやって生きている感覚を得られようか」と語り手は問う。ここにおいて言及される「涙の道（trail of tears）」とはむろん、チェロキー族の悲劇をもたらしたことで悪名高いインディアンの強制移住を指している。(7) つまり、一六世紀の回顧から始まった歌は、その後半、まさしくタイトルに掲げられた「明白なる運命」というフレーズが生まれる一九世紀へと、物語の時間軸をずらしている。

ここで重要なのは、先住民がたどった「涙の道」への言及が、その直後、人間を「売り物」にする「奴隷制」の話題へとスライドしていることである。(8) これは、気まぐれな連想や単なる偶然ではない。前節で見たとおり、一番の歌詞でも、故郷からの追放というモチーフによって、先住民と黒人奴隷のイメージが同時に喚起されているからである。この「赤」と「黒」の共振に鑑みると、一六世紀のロアノーク島においてすでに、白人植民者たちが、先住民を奴隷にしていた事実は特筆に値する。レーンとともに当時の植民を率いたグレンヴィルは、ロアノーク島へ着いたのち、物資を補給するため自身はほどなく本国への帰途につくのだが、その際、「どうやらいくらかのインディアンたちを一緒にイギリスへ連れて帰った」ものと見られ、その翌年、（行き違いとなるものの）本国からやって来た救援隊の船には、「黒人とインディアンの双方を含む奴隷たち」が乗せられていたのである（Thornton 66）。

通常はアフリカ系アメリカ人の問題としてのみ語られる奴隷制が、じつは先住民の歴史とも深くかかわっていたことは、アラン・ギャレイの編んだ論集、『植民地時代のアメリカにおけるインディアン奴隷制』に詳述されている。新大陸へ渡った白人は、集落を襲って自ら捕獲したインディアンを奴隷化することもなくはなかったが、もっぱら、インディアンに経済的取引を持ち掛けることにより、「先住民族たちは互いに襲いあい――ときには古い宿敵を、しかし多くの場合はとくに争っていない相手、おそらくは知りもしない相手を――サウスカロライナのチャールズタウンまで陸路で連れていき、大西洋を渡った国外の港へと輸送するために捕囚した」（Gallay 1）のである。誤解のないよう正確を期すならば、「奴隷制自体は、ヨーロッパ人がやって来る前から先住民族内に存在していたものの、ヨーロッパ人がアメリカ先住民の奴隷貿易を組織したことで規模が大幅に拡大し、その結果、全部族が消滅したり、広大な地域の過疎化を招いたりすることになった」（2）のであり、「インディアン奴隷制度は、アメリカ先住民の歴史にとって周縁的な出来事ではなく、物語の核心であった」（3）。

貿易というのは、主に、農業労働者を必要とする西インド諸島への先住民売却を意味していたが、たとえば北米の都市部でも、家事労働から職人修行に至るまで、先住民の奴隷はあらゆる種類の仕事に従事させられた。その所有者の社会階層も多岐にわたり、「牧師から商人、ロープ職人から船乗りまで」がインディアンを所有していたのである（24）。こうした先住民の隷従は、（地域によっては）一九世紀の後半まで廃止に至らなかった。「ユタやコロラドでのインディアン奴隷制を廃絶するためのプログラムに合衆国政府が乗り出すのは南北戦争が始まってからであったし、カリフォルニアでは一八七〇年代になるまで奴隷制度が続けられていた」（26）。

このように、実のところ、奴隷制はその対象をアフリカ人に限定する制度ではなかったが、それをいえば、強制移住もインディアン政策に固有の概念ではなかった。一九世紀前半から、アメリカ植民地協会（ＡＣＳ）は、その多くはアメリカで生まれた黒人を、西アフリカのリベリアへ帰還させる運動を押し進めていた。ジョン・オサリヴァンが「明白なる運命」という言葉を用いた一八四五年のエッセイ「併合論」においても、帰還先はリベリアではないが、アフリカ人の強制移住を唱える箇所がある。「黒人種を奴隷制から解放する（と同時に必要なこととして）我々の国土から立ち退かせる（remove）」べく、奴隷たちはその解放後にメキシコや中南米へ移住させるべきだとオサリヴァンは説いている（O'Sullivan 7）。この「立ち退き／除去（removal）」のレトリックは、チェロキー族の強制移住からまだ七年しかたっていない一八四五年という執筆時期をふまえると、黒人奴隷に先住民の「運命」を重ねあわせたものであるともみなしうる。「明白なる運命」とは、先住民を奴隷にし、黒人の強制移住を画策する世俗的かつ政治的な言説であった。

一方、文学的ディスコースとしての「マニフェスト・デスティニー」が興味深いのは、「赤」と「黒」の歴史的な重なりに、「白」が倫理的ないしは情緒的に混じりあっていくさま――そのハイブリッドな心理ドラマが言語化されている点――においてであろう。まず、大前提として、歌の語り手は白人である。彼は、「偽善の鎖につながれた／自分の祖先の恥」が、「血によって永遠に汚されている」のを感じるが、ここにおける「血」とは、暴力的な「流血」のみならず、語り手が宿命的に引き継いでいる「血筋」をも含意するものであり、有色人種を迫害するアメリカ人と究極的には同じ血が、いま自分のなかにも流れているのだ、という罪の自覚がこの歌の通奏低音となっている。ところが同じ語り手は、インディアンが移動を強いられた「涙の道」について、あたかもそれを自分自身が歩んだかのように、「僕が本来いるべきでない場所に片づけられた」という体験であったと一人称で慨嘆する。こうした他者への同一化のジェスチャーは、先住民の名を借用したユニット名やバッファロー少年のロゴと同様、感傷的な自己投影に過ぎない、という批判も当然ありえようが、他者理解への第一歩は、想像力による追体験でしかありえないこともまた確かだろう。

通常の論理をこえ、自他を融解させる語りとしてもうひとつ目を引くのは、歌の冒頭、一六世紀の遠い過去を想起する際、「僕は覚えているが」というフレーズが使われていることである。これは、過去の出来事について学んだことを覚えている、というよりも、四〇〇年ほど昔に見た光景を今なお覚えている、と語っているように読める。ちょうど、ラングストン・ヒューズが「ニグロは河について語る」のなかで人類の太古の歴史をあたかも自ら目撃したかのように活写するのと同様、公的記憶と個人的記憶、自身の経験と他者の経験とを意図的に流動化させるのが、ジェイ・ケイの語り手の戦略であるように思われる。この文脈で想起すべきは、人間の疎外という主題に関し、デビュー・アルバムに収録された「ホエン・ユー・ゴナ・ラーン」の語り手が、「僕らは偽善者たちの奴隷である」(Jamiroquai, "When") と述べる人種的レトリックであろう。「黒」も「赤」も「白」も、つまるところ、あらゆる人間は、囚われの身であるのかもしれない。白人であるジェイ・ケイが黒人音楽から多くを学んでいる、という明らかな文化的影響関係よりもさらに深い位相において、自己のうちに他者を探り当て、他者のうちに自己を重ね見る想像力の実験こそが、ジャミロクワイの越境的パフォーマンスに内在する本質的ないとなみであり、それは、人種の境界を攪乱する一人称のズレによって可視化され、聞き手の固定的なアイデンティティの認識に揺さぶりをかけてくる。

## 三　砂漠の十字架――先住民と核開発

かくして、一六世紀から一九世紀までの歴史を環大西洋的かつ間主体的に探求するのが「マニフェスト・デスティニー」という作品の目論見であることをここまで見てきたが、この楽曲自体は一九九四年の作品なので、その数年前に起きた湾岸戦争という同時代の暴力をジェイ・ケイが念頭においていたであろうことは想像に難くない。となると、「運命はいずれ明白になるだろう」という加害者の台詞を引くこの歌は、その後の同時多発テロを知る我々にとって、皮肉にも予言的な警鐘として響くことになる。

いずれにせよ、ジャミロクワイがその秀でた歴史認識を示すのは、遠い過去についてばかりではない。本節では、人間世界の暴力性が別次元に突入した二〇世紀へと目を移し、植民地時代から核の時代にまで連なるジェイ・ケイの歴史的視野の広がりを確認しておきたい。序節で見たとおり、ジャミロクワイとはそもそもベトナム戦争との連想から生まれたユニット名であったが、歌詞のうえで明示的に戦争をテーマに取り上げているジャミロクワイ作品としては、デビュー・アルバムに収録された「トゥー・ヤング・トゥ・ダイ」がある。この歌は、そのタイトルどおり、戦争を望んでもいない自分たちは死ぬには若過ぎる、という一見素朴な反戦プロテスト・ソングのように聞こえる。しかし、この楽曲をそのミュージック・ヴィデオの映像とともに視聴してみると、そこにはやはり、非白人をめぐるアメリカの国家的暴力に対する鋭利な歴史認識が浮かびあがる。

まずヴィデオ映像の冒頭近く、カメラは砂漠の鉄条網を捉える。そして、「危険／許可なき者／立入禁止」という警告文が英語とスペイン語の二ヵ国語で併記された看板が映し出される（Jamiroquai, "Too Young" 0:12-16）。荒涼とした風景のなかにこのような異文化の接触が示されるということは、舞台はおそらく、アメリカの南西部であろう。この時点で――というのは、「マニフェスト・デスティニー」において先住民の歴史的受難に注目するジャミロクワイが、鉄条網の印象的な（英語圏とスペイン語圏が交わる）「危険」な砂漠地帯を音楽ヴィデオの舞台に選んでいる時点で――先住民の歴史にある程度精通した視聴者なら、（日本企業もその開発プロジェクトにかかわってきた）アメリカ先住民によるウラン鉱山採掘と、それが彼らにもたらした環境汚染や健康被害を思い起こすことだろう。「アメリカ南西部における核開発の歴史を紐解く際、ただちに見えてくるのは先住民の存在である」ことをふまえ、二〇世紀の先住民文学における核心的なイメージとして「鉄条網」に着目する松永京子は、それが、「土地と人間の分離（あるいはより正確を期すなら、先住者に固有の土地と民族の搾取）を映している」のだと説く（Matsunaga 68, 71）。

このような文脈は、「トゥー・ヤング・トゥ・ダイ」の動画の展開とともに徐々に明らかにされていく。ジェイ・ケイが砂漠で歌い踊る姿とは別に、いくつかの写真が動画のなかに挿入され、イメージのコラージュが形成されていくのである。まずヴィデオの前半には、合計六枚の写真が埋め込まれている。それらは、映し出される順に、銃を構える兵士、黒人男性、原爆のキノコ雲、初老の先住民男性、先住民の少年、そして中年の先住民女性である（0:40-1:03）。先住民たちの写真はいずれもセピア色に褪せており、インディアンの写真家エドワード・カーティスを彷彿とさせる。(9) そして、先住民女性の写真が映し出されるタイミングで、ジェイ・ケイは、「君らは我が民族（my people）を泣かせた」というセンテンスを二度繰り返して歌う（1:00-04）。つまりここでも、「マニフェスト・デスティニー」の場合と同様、先住民に一人称を重ねるレトリックが用いられている。さらに、ヴィデオの後半では、「爆弾を落とせばすべて消える」という歌詞にあわせ、砂漠での爆発実験と思しきキノコ雲のカラー映像が二種類流されたのち（1:50-55）、前半に登場したのと同じ先住民女性、兵士、先住民男性の写真が再び映し出される（2:02-07）。

こうして前景化される核の時代における先住民の搾取と虐待は、宗教的な大義のもとに遂行されている。少なくとも、ジャミロクワイの音楽ヴィデオはそう示唆しているように思われる。動画の序盤、砂漠の地に立って歌うジェイ・ケイの背後には、十字を成す構造物が立っているのである（"Too Young" 0:23-24）。これは動画中、何度か背景に現れるものの、カメラの焦点があっておらず、ぼんやりとしか認識することができない。けれども、動画の最後には、（序盤の十字形構造物と同じかどうかは定かでないが）はっきりと十字架が現れる。その十字が交わる場所には、目を閉じて両手を重ねた浅黒い肌の少年の写真が貼り付けられており、カメラの視界が下方へ移動すると、十字架のかたわらに佇むジェイ・ケイの両手から、さらさらと砂がこぼれ落ちている（2:58-3:11）。この砂は、歴史的運命の流れに抗うことができずに消されていく命の形象化であり、十字架が象徴するキリスト教的世界観こそが、実はそのような「運命」の推進力であったことが暗示される。一九四五年七月、ニューメキシコで行なわれた人類最初の核実験が、皮肉にも三位一体を意味するトリニティ実験と呼ばれていたことは、核開発さえ「明白なる運命」の延長線上にあるという現実を物語る。

本稿の締めくくりに、序節ですでにふれた一九九四年の日本の音楽誌によるジェイ・ケイのインタビュー記事から、もうひとつの発言を引いておきたい。彼は、「マニフェスト・デスティニー」の歌詞に込めた政治的意図を自ら語ったのちに、「こんな主題のポップ音楽はなぜ日本にないのだろうか……この土地に問題がないわけではないのに」（"Remix"）と、親日家ならではの関心と懸念をもって日本人に問いを投げかけていた。この問いかけから四半世紀が過ぎた現在、初期のジャミロクワイが提起した諸問題――環境危機、加害の歴史認識、核なき世界に向けたヴィジョン――のいずれに照らしても、日本の政治は「問題がないわけではない」どころではない状況に陥っている。だからこそ、文学・文化の研究に携わる我々が今、ジェイ・ケイの創作姿勢を再考することで得られるものは小さくない。審美性と政治性は、必ずしも有機的には融合しえない二極であるとしても、その両者を少なくとも共存させるための方法を、（今日、芸術至上主義にもイデオロギー批評にも安住すべきでない）

アメリカニストは、改めて見定める必要があるだろう。

【註】

(1) 本稿で扱う楽曲「マニフェスト・デスティニー」の歌い手/作り手であるジャミロクワイのリーダー、ジェイ・ケイは、とあるインタビューのなかで、映画『ソルジャー・ブルー』に言及し、それが「初めて騎兵隊だけでなく、インディアン側も描いた西部劇」("Remix") であったと述べている。この発言は、白人によって客体化されるアメリカ先住民の文化表象を歴史化するに足るジェイ・ケイの知識を示すものであり、このあとに続く拙論の補助線としても注目に値する。

(2) イロコイ族の民主主義的政治システムが、アメリカ合衆国のモデルを白人たちに提供したことはよく知られている。「後年、一九世紀には、イロコイ族のジェンダー関係をめぐる考え方が、アメリカにおけるフェミニズムの主導者たちに重要な影響を与えた」(Johansen 58-59) 事実もふまえると、先住民の虐殺という男性的暴力の国家的行使は、「明白なる運命」という概念の残虐性と欺瞞性を何よりも明白にあぶり出すものとなる。

(3) たとえば、日本ではカップヌードルのテレビCMで親しまれ、一九九七年MTVミュージック・ヴィデオ賞の最優秀作品賞に選ばれた「ヴァーチャル・インサニティ」は、動画サイト (YouTube) で一億三千万回以上の再生回数を記録している (二〇二〇年一月時点)。ジャミロクワイの映像作品に関してはアカデミックと呼べる論考もあり、一例をあげるなら、ポピュラー音楽のクィア批評を行なうスタン・ホーキンズが、主としてミュージック・ヴィデオのパフォーマンス分析から、「異性愛的男性性をパロディー化する」ジェイ・

ケイに顕著な「キャンプ・ポップ」の要素に考察を加えている（Hawkins 149）。

（４）フォークの分野では、たとえば、ボブ・ディランの「神が味方」（一九六四年）が歴史的なインディアンの虐殺にふれている。また、本稿の文脈で特筆すべきは、「明白なる運命」という概念を正面から批判するディー・アール・アイ（D. R. I.）の「マニフェスト・デスティニー」（一九八八年）であろう。ハードコア・パンクという、社会規範を逸脱するジャンルのバンドであればこそ、自国の歴史の暗部を直視できたのかもしれない。ただし、ディランもディー・アール・アイも、先住民が白人に殺された、という以上の個別的な歴史の細部には立ち入っていない。例外的なところでは、ビーチ・ボーイズがアルバム『サーフズ・アップ』（一九七一年）のジャケットに、ジェイムズ・フレイザーの彫刻作品『道の終わり』（一九一五年）を模した絵を用いたことも注目に値しよう。この彫刻は、白人によって西へ西へと土地を追われ、「道の終わり」まで来てしまった馬上のインディアン――疲弊してうなだれている――の絶望を表現している。しかし、『サーフズ・アップ』に収録された楽曲中に、明示的なインディアン迫害への言及があるわけではない。

（５）ロアノーク島での植民生活から本国へ戻ったのち体験記を出版したトマス・ハリオットによると、「一五八五年の終わり頃には、白人のなかに度を越して乱暴なふるまいをする者もいて、こちらにしてみれば十分我慢できるようなことを理由に、いくつかの地域の部族民たちを殺していた」（qtd. in Thornton 67）という。

（６）ただし、ジェイ・ケイ個人にとっての「祖先」とは、イギリス人だけではない。彼の母親とは結婚しなかった（ためにその顔を知らぬまま育てられた）彼の実父は、ポルトガル人であった（Odell 101）。このことは、血筋というものに対するジェイ・ケイの個人的な関心――そして、アングロアメリカに対する彼の両義的な思い――を深める一因であったかもしれない。

（７）ちなみに、「チェロキー族はイロコイ語族の言葉を話す」こともここで想起しておきたい。「言語的に最も彼らと類縁性が高いのは、モホークス、オニダス、セネカス、オノンダガス、カユーガスから成る五大湖周辺のイロコイ部族である」（Conley 5）。ゆえに、「涙の道」を歩んだチェロキー族は、ジャミロクワイというユニット名の由来となった先住民族とも無縁ではない。

（8）前段落引用部の最後の一文——「死んでいるのにどうやって生きている感覚を得られようか」という、一種禅問答のような問いかけ——は、奴隷として生きるのは死に等しい、という含みを伝えるのみならず、「良いインディアンは死んだインディアンだけ」だという（一九世紀のアメリカで広まった）差別的な言辞を想起させもする。

（9）筆者の調べた範囲内で具体的に出典を特定できたのは、先住民少年の写真であり、これは、エドワード・カーティスの撮影した「キルセン族の少年（Quilcene Boy）」である。

【引用文献】

Conley, Robert J. *The Cherokee Nation: A History*. U of New Mexico P, 2005.

Gallay, Alan. “Introduction: Indian Slavery in Historical Context.” *Indian Slavery in Colonial America*, edited by Alan Gallay, U of Nebraska P, 2010, pp. 1-32.

Grinde, Donald A., Jr. *The Iroquois and the Founding of the American Nation*. The Indian Historian Press, 1977.

Hawkins, Stan. *Queerness in Pop Music: Aesthetics, Gender Norms, and Temporality*. Routledge, 2016.

Jamiroquai. “Emergency on Planet Earth.” *Emergency on Planet Earth*. Sony Soho Square, 1993. CD.

-----. “Manifest Destiny.” *The Return of the Space Cowboy*, Sony Soho Square, 1994. CD.

-----. “Too Young to Die (Official Music Video).” *YouTube*, www.youtube.com/watch?v=mjeWKssl8Ic.

-----. “When You Gonna Learn.” *Emergency on Planet Earth*. Sony Soho Square, 1993. CD.

Johansen, Bruce E. *The Iroquois*. Chelsea House, 2010.

“J-WAVE Interview.” *Jay’s Museum: Jamiroquai Revisited*, www.jaysmuseum.net/j-wave-interview-1993.

Matsunaga, Kyoko. “Leslie Marmon Silko and Nuclear Dissent in the American Southwest.” *The Japanese Journal of*

*American Studies*, no. 25, 2014, pp. 67-87.

Oberg, Michael Leroy. *The Head in Edward Nugent's Hand: Roanoke's Forgotten Indians*. U of Pennsylvania P, 2008.

Odell, Michael. "Son of Soul." *Vibe*, vol. 5, no. 1, pp. 100-02.

O'Sullivan, John. "Annexation." *The United States Magazine and Democratic Review*, vol. 17, 1845, pp. 5-10. *Hathi Trust Digital Library*, catalog.hathitrust.org/Record/001717837.

Patterson, Thomas C. *Inventing Western Civilization*. Monthly Review Press, 1997.

"Remix." *Jay's Museum: Jamiroquai Revisited*, www.jaysmuseum.net/remix-1994.

Stick, David. *Roanoke Island: The Beginnings of English America*. U of North Carolina P, 1983.

Thornton, Russell. *American Indian Holocaust and Survival: A Population History since 1492*. U of Oklahoma P, 1987.

余田真也『アメリカ・インディアン・文学地図――赤と白と黒の遠近法』彩流社、二〇一二年。

# 第四部——大西洋のこちら側とあちら側

# 第八章　反響するさざめき

## ――『ビリー・バッド』とフェビアン社会主義

貞廣　真紀

# はじめに

時は一八世紀末、上官を殺害した「無垢」の平水夫ビリーが、反乱を恐れる船長の早急な判断により処刑される——ハーマン・メルヴィル（一八一九年〜一八九一年）の遺作『ビリー・バッド』（*Billy Budd, Sailor*, 1924）の筋立ては極めてシンプルだ。だが、アメリカ人を主要登場人物に、アメリカの物語を書き続けてきたメルヴィルが、最晩年になってイギリス海軍を舞台にした小説を書いたのはなぜだろうか。

このような読者の素朴な疑問に直接答える論の一つにウィリアム・スパノスのものがある。スパノスが注目するのは世紀転換期アメリカの海洋的膨張政策の開始である。議論が重複するのを覚悟で補足を加えつつ詳述すれば、およそ以下のようになるだろう。一九世紀末、大陸国家として自己規定していたアメリカは西部フロンティアを失い、太平洋への膨張政策を展開することで、太平洋と大西洋の両岸に臨む島嶼国家として地位確立を目論むのだが、それは大陸から海洋という射程の変化のみならず、英米関係の転換をも意味した。一八四五年にジョン・オサリヴァンがマニフェスト・デスティニーをスローガンに西部拡張を訴えたとき、その動機の一つは「併合論」からの次の引用に見られるように、ヨーロッパ帝国主義に対する防衛だった。「諸外国がテキサスに介入し、我々に敵対的な干渉の精神で、我々の政策を妨害し、我々の力を挫き、我々の広大さに制限をかけ（中略）大陸に拡張するという明白な天命の実現を封じようとしている」（O'Sullivan 6）。対照的に、世紀転換期、アメリカを守る防壁だった二つの大洋は壁から交通路へと姿を変える。反英感情に裏打ちされた大陸の「マニフェスト・デスティニー」から英米連携で展開される海洋の「マニフェスト・デスティニー」へとアメリカは舵を切ったのだ。帝国主義的拡張は社会ダーウィニズムの影響の下、人種的にも言語的にもアングロ＝サクソニズムに裏打ちされていたが、海軍に関してそれはいっそう顕著だった。海軍大学校の教官だったアルフレッド・セイヤー・マハンは英米統一の可能性について、「規模は違うにせよ、地理的状況の同一性は二つの国を同一の方向に駆り立てる」と書いている（Mahan 553-54）。島嶼国家という地理的環境の類似は英米による協調を促進し、海洋支配を可能にすると言うのである。スパノスは、マハンに誘導されたアメリカ海軍がナポレオン戦争時代のイギリス海軍をモデルに海洋的膨張を目論んだことを指摘し（Spanos 15-22）、こう主張する。「ベリポテント号というイギリス国家（ship of state）――若きアメリカがそこから自由になり、それに対抗して新世界という自らの例外主義を定義づけてきた父／旧世界――における悲惨な出来事」は「アメリカの優れた特殊性を証明するのではなくむしろ、若き「民主主義」のアメリカと、退行的で圧政的――反革命的で帝国主義的なイギリスとの根本的な連続性を示唆している」（Spanos 4）と。

しかし――本論はここからスパノスとは別の方向に舵を切るのだが――世紀転換期における英米の共振関係はメルヴィルにとって、マハン的な海洋膨張政策のみを意味したのだろうか。というのは、二大海洋帝国の連携が強化されるその最中、それに対する抵抗の動きも生み出されていたからだ。一八八六年のヘイマーケット事件に代表されるようにアメリカでは労働運動が激化していたが、(1)イギリスでも矢継ぎ早に社会主義組織が立ち上げられていた。黎明期の社会主義は堅固な政策や思想というより「ラディカリズム」とでも呼ぶべき多方向性を備えながら、第一インターナショナルの伝統を受け継ぎ、国家の枠を超え、イギリスとインド、イギリスと南アフリカの間で反植民地主義的な連携を展開していく（Ghandi 7-9）。重要なことだが、このように労働運動がトランスナショナルな展開を見せるなか、晩年のメルヴィルを取り巻く環境にも変化の兆しが見られた。(2) イギリスの社会主義者たちが彼とコンタクトを取り始めたのである（Parker, "Historical Note" 732）。その交流のなかで書かれたのが『ビリー・バッド』であるとすれば、英米労働者の共闘の観点から作品を再考できるのではないか。つまり、船という閉鎖空間を、フロンティアという階級闘争の安全弁を失った島国イギリス／アメリカに見立てながら、メルヴィルが「人民」（the people）について思考をめぐらせていたと考えることはできないだろうか。本論は、英米の連携関係を可能にした海洋の「マニフェスト・デスティニー」を『ビリーバッド』の背景とするスパノスの議論とその前提を共有しつつ、そのなかで生み出され、それとは逆の反帝国主義の方向性を備えた「明白ならざる」抵抗の響きを聞き取る試みである。

## 一　ファビウスという英雄

物語の主人公ビリーの身体的特徴や出自を説明するにあたって、語り手はやや唐突に「善意の詩人による名高い招詞」を引用する。「正直にして貧しく、言葉も思いも忠実、汝ファビウスよ、この都会に何ゆえ来たるか」（*Billy Budd* 27-28）。ノースウェスタン・ニューベリー版の註によれば、ローマ詩人マルティアリスの『エピグラム』の一節のようだが（*Billy Budd* 412）、ファビウスとは何者だろうか。

ゲイル・コフラーは、ファビウスがファビウス・ピクトルというローマ最初の歴史家であることに触れ、この引用のアイロニカルな性質を説明する。コフラーによれば、ピクトルは「貧しい」どころか裕福で高名な一族出身であり、彼の手によるローマ史は捏造や不正確な記述に満ちている。マルティアリスは、事実と異なる記述によって、ピクトルが「正直」でもなければ「言葉や思想に忠実」でもないことを示しており、最終的にこの引用は、作品最終部に置かれた海軍公式記録が提起する問題を先取りするように歴史記述の真正性を問題化するのだとコフラーは結論している（Coffler 56）。このいささか回りくどい議論が説得的であるかどうかはともかく、コフラーの引用への注目が重要に思えるのは、ファビウス・ピクトルというローマの歴史家を、精神遅滞同然で無垢の範例ともいうべきビリーと関連づける根拠が見当たらないためである。そのくらいこの引用は唐突なのだ。両者を結びつけるなら、それはアイロニーであるほかないだろう。しかし、そもそも、このファビウスは本当にそのファビウスなのだろうか。

本論が提起するのは、詩をメルヴィルが誤読ないし意図的に、ファビウス・ピクトルではなく、ほぼ同時代に生きた別のファビウス、つまりファビウス・マキシマスと同定した可能性である[3]。この引用について、メルヴィルの事実誤認ないし、知識の混濁を実証的に示す資料は存在しない。しかし、もう一人のファビウスを作品に読み込む／書き込むことを可能にする程度には、『ビリー・バッド』執筆当時、その名前は人口に膾炙していた。そう、ファビウス・マキシマスこそ、一八八四年にイギリスで発足し瞬く間に支持者を増やしたフェビアン協会の名前の由来となったファビウスである。エドワード・ベラミーやウィリアム・ディーン・ハウエルズが傾倒したことで知られるフェビアン社会主義がアメリカで普及し、組織が体系化されたのは一八九四年以降のことだから（Jenkin 113-14）、本作の執筆期間が一八八六年末からの五年であるとすると、フェビアン主義とメルヴィルを関係づけるのは時代錯誤に思えるかもしれない。晩年のメルヴィルをアメリカの思想潮流のなかで解釈する限りは。

税関を退職後、ニューヨークの文学サークルへの誘いも断り、こもりがちの生活を送っていたメルヴィルだが（Dillingham 14）、彼の晩年の作家活動にはアメリカの文脈に収まりきらないところがある。イギリスの社会主義者のファンが彼とコンタクトを取り始めたことにはすでに簡単に触れたが、これらのファンのメルヴィルに対する関心を単に個人の趣味の次元で片付けることはできない。最初の手紙のやり取りは一八八五年、ライセスターに住むジェイムズ・ビルソンとの間で始まるが、ビルソンはキリスト教社会主義者に設立された労働者大学（Working Men's College）で教鞭をとっていた人物で、ウィリアム・モリスの社会主義者同盟のメンバーでもあり、また、フェビアン協会設立メンバーのジョージ・バーナード・ショウの友人でもあった（Parker, *Melville* 467）。[4] また、一八九〇年初頭にフェビアン社会主義者ヘンリー・ソルトを媒介に、社会主義系のウォルター・スコット社から『タイピー』再版の話が動いていたことがそのよい例だが、社会主義者のファンたちは文学受容のネットワークを形成し、そのなかでメルヴィルの作品を受容していたのである（貞廣 三三三―三六）。

このようなフェビアン社会主義者たちとの交流を念頭に、「ファビウス」について改めて考えてみよう。フェビアン社会主義の由来となった問題のファビウス・マキシマスは、プルタルコスが『対比列伝』で一章を割く有名な将軍で（逆にピクトルは同章で一行言及される程度である）、メルヴィルがマキシマスを知っていた可能性は低くない。『ビリー・バッド』と同時期に彼は詩集『ティモレオンなど』を執筆しているが、表題作「ティモレオン」は『対比列伝』の物語をほぼそのまま韻文化した作品だから、彼がこの時期プルタルコスを手元に置いていたことは間違いないだろう。また『対比列伝』において、マキシマスはギリシア将軍ペリクレスと対比されるのだが、同時代に書いた詩「パンセオン」にはペリクレスへの言及もある。晩年のメルヴィルの関心の射程を確認するとき、彼がマキシマスを知らないと想定することはむしろ難しい。

実際、ピクトルではなくマキシマスを念頭に置くと、ビリーと後者には似た性質があることがわかる。プルタルコスによればファビウスはヘラクレスの家系だが、ビリーの身体美は「彫刻にふさわしいヘラクレス」になぞらえられている（24）。そればかりではない。フェビアン協会がマキシマスを彼らの象徴として擁立したのは、彼らがこの将軍にならい、社会改革における「遅延作戦」（"delay tactic"）をとったことに由来するのだが、幼少期のマキシマスは「子羊」のような性質を持っていた。

> ［マキシマスには］オウィクラというあだ名もあったが、それは子羊という意味で、子どもの頃、柔和で鈍重だったことからつけられた。彼の喋りは拙劣で、学習に苦労し、子どもの遊びに加わるにも用心深く、誰に対しても容易に服従し、あたかも自分の意思など持ち合わせないようだった。周囲の多くの者は彼を表面で判断し、愚鈍とみなした。この「遅れ」の奥底に彼の安定性や精神の偉大さ、獅子にも似た気質を見て取る者はほとんどいなかった。（Plutarch 66）

【図1】ロンドン・スクール・オブ・エコノミクスのショウ・ライブラリーに飾られている。著者撮影。

言葉の遅れがあったファビウスと吃音のビリー、従順で精神遅滞のようなファビウスと「セント・バーナード程度しか」自意識を持ちあわせないビリー、両者の造形には確かな類似が認められるのではないか（*Billy Budd* 10）。

　ファビウスとビリーは暴力性を隠し持っている点でも共通している。クラガートは、ビリーが「赤く色づいた雛菊の下に罠」を隠しているとヴィアに告げ口するのだが（*Billy Budd* 43）、隠された力というモチーフは、フェビアン社会主義のセルフ・イメージでもあった。一九一〇年にバーナード・ショウがデザインしたフェビアン・ウィンドウの上部右側には協会の紋章が描かれているが、驚くべきことに、羊の皮を被った狼がかたどられている【図1】。羊のように従順なファビウスが内に暴力性を秘めている様がイメージされているのである。『マタイ伝』七章一五節にあるように、羊の皮を被った狼は偽預言者を意味するから、この図章は「偽善者」という協会に対する批判を返す刀でセルフ・イメージに転換したと考えるほうがよいのだろう。ステンドグラスと一九二四年に初めて死後出版の形で日の目を見た小説の間に直接の影響関係はないのだが、優しく美しい姿に拳を隠し、キリスト的でありながらそのイメージを否定するビリーのような人物が、フェビアン社会主義者たちがメルヴィルを評価し始めたまさにそのとき、そのシンボルと極めて似た形で造形されたことには偶然では片づけがたい符合があるように思える。

## 二　フェビアン戦略——潜勢力としての蜂起

一八八〇年代、フェビアン協会はスピリチュアリズムへの傾倒を脱し、プラグマティックな政策にシフトしていく過渡期にあったが、その契機になったのは一八八七年一一月、五千人規模のデモが制圧され百人以上負傷者が出た「血の日曜日」事件であった。これ以降、フェビアン社会主義は正面衝突や体制転覆に対する悲観的な見方を強め、斬新的改革（evolution）を目指すことになる（Beaumont 226-28）。まさにこの時期に書かれた『ビリー・バッド』における水夫たちの「蜂起」に、フェビアン作戦にも似た「遅延」の戦略を見ることはできないだろうか。メルヴィルがフェビアン主義者たちと共振するようにして、革命ではない変革のあり方を模索していたと考えることはできないか。

初期から晩年に至るまで、メルヴィルは体制に対する反乱や蜂起を作品に頻繁に取り上げてきたが、『ビリー・バッド』における反乱の描写は過去の作品のそれとは異なっている。たとえば『マーディ』（*Mardi*, 1849）で主人公一行が見つける巻物には一八四九年のパリ革命に対する警戒心が見え隠れする。そこにはこう書かれている。「時代と歩調を合わせて進むには様々な大きな改革が必要だ。しかし流血革命が必要な場所などない」（*Mardi* 529）。あるいは「エンカンタダス」（"The Encantadas, or Enchanted Isles," 1854）の一章「チャールズ島とドッグ・キング」を思い出してもよい。島では外国人脱走兵が王の親衛兵として雇われていたが、彼らは反乱を起こし、島に「民主主義」ならぬ「暴徒主義」(“riotocracy”)を引き起こす。後期作品でも『戦争詩集』(*Battle-Pieces*, 1865)の「屋上で」(“The House-Top”)におけるニューヨーク徴兵暴動や『パーセノピー』(“Parthenope,” 未完)におけるイタリア革命の陰惨な描写があるが、メルヴィルの暴動の描写は比較的一貫している。暴徒を描く際、メルヴィルは大抵、視点人物を設定しており、正面から革命を否定することはないのだが、それでもラリー・レノルズが言うところの「群衆への侮蔑」を見つけることはたやすい(Reynolds, “Anti-Democratic Emphasis” 29-36)。ではレノルズが結論するように、『ビリー・バッド』もまた「革命行動に対するメルヴィルの嫌悪」の一例にすぎないのだろうか(36)。結論から言えば、メルヴィルは本作において群衆——より正確には、主体性を簒奪された群衆——を、社会変革の可能性を開く存在として捉え直そうとしているように思える。どういうことか。

それまでの暴徒表象においては、メルヴィルがそれをどのように見ているのかについては解釈が分かれるとはいえ、暴徒の暴力活動そのものが疑われることはなかった。暴徒は暴徒であり、反乱は反乱である。ところが『ビリー・バッド』では、「反乱」は至るところにあるがどこにも存在しないものでもある。反乱の存在そのものが問われているという意味で、従来の作品における反乱とは根本的に異なるのだ。登場人物たちは名指すことが現実を引き起こすというスピーチアクト的不安に囚われており、「それ」を名指すことを徹底して避ける。「反乱という言葉はこの通達のなかでは使われなかった」という記述が端的に示すように(*Billy Budd* 59)、反乱は実体的な意味では存在せず、否定のなかだけで存在しているとさえ言えるだろう。そして、このような反乱の、存在と不在にまたがる存在の様式は、ビリーによる上官殺害が「反乱」にあたるのかどうかという物語の核心に触れている。

もし反乱に主体や意図が必要であるとすれば、ビリーの上官殺害は反乱ではないが、行為だけ見ればそれは反乱である、というように。

反乱であることとないことの間というどちらつかずの構図は、水夫たちがビリーの処刑を目撃した際にも反復される。ビリーが処刑を前に祝福の言葉を述べた後、その祝福は反復される。「意思の力なしに、ということになるだろうか、まるでこの船の人間の電流として声を伝える媒体にすぎないかのように、一つの声だけが朗々と共鳴してあちこちにこだました――「神よ、ヴィア船長を祝福したまえ！」」（*Billy Budd* 64）。「こだま」という表現が示すように、そこに発話者の主体性はない。水夫たちの発話は主体的な行動（action）ではなく、ビリーの声という外部刺激に導かれた情動的な反応（reaction）にすぎない。つまり、水夫はビリーの声に応答しているが、それは義勇に駆られた「応答責任」というようなものではない。そもそも水夫の間に抵抗のこだまを発動したと思しきビリーの台詞でさえ、実のところその効果は極めて曖昧だ。スチュアート・バロウズはこのシーンを蜂起の兆候ではなくむしろ逆方向に捉え、「生じかけた反乱は、ビリーの最後の台詞によって、より正確には乗組員たちの言葉の反響によって封じ込められることになる」と説明する（Burrows 42）。ビリーの言葉とそのこだまは反乱の前触れなのか、それともそれは反乱を抑圧してしまったのか。もちろん、本論が強調したいのは、ビリーの祝福は反乱を誘発すると同時に、それを抑制する力としても機能しうるという二重性である。

反乱として顕在化することも名指されることもなく、また、反乱ではないものでもあろうとする水夫たちの「つぶやき」を「潜勢力」（potentialities）と呼ぶことは可能だろうか。ジョルジョ・アガンベンはバートルビーの機能不全な存在の様式を「潜勢力」と呼んだ。「潜勢力」とはアリストテレスに由来する「顕在性」の対極にある概念で、「条件」としての視力のように「しないこともできる」能力である（岡田 一九）。水夫の群衆とバートルビーを並置することはいかにも唐突だが、アガンベンは「潜勢力」を天安門事件の政治的アクティヴィズムにも見ている。アガンベンは天安門デモの群衆の特異性は「要求の具体的内容が相対的に乏しかった」点にあると主張する。曰く、天安門で国家が直面しなければならなかったのは「表象されることもできず表象されることを望みもしないもの、にもかかわらず一つの共同性、一つの共通な生として姿を表すもの」であった。実際、運動の参加者たちは中国政府が危険分子と目をつけていたグループのどこにも属しておらず、そのような「前提も所属条件もなしに一つの共同性をなす」ことこそが国家にとって一層の脅威であり、その「反動の暴力」はより大きなものになったという（九二）。群衆が特定の目的を持つのであれば、それを否定したり予防手段を講じたりすることもできようが、統一性も整合性ももたず、社会の「機能不全」であるばかりの群衆は、蕩尽不可能な存在にとどまり続けるからだ。

不定形な潜勢力としての天安門の群衆と同様、『ビリー・バッド』の水夫たちのつぶやきには目的もその実現も欠けている。ビリーの処刑後、反乱の兆しが生じるが、先のこだまと同様、そのさざめきは言語化不能であることが強調される。やや長いが引用しよう。

このすさまじい沈黙も、言葉では容易にあらわせない音によって徐々に破られた。熱帯の山々での驟雨――平野部ではありえないほどの雨――が突如作る奔流の音を聞いた者や、そそり立つ森林からそれが溢れ出る時のくぐもったさざめきを聞いたことのある者なら、その音がどんなものかはわかるだろう。音源が離れているように思えるのは、さざめきがはっきり聞こえないためだ。実際には近くにある。それは甲板にひしめく者たちから発していた。はっきりせず、意味はわかりかねたが、せいぜい、陸の暴徒にありがちな気まぐれな思考や感情の激変というようなものではなかったか。この場合、彼らがビリーの最後の祈りを自然に繰り返したものの、重々しい気持ちでそれを取り消そうとしているようなものだ。（*Billy Budd* 66-67）

そのさざめきは「気まぐれな思考や感情の激変」としか呼びようのない、方向性を欠いたものである。そして、その意味を理解することができないのは、それが明確な意思や目的に裏打ちされる主張ではなかったためだ。

しかし、目的も定まらず、主体性もない群衆がどのように一つの「共同的な存在」として力を持ちうるのだろうか。蜂起が反復的に生起したことに注目する必要がある。すでに触れたように、水夫のつぶやきは「ビリーの最後の祈りを自然に繰り返したもの」だが、じつは、それは水夫たち自身の声の反復でもあった。ビリーの処刑が告げられたとき、すでに彼らは「困惑したつぶやき」（"a confused murmur"）を発している（*Billy Budd* 60）。つまり、ここで上演されているのは、困惑のつぶやきから祝福のこだまへ、さらに大きな喧騒にも似た水夫の声のさざめきへと、声を反復する行為のなかで反乱が実体化していく過程なのである。

さらに、抵抗の実体化はそれを阻害する権力によってもたらされるものでもある。さざめきはまずビリーの処刑告知の直後に生じるが、それは直ちに「耳をつんざくような鋭い笛の音」にかきけされ（*Billy Budd* 67）、ビリーの処刑後のそれもまた「軍隊の笛」によって沈静化される。さらに、ビリーの遺体が水葬に付される際には「二度目の奇妙な人間のさざめき」が「海鳥たちの発するやはり不明瞭な音と混じりあって」聞こえてくるが（*Billy Budd* 67）、それもまた軍鼓に鎮圧されるのだ。ここで暴動と鎮圧の作り出すリズムは共犯的だと言えるだろう。権力の右腕（“the right arm of a Power.”）としてのフリゲート艦を舞台に（*Billy Budd* 12）、船長の命令に従おうとしたビリーの「右腕が繰り出され」（“the right arm shot out.”）（*Billy Budd* 46）、上官殺しという出来事に至ったアイロニーを思い出してもよい。「さざめき」は鎮圧の効果によって「暴動」という枠組みを与えられ、その暴動の主体はそれによって共同性を獲得していくのである。「強制的に徴収された」水夫たちは、集合体としてのアイデンティティを持たないのだが、彼らが何らかの運動として機能するためには、笛や太鼓という規律という外部の力によって定義し直され、「人民」として囲い込まれる必要がある。極論を言えば、彼らは存在するために制度によって否定されなければならないのである。再びアガンベンを引けば、「人民へと向かいながらその廃絶を目指すという労働運動に特有のアポリアの数々はここに起因する」（三八）。究極のところ「人民」の実現、つまり反乱の実現はそれ自体の消滅と一致するほかない。『ビリー・バッド』において反乱は実現と抑制の間にあり、わかりやすい成功もないかわりに、拙速な蜂起によって根底的な挫折をもたらすこともない。それは極めて「遅い戦略」なのだ。

## 三　声というメディアと遅れる伝達

メルヴィルはイギリスの社会主義者たちとの関わりのなかで、連帯とさえも呼びがたい集合の力の意味を模索していたように思えるのだが、それは本作において彼が音楽に焦点を当てたこととも無関係ではない。クリス・ウォーターズは一八八〇年代に始まるイギリスの初期社会主義運動において、主たる文化的推進力となったのは音楽だったと指摘するが（Waters 97）、メルヴィルは音、音楽、声が作り出す共同体についての関心を社会主義者たちと一定程度まで共有していたように思える。社会主義者たちにとって、音楽は労働者の「趣味と道徳の向上」を促し、階級的断絶を乗り越える手段と考えられていた（Waters 99）。事実、エドワード・カーペンターやヘンリー・ソルトをはじめ、多くの社会主義グループが歌唱本を編纂し、聖歌隊を組み、集会で合唱を行なっている。こうした中産階級の社会主義者の多くは、労働者階級に彼らのテイストを押し付けるより労働者自身が自分たちの音楽によって社会主義文化を形成することを望んでいたが、その一方で、労働者たちにアピールする大衆音楽を嫌ってもいた。労働者による労働者のための音楽と、社会主義者たちが彼らのために提供した音楽は必ずしも一致せず、そこには乗り越えがたい緊張関係があったようだ（Waters 127）。

メルヴィルもまた音楽が労働者の「道徳的覚醒」の手段になる一方で、それが支配の道具にもなりうることを充分認識していた。実際、「反乱」の継起がつぶやきの「呼応」、つまりリズムとして表現されているのと同時に、それを鎮圧する権力もまた、笛やドラムによって表現されている。鎮圧の直後、ヴィアの政治哲学がオルフェウスの比喩によって提示されるが、それは制度と音楽の共犯関係を示唆するものである。ヴィア曰く、人には「形式、それもリズムに乗った形式がすべてだ。これこそ森の野生動物たちを竪琴で魅了したオルフェウスの物語の意義」なのだ（*Billy Budd* 68）。オルフェウスという「抒情詩」の起源が、ビリーではなくヴィアに言及されることは意外に思えるかもしれない。実際、ヴィアは神話を「政治的支配に捻じ曲げて使用している」と指摘する研究もある（Mottram 250）。しかしウィリアム・バートリーが指摘するように、オルフェウスは市民的秩序を維持する雄弁の理想を体現し（Bartley 519）、笛やドラムは船内の規律を維持する力の喩えでもある。「音楽と宗教儀式は戦闘規律を含むさまざまな目的に供されるもの」であり、水夫たちは音楽を通じて秩序を内面化していく。押し付けられる制度とそれに抗う内面という対立はもはや成り立たない。「毎日少なくとも二回は響く馴染みの音」が鳴らされれば、彼らは反射的に持ち場に帰っていく（*Billy Budd* 67）。「真の軍規は長く継続されると、並の人間は内面にある種の強い衝動を引き起こす」と語り手が言うように（*Billy Budd* 68）、それはもはや本能と区別できない。

しかし、さざめきとそれを鎮圧する音が同根であるのと同程度に、両者の違いも重要だろう。水夫たちの声は雨の音、鳥の声など自然の音になぞらえられ、しばしば渾然一体となるのに対し、上官たちの「手段」としての音は、笛やドラムという人工的な——自然の音を模倣するために、わずかに人の手が加わった——楽器によってもたらされるからだ。さらに、二つが異なるのは、さざめきが「人間のつぶやき」すなわち「声」であるのに対し、後者が「音」であるということだろう。「声」の性質についてアガンベンは「音声」と「言葉」を対立させながらこう述べる。「声」は「もはや音声ではないとなおも意味でない」ものの経験であると（93）。

未だ反乱ではなく、もはや反乱でもない水夫たちの「さざめき」は、そのメッセージの不透明性にもかかわらず、あるいはそれゆえに、ヴィア船長の感情を揺さぶらずにはおかない。「ストイックな自己抑制のせいか、それとも感情を揺さぶられて瞬間的に麻痺したせいか」理由はわからないにせよ（*Billy Budd* 65）、声の感化力自体は少しも疑問視されていない。小説の終わりにつけられた三つの後日談のうち、最初のヴィアのエピソードが本論にとって重要に思えるのは、それだけが唯一「記録」ではなく「声」を扱っているためである。事実、水夫たちのさざめきを反復したのはバラッドの水夫ではなく支配者側にいたヴィアだった。語り手は、ヴィアが鎮痛剤で意識を失っていることに言及した後、彼が「ビリー・バッド、ビリー・バッド」と「つぶやいた」こと（"murmur words"）、それが「悔恨」の響きではなかったことを報告する（*Billy Budd* 69）。どのような響きが悔恨でないのか、側にいただけの先任将校にそれがわかるのか、ヴィアはじつはビリーを思っていたのかどうかといったようなことは、ここでは問題ではない。確かなのは、ヴィアの言葉が意味づけされないよう、語り手が細心の注意を払ったということだけである。バーバラ・ジョンソンの「中身のない繰り返し」（Johnson 538）という形容はこの台詞の性質をよく言い当てている。ヴィアの「つぶやき」（murmur）は意味に還元されないまま、もはや単なる音ではなく未だ意味にならない水夫たちの声の「さざめき」（murmur）と響き合う。民衆による反乱を嫌ったメルヴィルが思い描いた、いわば遅延する労働運動の可能性、そのようなものが、もしわずかでも示されているとすれば、それはここにある。ここに描かれるのは、水夫の声が労働者の間のみならずヴィアに反響するその可能性、時差を介した「遅れた伝達」の可能性なのだ。

# おわりに

いま一度、水夫の反乱のさざめきがどのようにして伝えられたかを思い出そう。語り手は「熱帯の山々での驟雨が突如作る奔流」や、「それが溢れ出る時のくぐもったさざめきを聞いたことのある者なら」それがどんなものかわかるだろうと書いている。ハーシェル・パーカーは「この情報の伝え方は読者を置き去りにする危険性がある」と指摘するが（Parker, *Reading Billy Budd* 157）、確かに、このような経験のある者は決して多くないだろう。しかし、ここに描かれる熱帯の光景は、たとえ読者の直接の経験でなかったとしても、『タイピー』や『オムー』を読むという読書経験に開かれている。

フェビアン社会主義者ヘンリー・ソルトは、一八九二年、『タイピー』におけるメルヴィルの植民地主義に対する批判的態度を称揚し、さらにこう書いている。「イギリスの労働者階級の人々が心からの彼の信奉者になったと聞いたことがある。ハーマン・メルヴィルはアメリカ文学における尊敬すべき、太平洋の散文詩人としての地位を取り戻すだろう」（Salt 257）。イギリスの労働者と共にある南海作家としてのメルヴィル像は一読者としてのソルトが抱いた作家像でもあったのだ。ビリーの声を反響したイギリス人水夫たちの抵抗の声のさざめき、それはメルヴィルが大西洋を経由して聞いた南国のさざめきであり、同時に、彼が『ビリー・バッド』に残した、イギリスの社会主義者たちに対する、明白ならざる応答の響きだったのではないだろうか。

＊　本稿は JSPS 科研費 JP16K16792 の助成を受けている。

【註】

（1）作品の背景にヘイマーケット事件を見る研究は少なくない。Reynolds, "Billy Budd" 21-28 を参照。

（2）イギリス人ファンのなかには少なからず海洋作家が含まれていた。メルヴィルは『ジョン・マーと他の水夫たち』（*John Marr and Other Sailors*, 1888）をウィリアム・クラーク・ラッセルに捧げている。メルヴィルのイギリス海洋作家との関係については詳細な議論が別に必要になるだろう。

（3）ミルトンやテニスンの引用にはじまって、作品に事実上の誤りが散見されることはスタントン・ガーナーが指摘している（Garner 83）。この引用についても同様で、ピクトルにせよマキシマスにせよ共和制ローマ時代の人物で、「帝政ローマ時代のどこか出身の愛すべき若者」ではない。また、「ファビウス」がピクトルではなくマキシマスを指す可能性については Sadahiro でごく簡単に言及している。

（4）ビルソンの最初の手紙は、メルヴィルの全著作のタイトルを尋ねる慎ましいものだったが（Leyda 785）、メルヴィルがその返信に、イギリスで未出版の『戦争詩集』と『クラレル』に加えて『ホワイト・ジャケット』を挙げたのは興味深い（786）。『ビリー・バッド』は『ホワイト・ジャケット』の登場人物ジャック・チェイス――「米国フリゲート艦ユナイテッド・ステイツ号の主鐘楼長の英国人」――に捧げられているが、メルヴィルが晩年に過去の自作品を参照する契機は彼らとの交流にあったとさえ言えるかもしれない。

【引用文献】

Bartley, William. "'Measured Forms' and Orphic Eloquence: The Style of Herman Melville's *Billy Budd, Sailor*." *U of Toronto Quarterly*, vol. 59, no. 4, 1990, pp. 516-34.

Beaumont, Matthew. "Socialism and Occultism at the "Fin-de-Siècle": Elective Affinities." *Victorian Review*, vol. 36, no. 1, 2010, pp. 217-32.

Burrows, Stuart. "Billy Budd, Billy Budd." *Melville's Philosophy*, edited by by Branka Arsic, K. L. Evans, Bloomsbury, 2017, pp. 39-59.

Coffler, Gail. "Religion, Myth, and Meaning." Yannella, pp. 49-82.

Dillingham, William B. *Melville and His Circle: The Last Years*. U of Georgia P, 1996.

Gandhi, Leela. *Affective Communities: Anticolonial Thought, Fin-de-Siècle Radicalism, and the Politics*. Duke UP, 2006.

Garner, Stanton. "Fraud as Fact in Herman Melville's *Billy Budd*." *San Jose Studies*, vol. 4, no. 2, 1978, pp. 83-105.

Jenkin, Thomas P. "The American Fabian Movement." *The Western Political Quarterly*, vol. 1, no. 2, 1948, pp. 113-23.

Johnson, Barbara. "Melville's Fist: The Execution of *Billy Budd*." *Studies in Romanticism*, vol. 18, no. 4, pp. 567–99.

Leyda, Jay. *The Melville Log: A Documentary Life of Herman Melville, 1819-1891*. Vol.2, Harcourt, Brace, 1951.

Mahan, Alfred T. "Possibilities of an Anglo-American Reunion." *The North American Review*, vol. 159, no. 456, Nov.1894, pp. 551-73.

Melville, Herman. *Billy Budd, Sailor and Other Uncompleted Writings*. Edited by G. Thomas Tanselle, Harrison Hayford, Hershel Parker, et al, Northwestern UP and the Newberry Library, 2017.（ハーマン・メルヴィル『ビリー・バッド』飯野知幸訳、光文社古典新訳文庫、二〇一二年）

---. *Mardi and the Voyage Thither*. Edited by Harrison Hayford, Hershel Parker, and G. Thomas Tanselle, Northwestern UP and the Newberry Library,1970.

---. *The Piazza Tales, and Other Prose Pieces, 1839-1860*. Edited by Harrison Hayford, Alma A. MacDougall, G. Thomas Tansell, et al, Northwestern UP and the Newberry Library, 1987.

Mottram, Eric. "Orpheus and Measured Forms: Law, Madness, and Reticence in Melville." *New Perspectives in Melville*, edited by Faith Pullin, Edinburgh UP, 1978, pp. 229-54.

O'Sullivan, John. "Annexation." *United States Magazine and Democratic Review*, vol. 17, no. 1, July-Aug, 1845, pp. 5-10.

Parker, Hershel. "Historical Note." *Moby-Dick: or The Whale*, edited by Harrison Hayford, G. Thomas Tanselle, Hershel Parker, Northwestern UP and the Newberry Library, 1988, pp. 581-762.

---. *Melville Biography: An Inside Narrative*. Northwestern UP, 2012.

---. *Reading* Billy Budd, Northwestern UP, 1990.

Plutarch. *Plutarch's Lives*, translated by John Dryden and edited by Arthur Hugh Clough, vol. 1, Cosimo Classics, 2008.

Reynolds, Larry J. "*Billy Budd* and American Labor Unrest: The Case for Striking Back." Yannella, pp. 21-48.

---. "*Anti-Democratic* Emphasis in *White-Jacket*." *American Literature*, vol. 48, 1976, pp. 13-28.

Sadahiro, Maki. "Fin-de-Siècle British Socialism and A Prelude to the Melville Revival." *Leviathan*, vol. 22, no. 2, 2020, pp. 38-53.

Salt, Henry. "Marquesan Melville." *Gentleman's Magazine*, vol. cclxxii, March 1892, pp. 248-57.

Spanos, William V. *American Exceptionalism in the Age of Globalization*, SUNY Press, 2008.

Waters, Chris. *British Socialists and the Politics of Popular Culture, 1884-1914*. Manchester UP, 1990.

Yannella, Donald. Editor. *New Essays on Billy Budd*. Cambridge UP, 2002.

アガンベン、ジョルジョ『人権の彼方に――政治哲学ノート』高桑和巳訳、以文社、二〇〇〇年。

岡田温司『アガンベン読解』平凡社、二〇一一年。

貞廣真紀「世紀末イギリス社会主義者たちの〈アメリカン・ルネサンス〉」『繋がりの詩学――近代アメリカの知

的独立と〈知のコミュニティ〉形成』倉橋洋子、高尾直知、竹野富美子、城戸光世編、彩流社、二〇一九年、三二九—四六頁。

# 第九章　北米英領植民地保全と奴隷叛乱との闘い
## ――膨張主義以前のストノ事例（一七三九）

白川　恵子

## はじめに――使用されうる論説？

一八四五年七―八月号の『デモクラティック・レビュー』誌に掲載された「併合論」は、同誌の創業者にして編集者であるジョン・L・オサリヴァンが、テキサスの合衆国への参入支持を呼びかける論説である。厳密に言えば、この論考は、ポーク大統領のもとテキサス併合案が議会を通過（一八四五年二月二八日）した数ヵ月後に書かれたのだから、オサリヴァン言説の直截な影響によって合衆国がテキサスを入手しえたわけではない。上院での併合決議採決が拮抗し、かつ、本来的には併合を望んでいたにもかかわらず、慎重な態度をとっていたジャクソン大統領寄りの否定論が、議会決定後も燻っていたため、そうした反対派意見に反駁するために書かれた文書である。(1) 対外的にはメキシコおよびヨーロッパ列強国の北米支配とアメリカ拡張政策への介入を牽制しつつ、国内の奴隷制問題を言辞的に回避せんとした極めて政治的な論考内で、とみに有名なのが「明白な運命」であるのは言うまでもない。アメリカの領土拡張を神意として正当化した修辞的文言は、たんに地政学的に適応されただけでなく、文学的にも、文化的にもアメリカに大きな影響を及ぼしてきた。だが、「明白な運命」（“our manifest destiny,” 5）および「明白な神意」（“the manifest design of Providence,” 7）なる言葉が本論説内で言及された際には、さほど意識されず、むしろ同年一二月二七日付のニューヨーク『モーニング・ニューズ』紙上、オレゴン獲得につき同語が使用された折のほうが、注目度は高かったようだ。加えて、オサリヴァンの名と語句を不動なまでに後世に印象づけたのは、ジュリアス・W・プラットの論文「「マニフェスト・デスティニー」の起源」（一九二七年）によってであろう。この語句は、「自信に満ちた当時の国家主義者や拡張主義者の心情を、使い勝手よく要約した」ものであったがゆえに、「恒久的なアメリカの語彙」となったのだと歴史家は言う（Pratt 798）。なるほど、土地や債権投機の利益を確保し、新市場へ商工業の展開をもくろむにせよ、奴隷制拡大の政治的野心を追求するにせよ、神意を打ち出す膨張主義の言語化は、好都合であったに違いない。あらゆる事象や領域での拡大発想を担保しうる利便性と有益性によって、「明白なる運命」はさらに敷衍し、ややもすると、その論述内容と必ずしも直接的に関連しない文脈においても援用され、任意の文学作品解釈や文化事象の理解の際にも頻出する概念となってきたように思われる。

しかしながら、本稿が目指すのは、「明白なる運命」という修辞句に注目し、その概念を、同時代の、あるいはそれ以降の文学作品や文化事象の後景に読み込む作業ではない。むしろ、「併合論」そのものに立ち戻り、オサリヴァンが論説内に何を記述したのかを、いま一度、復習することから始めてみたい。そのうえで、彼の領土拡張発想が喧伝され、共有されるようになる遥か前の植民地時代には、一体どんな対外的抗争・国内的危機があったのかの一事例につき考察してみたいのだ。なぜならば、「併合論」が単なる領土拡張を主張するだけでなく、その背後に確実に潜む奴隷制問題を懸念し、かつ制度廃止にむけてのある種の希望的解決策を提示しているのであるならば、同様に、北米英領植民地には、国内の最たる奴隷問題――奴隷叛乱――という暴力的事件に関連して、大西洋をまたぎアフリカやヨーロッパ列強とも対峙しつつ、領土拡大というよりも領土保全につとめた時代が、かつて存在したと思われるからである。そしてその一例として、ストノの奴隷叛乱時の背景・状況を紹介する。

ただし本稿には、オサリヴァンが説明する一九世紀半ばの状況や「明白なる運命」の概念を、一七三九年のサウスカロライナはストノにおける奴隷叛乱時の状況と直截に関連づけて、両者の間に何らかの実質的な共通点を模索する意図はない。オサリヴァンの膨張思想のはるか以前には、対立するヨーロッパ列強が奴隷の取り扱いを巡り北米英領植民地の領土保全の攻防に腐心した初期時代があり、双方とも、ヨーロッパ列強への牽制と国内人種問題が大きなファクターとなっていた実態を、一例をもって示すに過ぎない。アメリカの拡張発想は、通常、東から西へのベクトルを措定するけれども、いうなれば、オサリヴァンの論説を契機に、ベクトルの向きを逆方向に辿り、ストノ叛乱時の任意の状況を事例として、時代的に遡及して紹介し、テキサスのずっと東にしか領有権を持っていなかった一七三九年当時に戻りつつ、カロライナとフロリダとの関係を、主に英西の抗争から考察しようと試みる。

オサリヴァンの論考が興味深いのは、西方への領土拡大を担保する折に、南北地域間対立の利害や来るべき人種問題を解消すべく、中南米への黒人の棄民を想定している点にある。つまり領土拡大にせよ、保全にせよ、入植以降の英領北米植民地／合衆国は、常に奴隷制問題や有色人種支配への対策が、国内の抗争や他国の牽制を伴いながら存在したことになる。そもそもアメリカに大英帝国が領有権を主張して以来、植民地は、先住民殲滅にせよ奴隷制論議にせよ、人種に対する絶え間ない対応策を強いられ続けてきた。アメリカ大陸における領有境界線の確定がいまだ不鮮明であるとき、英西間の対立によって顕現した奴隷叛乱に南部低地域からニューヨークに至るまでの広域植民地が苦慮しつつも領土保全のために格闘したさまは、合衆国がいかに列強の干渉を退けようとしても、その影響は払拭しえず、また一九世紀半ばのテキサスにせよカリフォルニアにせよ、併合・割譲によって人種問題が緩和されるどころか結局は南北戦争に至った国内外の対立の歴史に、広義では、敷衍的に連なっていると考えられるだろう。よって、以下のセクションでは、オサリヴァンの「併合論」の要約から始め、その折の背景を概観する。さらにはストノ奴隷叛乱について紹介・考察し、最後に何らかの間接的な繋がりを探してみたい。

## 一　解放奴隷の棄民経由地としてのテキサス——合衆国内南北対立の解消弁

「併合論」の第一義的な目的は、まさしくタイトルが示す通り、併合の閣議決定への賛同呼びかけである。「いまやテキサスは我々のものである」のだから、テキサスを独立当初の一三州と肩を並べられるよう合衆国の「家族」として「故国」に迎え入れようと呼びかけている（O'Sullivan 5）。だが、わずか五頁強の論説には、さらに興味深い内政外交政策や人種に関する主張、提言がなされている。その趣旨は、概ね、以下の六点に要約できるだろう。

①テキサスの連邦への加入を阻むのは、国内の党派対立のせいもあるけれども、合衆国国民の自由な発展のために神が割り当てた領土拡大という「明白な運命」達成に横槍を入れようとする敵対的な諸外国——英仏——の干渉のせいでもある。ゆえに合衆国は、そうした干渉に対して、団結を図るべきである。（5）

②テキサス併合がアメリカ側の不正な策略で、法と平和を装った軍事的征服であるとの主張は、完全に不当であるし、全く根拠がない。テキサスの独立は疑問の余地なく完結しており、メキシコおよびそれに関連するあらゆる政治団体への忠義、義務、結び付きから完全に解放されている。テキサスにアメリカ市民が居住しているのは、アメリカの計略ではなく、そもそもメキシコがそのように促したからだ。テキサス独立を承認したのはメキシコであるにもかかわらず、それを否定するかのように、暴力的に自国の隷属支配下に留めおこうとしているのは、むしろメキシコの側である。(6)

③またこの併合が、南部奴隷制度を拡大し、永久化することを狙った擁護策であるという批判も、誤りである。合併の対象となる地域が、地理的な位置関係からいって、たまたま奴隷制が存する地方にあるにすぎず、そこに現在、人々が居住しているというだけのことである。むしろテキサス併合によって、北寄りに位置する南部奴隷州から、より南方への奴隷労働力移行が期待されるので、現行の奴隷制度の消滅を促進すると思われる。併合によって、仮に新たな奴隷州が増えたとしても、現行の奴隷州が自由州化することによって、相殺できる。事実、現在、西部および北西部にヨーロッパや北東州から移民・移住者が流入し、新しい州が拡大しつつあるではないか。(7)

④奴隷制廃止論の高まりによって、今後、奴隷制が自発的に消滅すると措定した場合、テキサスの境界線を通じて黒人人口が中南米へと流出する際にも、この併合は有益なのである。メキシコや中央および南アメリカにおけるスペインと先住民とアメリカの混血の人々の存在は、奴隷解放時に合衆国からの黒人たちを吸収し、受け入れるための有益な場を与えてくれるだろう。かの地の人々はすでに混血で、我々が禁ずる人種混交に対する偏見がないのだから、合衆国の黒人が現行の隷属状況から脱して向上するにふさわしかろうし、こうした混血環境は黒人種を惹きつけるはずだ。よって、奴隷解放の際に彼らをテキサスから移送するチャンネルを担保できる併合は、人種問題解決のための緩和策となるだろう。(7)

⑤奴隷制論議によって困惑や危機感を煽るつもりはないし、その是非については判断しえない。だが、白人種と黒人種とが市民的、社会的平等のもとで共存するのは困難である。市場経済営為に基づき彼らに自由競争をさせた場合、それに伴う悪化と困窮は、懸案である奴隷制の諸悪と、果たしてどちらが苛烈なのだろうか。英国、欧州の状況を見るにつけ、黒人たちが、資本や技術労働からの利潤に浴する可能性は考えにくく、支援と保障を保障するものには思われない。こうした社会問題は、人種の優劣に基づく相互的義務関係である奴隷制度以上に根深く、これらを解決せずに単に不幸な黒人たちを拙速に解放するのみでは、自由は恩恵となりえないのではなかろうか。(8)

⑥カリフォルニアも近々にメキシコからの支配——ひいてはスペインからの継承——を脱し、独立すべきである。実際、数千マイルを隔てたメキシコ政府は、カリフォルニアに対する実質統治ができていないし、その国境には、アングロサクソンの波が押し寄せつつある。独立後に、同地域をアメリカに参入するか否かは、現行、定かでないけれども、増え続けるヨーロッパからの移民の受け皿としても、東アジアとの交易のためにもカリフォルニア地域は合衆国にとって不可欠であり、大西洋から太平洋までの通商が、政治的にも文化的にも結ばれる日が来るのも、そう遠くはないだろう。(9)

「併合論」が、一九世紀半ばのアングロサクソン至上主義を明白に反映しているのは、エイミー・グリーンバークの指摘のとおりである(Greenburg 97)。表層的には遠慮がちながらも、オサリヴァンが、カリフォルニアの合衆国参入を強く推奨しているのは確実で、実際、米墨戦争(一八四六〜四八年)の結果、程なく同地——現在のニューメキシコ、ユタ、ネヴァダ、アリゾナ、カリフォルニアにまたがる領土——はアメリカに割譲される。論考の最後でオサリヴァンは、再度テキサス併合賛同を繰り返し、「マニフェスト・デスティニー」を印象づける。曰く、米大陸における合衆国の急速な覇権に対して、旧来的なパワーバランスの保持を掲げてその拡大発展を阻止せんとする英仏およびヨーロッパの干渉を退け——スペイン領アメリカも英領カナダも大した妨げにはならないのだから——、膨張する二億五千ないしは三億の人口のために、神意に従い、合衆国は拡大すべきなのである(9-10)。

モンロー主義を下支えとしたオサリヴァンのテキサス「併合論」は、ヨーロッパの干渉排除とアメリカ領土拡張の一実践例を神意と結びつけるレトリックによって、後世に大きな影響力を発揮したけれども、そもそもテキサスが一六世紀以降、まさしく西仏墨米による絶え間ない領有権争奪の戦場であった事実に鑑みれば、合衆国によるヨーロッパ排除と中南米支配の二枚舌論理は、何とも皮肉に映る。英領からの継続としての合衆国は、植民地の過去を払拭し、スペイン支配下にあったフロリダも、テキサスも、結局、入手してしまったからだ。

ここでテキサス併合までの経緯を簡単に振り返っておくべきだろう。最初にテキサスを訪れたのはスペインの探検家であり、一五二八年から六年かけて交易のために名目上の部隊を送ったが、その主要中心地に定住し、実質支配を始めたのは、むしろフランス人であった。一六八五年、セントルイス砦の建設を以て、仏領テキサスが確立する。だが砦の壊滅後、一六九〇年から一八二〇年まで、スペイン領時代が続き、一八二一年のスペインに対するメキシコの独立革命成功により、テキサスはメキシコ領内のコアウイラ・イ・テハス州の一部となる。当時、テキサスは人口が希薄であったため、メキシコ政府は、ヨーロッパと、とくに隣国の合衆国から合法的にテキサスへの入植を促進した。テキサスのアメリカ人人口は増大し、メキシコ国内とは異なり、ここには奴隷の持ち込みも容認されていたため、メキシコ人人口を凌駕するようになる。さらにテキサスは、一八三六年にメキシコに対してアメリカの支援を受けた武力行使の上、革命を成功させ、独立を宣言。テキサス共和国は、合衆国、フランス、イギリス、オランダ、ユカタン共和国から承認され、また、一八二九年以降のメキシコでは撤廃されていた奴隷制を合法化した。この奴隷制保持により、合衆国への併合反対派からは、南部勢力拡大につながるとみなされ、忌避されたのである。一八四五年二月二八日、合衆国議会は、テキサス併合の法案を可決したが、その後も反対派の喧伝・主張は続いた。オサリヴァンが併合賛同の論説を掲載したのは、ちょうどこの数ヵ月後であった。最終的に、同年一二月二九日に、テキサスは合衆国に併合され、州として承認された。

オサリヴァンの「併合論」の白眉は、もしかすると、当時の奴隷州拡張問題との関連づけを巧みに回避せんと腐心した文言や、奴隷制が仮に将来的に解消された暁には、解放奴隷を中央および南アメリカ地域に移送する可能性——いわば棄民の正当化でもあり、また二重の植民化論理でもある——を示唆した件であるのかもしれない。テキサス併合によって奴隷制拡張論議が開くのは「明白」であるにもかかわらず——無論、だからこそジャクソンは、しばらく併合を政治的課題として俎上に上げずにきた訳だが——オサリヴァンは「明白な運命」という語の背後に、奴隷制問題を糊塗しようと試みたのだという穿った見方も可能となる。制度の解消を神意に委ねる発想は、ジェファソンともホーソーンとも通底するが、オサリヴァンは、テキサスをある種の安全弁とする言説を構築した意味で、より具体性を持つ。なるほど、オサリヴァン自身が、仮に奴隷制度自体を嫌悪していたとしても、「併合論」は、マシュー・カープが論ずるところの、「広大な南部帝国」(“the Vast Southern Empire”)構想——すなわち、東半球のヨーロッパに対抗する、南部エリート層による西半球における合衆国の帝国支配の思惑——を、奇しくも想起させる側面を有している。一方で、もちろんこの間、国内外で頻発する奴隷叛乱計画の発覚のたびに、南部が、ひいては合衆国が、怯えていたのは言うまでもない。

奴隷制度は厄介だが、単に南部のみの問題にしえぬほど、それはすでに合衆国の経済基盤に組み込まれてしまっている。しかもその厄介な人種/制度への懸念は、モンローの半球的分断発想に依拠しながら、オサリヴァンが南北アメリカの支配関係を担保し、地勢的拡大を図ることで、奴隷制をめぐる国内的南北の対立を解消せんともくろんだ一九世紀半ばよりも、一世紀近くも早い段階から存在し、その折には、当然ながら、ヨーロッパ列強がアメリカ大陸およびカリブ海地域を舞台として、領土獲得のためにしのぎを削っていたのである。ストノ叛乱時の一八世紀半ばの北米英領植民地は、同大陸内に欧州列強と先住民とアフリカ奴隷という二重、三重の「敵」を抱え、カリブ海地域を含み各所で頻発する奴隷叛乱に怯えつつ、殊にスペインによる奴隷叛乱教唆に悩まされながら、英領を確保・保持しようと奮闘していたのである。では、ストノの叛乱とは、いかなる背景や影響を持つものなのか、以下で考察する。

## 二　ストノ叛乱――概要と内的要因

ストノの叛乱の背景を理解するためには、同地域の局地的事象を考察するだけでなく、その背景や原因について、環大西洋的な観点から、知っておく必要があるだろう。当時のサウスカロライナは、こんにちのノースカロライナ、サウスカロライナ、ジョージア、アラバマ、テネシー、ミシシッピ各州の一部を含む広範なカロライナ植民地内の一地域であった。一六二九年に英国王は領有権を主張したのち、一六六三年、チャールズ二世が八人の貴族に権利を与え主領植民地となって以降、発展を遂げ、ただし一七一九年には再び王領植民地となっていた（Shuler 66-69; Walters 20）。当時、低地地帯サウスカロライナの主要産業は稲作で、一七四〇年までには、コメは大英帝国の主要穀物となり、アメリカ独立革命時には、北米英領植民地全体で三位の利潤を誇る輸出品となっていた。だが、低地域での稲作の農園経営には、灌漑工事を含め、多大なる労働力を要する。初期のサウスカロライナは、少なくとも一四〇〇名に及ぶ沿岸部先住民部族（Kashira 族や Westoe 族）を労働力として使用していたのだが、彼らの自尊心は、白人農園主の意向に沿わず、殊にヤマシー戦争（1715-16）後には先住民の奴隷化を断念したため、アフリカからの奴隷輸入に頼らざるをえなくなった。ゆえに、以降、黒人人口は増加し続け、ストノ叛乱のころまでには、黒人に対する白人比は、二・六対一（Walters 21）、全人口の六六・一%を黒人が占めるようになる（Danver 69）。この割合のアンバランスは、白人側を怯えさせるに充分であった。しかも黒人奴隷の約七五パーセントが西アフリカのアンゴラ王国あるいはコンゴ王国の出身者であった。稲作圏であるアンゴラやコンゴから捕囚・移送された奴隷は、サウスカロライナの農作事情には有益であったが、彼らの独立心や戦闘的気質を、白人農園主たちは恐れていた（Walters 22）。というのも、西アフリカにおける部族間抗争の漁夫の利をさらってなされる捕囚は、奴隷化された彼らの多くが元々、戦闘者であった事実を示していたからである。また、アンゴラ、コンゴはポルトガルの植民地支配下にあり、ここではイエズス会司祭が布教活動を行なってきたため、彼らはローマ・カトリックの文化的影響をも受けていた。これがイギリスのカトリック忌避感に抵触したのは容易に想像がつく。かつ奴隷のなかにはスペイン語に近似のポルトガル語、あるいは英語を理解する者もいたというから（Smith 14）、これらの奴隷の文化的背景や情報収集伝達力が、スペインとの積年の抗争におけるイギリス側のもう一つの懸念要因となったのは確実だ。

英領北米植民地史上、最大にして最悪の奴隷叛乱として知られているストノ奴隷叛乱は、一七三九年九月九日、未明にサウスカロライナ植民地のチャールズ・タウン（現在のチャールストン）から二〇マイルに位置するセント・ポール教区のストノ川沿いにて勃発した。叛乱は、恐らくは前日より計画されていたと思われている。九日（日曜日）の早朝、低地域の農業用灌漑工事に従事していた約二〇名の奴隷集団が、ストノ橋梁たもとのハッチンソンの雑貨店を襲撃。そこに居合わせた二名の白人（Robert Bathurst, John Gibbs）を殺害し、武器弾薬や食料等を盗んで逃走した。一行は、ポンポン街道（現在の国道一七号線のサヴァナ・ハイウェイ）を南下し、サウスカロライナからジョージアを抜け、当時スペイン領であったフロリダ半島のセント・オーガスティンを目指し、その道程で農園を襲撃した。六〇名から一〇〇名にふくれ上がった叛乱者たちは、戦いの旗を振りかざし、太鼓を打ち鳴らし、自由を叫びつつ行進したと言われている。この日たまたま議会開催のため外出していたサウスカロライナ副総督ウィリアム・ブル（William Bull 1683-1755）が、昼前に、帰路で叛乱軍に遭遇すると、恐れをなした副総督一行は、直接対峙を回避して引き返し、すぐさま奴隷蜂起の知らせを近隣住民に触れてまわる。叛乱奴隷たちは、同日午後に、ポンポン街道北側のエディスト川を臨む野原で一時休止し、この折に飲酒やダンスを目撃されている。この行為が何を意味するのか明言はできないが、これは直後の戦闘に備えるための儀式的なものであると、歴史家ジョン・ソーントンによって解釈されている。

副総督による奴隷蜂起の知らせは教会を通じて会衆に告げられ、夕刻には、民兵や農園主による軍が組成される。白人側の反撃応戦により、叛乱はほどなく鎮圧された。その場で射殺された奴隷は、約二〇名。なかには、こっそりとプランテーションに戻った奴隷もいたが、大方は捕えられ（約四〇名）、その後、直ちに処刑された。こうして叛乱はおおむね一日で鎮圧されたものの、噂によると約三〇名が未だ捕まらず、一週間後にも残存奴隷集団が出没した。叛乱奴隷逃亡者捕獲のために、為政者たちは、先住民を利用し、彼らに報酬を与えて追跡させた。翌一七四〇年の改正黒人法においても、ストノ叛乱の残党を見つけた先住民には、報奨金を払う旨、条項に明記されている。テリー・M・メイズによると、叛乱の犠牲者は、白人黒人合わせて約七五名であった（Mays 71）。

結局、鎮圧されるまでに、奴隷たちは、一二の農園を焼き払い、二三名の白人を惨殺した。ただし、叛乱者たちは主人を無差別に殺したわけではなく、奴隷に対する扱いが平素から温和で良心的であった白人に対しては、殺害・襲撃を避けたと記録されている。なお、叛乱首謀者は、アンゴラ出身のジェミー／ジョニー（Jemmy/Jonny）ないしはケイトー（Cato）との記録が残っているものの、その詳細は定かではない。ちなみに、一九三〇年代の連邦作家計画において、スタイルズ・M・スクラッグス（Stiles M. Scruggs）がインタビューしたジョージ・ケイトー（George Cato）は、ストノの叛乱首謀者として名前が挙がっているケイトーの子孫であり、己が利益よりも同胞を救うために命を賭して叛乱を率いた英雄的祖先の逸話は、一族に継承され続けていると語る（Smith 55-56: Walters 32-33）。いずれにせよ奴隷叛乱が白人共同体に与えたショックは甚大で、恐れをなしたストノ川周辺のプランターは身の安全のためにチャールズタウンへと転居したため、セント・ポール教区での住民数の激減を牧師が嘆くほどであった。また叛乱から半年後に、別の叛乱計画が奴隷の密告によって明らかになると、直ちに六七名の奴隷が裁判にかけられ一〇名が処刑されたという（Mays 71）。[2]

なぜこの時期に奴隷叛乱が勃発したのかについては、複数の理由が指摘されている。たとえば、植民地の内的要因としては、一七三二年以来カロライナを断続的に襲う黄熱病や叛乱の前年に流行した天然痘による社会的混乱が考えられる。疫病による打撃によって議会の延期が相次ぎ、白人共同体が疲弊しているさまを奴隷たちは悟っていたからだ。あるいはストノの奴隷たちは、アフリカはコンゴのカトリック文化に精通していたため、彼らは、保護・救済の象徴的な含意を込めて、聖母マリア生誕日の九月八日の週末を叛乱開始に選んだのだとの指摘もある（Thornton 1102-0013; Berson 57; Smith 75-76）。さらに一七三九年八月半ばに治安法（Security Act）通過の知らせが新聞紙上に掲載された影響もあげられている（Walters 25; Woods 313-314; Berson 56）。この治安法は、日曜日に教会に出かける白人への武器携帯を厳格に義務づけたもので、その施行が九月二九日からであったことから、実施開始までの間の主人側の防衛が比較的緩慢なタイミングを狙って叛乱を起こしたのではないかと憶測されている。

他方、ストノの叛乱の契機を、何らかの特定の要因や事由と結びつけず、全くの偶発的悲劇と捉える歴史家もいる。大方の歴史家が、叛乱を自由と独立を得るための奴隷たちの決死の抵抗精神の発露ゆえであると解釈するのに対して、チャールズ・ホッファーは、全く別の見解を示している。ハッチンソンの店を襲撃した奴隷たちは、もともと一斉蜂起の目論見など持たず、週末の休日返上で過酷な側溝工事を強要された腹いせに、その「報酬」を得んとして、ある種、場当たり的に雑貨店を強奪したのではないかと推考しているのだ。植民地法では、強盗は極刑に値するため、奴隷たちは、運悪くそこに居合わせた白人を殺害せざるを得ず、犯行後、彼らはフロリダまでの逃走を決意するに至ったというのである。なるほど、他の叛乱と違って、本件は、首謀者が不明で、事前発覚もなされていない。またホッファーは、本件に関する裁判記録がなく、叛乱を伝える資料がほぼサウスカロライナ以外の媒体である点も、通常、時間をかけて計画された叛乱とは異なる事態であると指摘している。もしホッファーの解釈が正しいのなら、本件は、英領植民地史上、最悪の奴隷叛乱事件であるにもかかわらず、もともと参画者側に叛乱の意図がなかったという、まことに皮肉な事例となる。

## 三　逃亡奴隷受入先としてのフロリダ――叛乱教唆するスペインとの闘い

ホッファーの見解は、首謀者側による第一次資料が稀薄な奴隷叛乱を解釈する際に、果たして歴史家にどの程度の解釈の恣意性が許されるのかについて、有益な示唆を与えてくれる。だが、ストノ叛乱の最初の契機が仮に偶発的であったとしても、事件の背景に確実に存する英西間抗争やアメリカ大陸周辺の奴隷共同体事情を注視しないわけにはいかない。なぜならば、そこにはカロライナの奴隷をフロリダへと惹きつける外的要因が――間接的であれ直接的であれ――散見されるからである。

一七三〇年代は、大西洋岸およびカリブ海域植民地で奴隷叛乱が頻発した時期であった。奴隷共同体が主人の動向や仲間内の情報から、他所における叛乱の知らせを入手していたであろうことは十分推測できるし、かつ、それがストノの事件の遠因のひとつであると考えられている。歴史家ラインボーとレディカーによれば、一七三〇年代から四〇年代初頭にかけては、南北アメリカのほぼ全ての奴隷社会において「自由の気概」が沸き上がった時期であった。一七三〇年単年のみでも、ヴァージニア、サウスカロライナ、バミューダ、ルイジアナ（ニューオリンズ）といった広域の複数個所にて陰謀が発覚している。さらに一七三三年には、サウスカロライナ、ジャマイカ（英領）、セント・ジョン（デンマーク領ヴァージン諸島）、オランダ領ギアナにて、一七三四年には、バハマ諸島（英領）、セント・キッツ（仏・英支配ののち英領）、サウスカロライナ、ニュージャージーで、一七三五年から三六年にかけては、アンティーグア（西・仏支配ののち英領）、セント・バーソロミュー（仏領）、セント・マーティン（蘭・西支配ののち、蘭と仏の分割領）、アンギラ（英領）、グアドループ（仏領）で、一七三七〜三八年は、チャールストン、メリーランドにて、陰謀が発覚、ないしは叛乱が勃発している（Linebaugh & Rediker 194）。これらを見ただけでも、一八世紀前半のアメリカ大陸沿岸部およびカリブ海諸島において、イギリス、フランス、スペイン、オランダ、デンマーク間で熾烈な領有権の主張が展開され、かつ列強の奴隷支配に対する反発・抵抗が、いかに頻出していたかが良くわかる。また英領ジャマイカでは、一七二〇年代末より、一〇年の長きに及ぶ逃亡奴隷の戦いが継続中だったが、ストノ叛乱の直前の一七三九年七月二八日付『サウス・カロライナ・ガゼット』は、英政府が武装した逃亡奴隷勢力と、停戦協議を余儀なくされた旨が掲載されていた。つまりストノの奴隷たちは、ジャマイカの逃亡奴隷《マルーン》が共同体を構築し、自由を享受していると知り得る可能性があったのである（Wood 312; Berson 55）。

　ストノ叛乱によって前景化されるのは、列強のなかでもとくにイギリスとスペインとの長年におよぶ敵対関係だ。遡れば、ヨーロッパで勃発したスペイン継承戦争に対応して北米大陸で展開されたアン女王戦争（一七〇二〜一三年）は、先住民を抱き込む代理戦としての英仏西間の領有権争いであった。スペインの最初のフロリダ統治時代（一五一三〜一七六三年）に勃発したストノの叛乱の背後には、カロライナとフロリダとの絶え間ない抗争がある。一七世紀を通じて、ヴァージニアやカロライナのイギリス人は、徐々にスペイン領境界まで南下するようになり、一七〇二年には、イギリスが先住民のヤマシー族・クリーク族と結んで、セント・オーガスティンを攻撃した。イギリスは、この折、スペイン要塞を陥落させられなかったものの、以降、戦いによるスペイン側の人口減少を良いことに、自国領土であると主張していた地域に入植を始め、その結果、一七三二年、ジョージア植民地設立に至った。また、アン女王戦争終結時のユトレヒト条約（一七一三年）によって、イギリスは、植民地勢力を拡大し、北米大陸における帝国形成を促進させた。さらにスペインのアシエント（アフリカから アメリカ西領植民地へ奴隷を供給する権利）をフランスから譲渡されたため、イギリスは三角貿易による巨大な利潤を貪る基盤を成した。こうして、アメリカ大陸におけるスペイン勢力の衰退が、カリブ海域での英西間の商船臨検の暴行とその報復行為を誘発し、ストノ叛乱と同年の一七三九年には、両国の敵意は「ジェンキンズの耳戦争」と呼ばれる戦いにまで至ったのである。

「ジェンキンズの耳」という奇妙な名称を有する戦争は、一七三一年、スペイン海域に不法侵入したと見なされた英国商船『レベッカ』号船長ロバート・ジェンキンズがジャマイカ付近で臨検され、スペインの沿岸警備船により耳を切り落とされた事件に端を発している。当時、イギリスは、西インド諸島に新市場を求め、新たな通商路を模索していたため、スペインとの海上紛争が絶えなかった。平素よりイギリスは、合法的装いのもと私掠行為を繰り返しているとスペイン側に思われていたため、ジェンキンズへの蛮行も、イギリスに対するスペイン側の報復行為の一環であった。一七三八年三月、ジェンキンズが議会で切り落とされた耳を示しながらスペインの暴挙を訴えると、イギリスでは、国家の名誉と通商の自由のため開戦を求める気運が頂点に達する。スペインに対する英国王の改善要求が不毛に終わると、七月にジョージ二世が、スペインへの報復措置を認可したため、海軍中将エドワード・ヴァーノン率いる艦隊は、西インド諸島に向かって出航。一七三九年一〇月二三日、正式に宣戦布告された。

イギリスがスペインに正式に宣戦布告したのはストノの叛乱の一ヵ月以上も後であったが、奴隷たちは、サウスカロライナに入港する他船の知らせ等によって、既に両国間の不和と戦闘の知らせを察知しており、よってスペイン側に与するためにこの時期に叛乱を具現化したのではないかと、ジョエル・S・ベンソンは推測している。そもそも開戦の前から両国の関係は険悪だった。スペイン支配下のフロリダにも奴隷制はあったものの、英領南部低地帯での奴隷労働よりも、はるかに人道的であったため（Walters 22）、カロライナからの奴隷逃亡が相次いでいたのである。一七二六年、イギリスは、セント・オーガスティンに特使を派遣し、一七一三年の両国間協定——スペイン領に逃亡した英国側奴隷の返還約束——の遵守確認を申し出たが、特使はスペインからの確約を得られず、奴隷の逃亡は続いた。一七三三年には、スペイン王が、英領からの逃亡奴隷に自由を保障する旨の法令を発布。もちろんこれは、英領植民地の弱体化を図るスペイン側の策略であった。当初、スペイン人が直ちにこの王令を遵守したわけではなく、仮にフロリダまで逃げおおせたとしても、奴隷は必ずしも自由になるとは限らず、また拿捕されたイギリス船は、売り払われることも多かったけれども、ストノ叛乱前年の一七三八年にさしかかる頃になると、スペインは、逃亡奴隷への解放措置を取り始めた。結果、サウスカロライナ議会でも、植民地内の奴隷の不穏な噂や、奴隷逃亡者数の上昇につき、取り上げられるようになっていった（Danver 69）。無論、ストノ叛乱時、奴隷がジョージアを経てセント・

オーガスティンを目指したのは、この一七三三年の王令を知っていたからである。

ウォルターズによれば、ストノ叛乱に先立つ前年、二つの異なる奴隷集団による実際の叛乱が勃発し、うち一方は、ストノ叛乱の奴隷と同様、白人十人を殺害しつつ、ジョージア植民地を抜けてフロリダへ向かった。さらに三つ目の不満分子も叛乱を計画したが、これは事前発覚に終わっている。(3) 自国領内に逃れたイギリス側奴隷に銃器の訓練を施せば、民兵として国境警備に従事させられるとスペインは考えていたのである(Walters 22)。スペインに寝返った奴隷民兵が、実質上も、面目上も、イギリスにとって相当な痛手となるのは間違いない。これらはいずれも、一八世紀の北米英領植民地が、奴隷とスペインという国内外の二重の敵に苛まれつつ、領土保全につとめていた様を物語る。

一七四一年に発行された公式報告書は、セント・オーガスティンを「盗賊やならず者の巣窟」と呼び、サウスカロライナやジョージアで、スペインの工作員が先住民と黒人を唆し、社会的不和・騒乱を生ぜしめていると激しく批判している(Smith 28-29)。奇しくもこの報告書発行と同年の一七四一年には、窃盗および放火事件に端を発する奴隷叛乱疑惑事件が、ニューヨーク植民地で沸き起こり、この折にもまたスペイン密偵やカトリック司祭による奴隷操作の陰謀説が席巻した。しかもニューヨークの奴隷叛乱容疑は、ストノのような黒人による実質的な殺戮被害が皆無であったにもかかわらず、陰謀の主犯を告発する「魔女狩り」現象が起こり、多くの処刑者を出したのである。(4) 外部の敵による内部の敵への叛乱教唆によって白人共同体が不利益を被る事態は、独立宣言草稿にジェファソンが記した奴隷叛乱教唆に関するイギリス国王批判項目に近似している。しかもジェファソンが植民地の奴隷制に関するこの件を削除せざるを得なかった要因が、サウスカロライナからの強い反対であったのは、何とも皮肉に映る。カロライナは独立宣言文起草から一世代あまり前に、既にスペイン王による奴隷叛乱教唆による大惨事を経験していたのだから。ストノ叛乱は、このように北米英領植民地の一地域の先に、アフリカやヨーロッパという東半球や、独立革命から一九世紀半ばまでの拡張への欲動を、間接的に敷衍して考察射程とする可能性を暗示しているのである。

## おわりに――フロリダからテキサスへ

オサリヴァンの「併合論」から、時代を遡及してストノ奴隷叛乱事件の背景をたどった本論考を閉じるにあたって、最後にアダムス＝オニス条約について述べておきたい。この条約は、ジェイムズ・モンロー大統領時代の一八一九年に、当時の国務長官ジョン・クインシー・アダムズとスペイン外務大臣ルイス・デ・オニスによって交渉されたため、両名に因んでつけられた名称である。取り決められたのは、二国間での、フロリダとテキサスの領有権の確認と境界線の確定であった。すなわち、スペイン領であったフロリダを合衆国が買収獲得し、ルイジアナ購入時に不鮮明であった米西間の国境線を定め、北緯四二度以北のオレゴンをアメリカ領と見なし、現在のテキサス州の東部から以西がスペイン領であると明確化したのである。要するに、このとき、フロリダはアメリカ側に、テキサスからカリフォルニアまではスペイン側に属することが決められたのだった。

そもそもフロリダ半島の支配は、スペインによる初期植民地支配時代（一五一三～一七六三年）、イギリスによる領有時代（一七六三～九五年）、スペインによる二度目の統治時代（一七九五～一八二一年）

と、主権を目まぐるしく交代させてきた。ジョージアからの逃亡奴隷および先住民と戦った第一次セミノール戦争（一八一七～一八年）では、ジャクソン大統領が、スペイン領フロリダへ先住民を追って、進軍し、闘争するよう指示したため、合衆国は、これを機に、西フロリダを実質的に占拠するようになる。スペインにとって、この紛争地域および東フロリダに居住するセミノール族を抑制し、領土保全するために軍事力を割く利はなく、アメリカへの割譲の代替として、テキサス以西を確保するほうが得策であると考えたのだ。

アダムス＝オムニ条約が締結されたのは、セミノール戦争直後の一八一九年。合衆国は、本条約を一八二一年に批准し、フロリダを準州として領有する。ちなみにフロリダが奴隷州として合衆国第二七番目の州に昇格したのは、テキサス併合と同年の一八四五年である。一方、一八二一年に勃発したメキシコ独立革命により、スペインが同条約によって確定した領地は、メキシコの所有となり、したがって、テキサスもまた、スペインから転じてメキシコに属するようになったから、アメリカ議会が批准したのはメキシコ領テキサスとの国境線画定であった。だが、前述のとおり、そのわずか一五年後の一八三六年には、アメリカ支援によってテキサスは独立し、テキサス共和国となり、ひいては、アメリカに併合されていくのである。結局、アメリカはアダムス＝オニスにより一旦は放棄したテキサスの領有権を、ほんの一世代あまり後に、入手しえたのである。

オサリヴァンの論説対象であるテキサスから、一世紀以上の時間を東向きに遡及し、アメリカの発展膨張とは、いわば逆向きに、しかも一見無関係に映るストノ叛乱時の考察を経た本稿が最後に示唆するのは、もともとスペインの踏査から始まった前記の二地域——フロリダとテキサス——が、結局はアメリカの領土拡大に関して、間接的な接点を有していたという補助線である。英領植民地史上最悪のストノ叛乱奴隷がめざしたセント・オーガスティンは、奴隷叛乱が頻発するカリブ海を臨む、いわばヨーロッパ列強の権力誇示の前線の一部であった。だがフロリダは、英西の抗争期を経て、スペイン領から米領となり、一方でテキサスもまた、スペイン、メキシコの支配を経て独立したのち――とはいえ、この間も、合衆国による事実上のアメリカ人「入植地」状態であったわけだが――、米国内の南北対立を背景としつつ、最終的にはアメリカに併合された。つまり、北米植民地の獲得に関して対立した英西は、結局は、フロリダとテキサスをアメリカに与え、これらは全て合衆国の拡大膨張を是とする神意イデオロギーに絡め取られていったことになるのだ。しかもその背後には、ストノ叛乱にせよ、「併合」への賛否にせよ、いずれにしても奴隷／人種問題が盤踞している。あくまでも便宜上の戦略としてであったにせよ、スペイン王命によって、フロリダが逃亡奴隷の受け入れ先であると喧伝されたように、オサリヴァンは、解放奴隷の中南米への移送窓口としてテキサスを想定したのである。領土拡大の東西ベクトルは、人種問題の南北ベクトルを、時代と国家を超えて切り結ぶ。ここに我々は、ストノ叛乱からテキサス併合に至る、間接的な補助線による連関を幻視するのである。

＊　本稿は、JSPS 科研費 16K02157 の助成を受けたものである。

【註】

（1）テキサス併合およびメキシコ戦争の詳細については、冨所、山岸を参照のこと。ちなみに両者とも巻末に付した関連年表をアダムス＝オニス条約から始めている。

（2）ストノ奴隷叛乱について、概要・全体像は、Hoffer, Mays, Schuler, Walters, Wood を参照のこと。Smith (ed) は、本叛乱の抜粋関連資料集。また叛乱奴隷の出自とアフリカにおける文化的、カトリックの宗教的影響について論じたのが、Smith と Thornton である。Berson の論考は、叛乱時期の理由の考察、つまり、奴隷たちがいつ英西の戦争について知り得たかの詳細な考察で、Rasmussen と Wax は、事件後の法的取り締まりについて論じている。

（3）ジャック・シューラーは、サウスカロライナの奴隷叛乱について、噂、陰謀、実際の叛乱を含むと、以下の年号すべてに見られたと述べている。一七二〇年、一七三〇年、一七三一年、一七三三年、一七三四年、一七三七年、一七三八年、一七三九年、一七四〇年、一七三〇年以降は、ほぼ毎年である。

（4）一七四一年のニューヨーク奴隷叛乱陰謀説の生成と「魔女狩り」現象については白川を参照のこと。

【引用文献】

Berson, Joel S. "How the Stono Rebels Learned of Britain's War with Spain." *South Carolina Historical Magazine*, vol. 110. Jan-Apr 2009, pp. 53-68.

Greenerg, Amy S. *Manifest Destiny and American Territorial Expansion: A Brief History with Documents*. Bedford, 2012.

Hoffer, Peter Charles. *Cry Liberty: The Great Stono River Slave Rebellion of 1739*. Oxford UP, 2012.

Karp, Mathew. *This Vast Southern Empire: Slaveholders at the Helm of American Foreign Policy*. Harvard UP, 2016.

Linebaugh, Peter and Marcus Rediker, *The Many-Headed Hydra: Sailors, Slaves, Commoners, and the Hidden History of the*

*Revolutionary Atlantic*. Beacon P, 2000.

Mays, Terry M. "Stono Rebellion (1739)." *Revolts, Protests, Demonstrations, and Rebellions in American History: An Encyclopedia*. Vol One, edited by Steven L. Danver. ABC-Clio, 2011, pp. 69-78.

Morrison, Michael A. *Slavery and the American West: The Eclipse of Manifest Destiny and the Coming of the Civil War*. U of North Carolina P, 1997.

O'Sullivan, John L. "Annexation." *The United States Magazine, and Democratic Review*, vol. 17, no. 85, July-August, 1845, pp. 5-10.

Pratt, Julius W. "The Origin of 'Manifest Destiny.'" *The American Historical Review*, vol. 32, no. 4, July 1927, pp. 795-98.

Rasmussen, Birgit Brander. "'Attended with Great Inconveniences': Slave Literacy and the 1740 South Carolina Negro Act." *PMLA*, vol. 125, no. 1, Jan. 2010, pp. 201-203.

Schuler, Jack. *Calling Out Liberty: The Stono Slave Rebellion and the Universal Struggle for Human Rights*. UP of Mississippi, 2009.

Smith, Mark M. "Remembering Mary, Shaping Revolt: Reconsidering the Stono Rebellion." *The Journal of Southern History*, vol. 67, no. 3, Aug 2001, pp. 513-534.

---. ed. *Stono: Documenting and Interpreting a Southern Slave Revolt.* U of South Carolina P, 2005.

Thornton, John K. "African Dimensions of the Stono Rebellion." *The American Historical Review,* vol. 96. No. 4, Oct. 1991, pp. 1101-1113.

Waters, Kerry. *American Slave Revolts and Conspiracies*. ABC-Clio, 2015.

Wax, Darold. D. "'The Great Risque We Run': The Aftermath of Slave Rebellion at Stono, South Carolina, 1739-1745." *The Journal of Negro History*, vol. 67, no. 2, 1982, pp. 136-147.

Wood, Peter. *Black Majority: Negroes in Colonial South Carolina from 1670 through the Stono Rebellion*. Norton, 1974.

白川恵子「マンハッタンの『魔女狩り』——ニューヨーク奴隷叛乱陰謀事件における情報解釈共同体的誤謬」、『繋がりの詩学——近代アメリカの知的独立と〈知のコミュニティ〉の形成』倉橋洋子、髙尾直知、竹野富美子、城戸光世編、彩流社、二〇一九年、一七—三六頁。

冨所隆治『テキサス併合史——合衆国領土膨張の軌跡』有斐閣、一九八四年。

山岸義夫『アメリカ膨張主義の展開——マニフェスト・デスティニーと大陸帝国』勁草書房、一九九五年。

# 第十章　環大西洋的無意識

## ――カント、コールリッジ、エマソン

巽　孝之

## はじめに　アメリカ・ロマン派におけるカント思想の受容

一九七〇年代末の大学院時代にアメリカン・ルネッサンス研究を始めたとき、その原動力になったのは、アメリカ・ロマン派と、いわゆる啓蒙主義思想家イマヌエル・カント（一七二四〜一八〇四年）の類比であった。たとえばエドガー・アラン・ポー（一八〇九〜四九年）はその評論において詩が美を追求し散文が真理を追求するという有名な区分を施したことで知られるけれども、とりわけ有名な詩論「詩の原理」（一八五〇年）を熟読すれば、彼の提起する知性と審美眼と倫理意識の三極構造というのが知性と倫理意識の中間に審美眼を定位するものであり、これこそはカントが一八世紀末に刊行した三批判『純粋理性批判』（一七八一／八七年）『実践理性批判』（一七八八年）『判断力批判』（一七九〇年）を脱構築した詩論であるのが容易に判明しよう。

時系列的にさかのぼるなら、カントは一七九〇年、いわゆる『純粋理性批判』『実践理性批判』と並んで三部作を成す『判断力批判』を世に問い、その第一部第一篇第二章で、芸術の領域を「言語芸術」（語りと詩）、「造型芸術」（成型的芸術と絵画）、および「感覚の遊びの芸術」（音楽と色彩芸術）の三つに分類した。そして彼は、このうちの第二の領域をさらに細分化し、絵画芸術には「自然の美的描写の芸術」と「自然の美的配置」のふたつがあり、前者が本来の絵画、後者が造園術であると定義する。カントはさらにそうした意味での絵画のなかに「壁掛けや装飾品から、ただ眺めるためだけのすべての美しい家具まで」を含めているから（以上、クリード・メレディス英訳版一八七〜一八八頁）、ポー読者はずばり「家具の哲理」（一八四〇年）と題するテクストを連想せざるをえない。

アメリカン・ルネッサンスのロマン派作家たちが多かれ少なかれカントを代表格とするドイツ思想を摂取していたことについては、すでにスタンリー・ヴォーゲルが一九五五年の研究書『アメリカ超絶主義者に見るドイツ系文学の影響』で詳細に分析している。とりわけカント的な実践理性概念は、ラルフ・ウォルドー・エマソン（一八〇三～八二年）の提唱する「無限の感覚」に基づく超越主義概念と縁が深い。具体的な受容に関しても、一八世紀はいざ知らず、一八三〇年代に入ってからはハーヴァード大学図書館を中心にカントを含むドイツ人思想家の著作が大幅に入ることになり、英訳は依然そろっていなかったにせよ、英国ロマン派詩人兼批評家サミュエル・テイラー・コールリッジ（一七七二～一八三四年）の批評を媒介にしてカントの体系を知る人が増え、一八四一年六月に出た超絶主義機関誌『ダイアル』五号にはJ・A・サクストンが「カントを読んだことはないがその思想には共鳴する」という主旨の文章を発表したほどだ[1]。

そして、ちょうどわたしがポーとカントを比較する修士論文を書き上げたタイミングと共振するかのように、ポー学者グレン・オーマンズが「「知性、審美眼、倫理意識」――ポーに見るイマヌエル・カントへの負債」"Intellect, Taste and the Moral Sense: Poe's Debt to Immanuel Kant"（一九八〇年）なる論文でポーがいかにカント理論を搾取したかを分析していたのを読み、自身の直感もさほど捨てたものではないと悦に入っていた。オーマンズによれば、当時のポー自身もまた、カント原著には接していなくてもカント美学に少しでもふれた文献で、とりわけ『判断力批判』序章・第一部について解説されていれば、そこから彼独自の美学理論を発展させるヒントはいくらでも引き出せたはずだし、一八四〇年代のフィラデルフィアにおけるドイツ系移民共同体の知己友人の助けを借りた可能性もじゅうぶん考えられる、というのだから。いまではもうこの類比はジョーン・モアランドやジョン・ドリスがさらに批判的に発展させているので目新しくはないが、一九八〇年代のコーネル大学留学時代には、脱構築思想家ジャック・デリダがカントの三批判とも無縁ではない大学論「諸学部の争い」をテクストにロマン主義的崇高を再吟味した論考「根拠律」"The Principle of Reason"(一九八三年)に接して、ポーの風景庭園とワーズワースやコールリッジが遊んだ湖水地帯、さらにはニューヨーク州イサカの田園地帯が融合する光景を幻視したものだった。

だが、博士論文においても理論的骨子のひとつにしていたアメリカン・ルネッサンスにおけるカント受容に関する限り、わたしは長いあいだ、ひとつの重大な宿題をこなすのを怠ってきたように思う。自然を対象とする純粋理性(悟性/知性)、自由を対象とする実践理性(理性/倫理意識)、芸術=技術を対象とする判断力(審美眼)の徹底吟味から成るこの三批判を英米文学に受容するにさいして最も大きな役割を演じたのは、ほかならぬイギリス・ロマン派詩人サミュエル・テイラー・コールリッジだったからである。彼は一八一七年発表の『文学的自叙伝』(以下*BL*と略)で、カントを手放しで称賛している。

ケーニヒスベルクの傑出した賢人にして批判哲学の創始者こそは、誰よりも私の理解力を活性化するとともに鍛錬してくれた。その思想の独創性や深さ、凝縮力はもちろん、その個性の新奇にして精妙なる意義、論理の強力な連環に加えて挙げたいのは(これこそは書評者やフランス人が指摘する、イマヌエル・カントの概念に取り組む者特有の逆説だ)、『純粋理性批判』

や『判断力批判』『自然科学の形而上学的原理』『たんなる理性の限界内における宗教』の備える明晰な実証力であり、それらはあたかも巨人の手のごとく、私を鷲掴みにした。（*BL*, Chapter 9, p.153）

コールリッジがポーに及ぼした影響、ひいては後述するアメリカン・ルネッサンス研究の立役者マシーセンに及ぼした影響は自明であるが、ならばカントをコールリッジはいかに受容したのか。この点はわたしのなかで、いつかはこなさねばならないけれども、長いあいだ手つかずの宿題に留まり続けてきた。文学史的にはコールリッジらイギリス・ロマン派こそが第一ロマン派であり、エマソンらアメリカ・ロマン派というのは第二ロマン派、あるいはポスト・ロマン派と呼ぶのがふさわしい。けれども、この二つの流れがどのように合流し、あるいは分岐したのかは、カント受容を深めずには決して判然とすることはなかったのである。

しかし二〇一七年秋のこと、笹川浩氏のお招きによりイギリス・ロマン派学会の主催する『文学的自叙伝』刊行二百周年記念のシンポジウムへの参加が要請され、とうとう長年の宿題に取り組むことになった。そしてその過程で、前述の三批判の区分以上に興味深い発見をした。

とはいえ、先を急ぐまい。まずは、アメリカン・ルネッサンスの研究史を辿り直し、しかるのちに、カントの影響をいかにイギリス詩人コールリッジが受容し、それをめぐってアメリカを代表する超越主義思想家ラルフ・ウォルドー・エマソンがいかに創造的誤読を展開したかを説き起こそう。

## 一　アメリカン・ルネッサンス研究の西漸運動

アメリカン・ルネッサンス研究は、F・O・マシーセンが南北戦争以前の五年間（一八五〇〜五五年）にアメリカ文学史上初の黄金時代を想定し、それがいかに同時代の「明白なる運命」のイデオロギーや民主党主導によりホーソーンやメルヴィルも加担した「ヤング・アメリカ運動」を支える領土拡張主義政策とも連動したかを語った古典的名著『アメリカン・ルネッサンス』（一九四一年）から始まる。マシーセンへの反論として書かれた論考としてはチャールズ・ファイデルスン・ジュニアがアメリカ・ロマン派をむしろアメリカ象徴派として、すなわち本質的にポスト・ロマン派として読み換え、ヨーロッパ文学への影響の方に重きを置く環大西洋的比較文学研究『象徴主義とアメリカ文学』（一九五三年）が数え上げられるが、以降、八〇年近くにわたってマシーセンを批判的に発展させてきたアメリカ・ロマン派研究が積み重ねてきた批評史は、この時代の深層を徹底的に探求してきた。彼らの基本的方法論であった新批評の作品中心主義は以後もロレンス・ビュエルの『文学における超絶主義』（一九七三年）に至るまで受け継がれる。

やがて一九八〇年代に入ると、ポスト新批評とも言える脱構築の影響を受けたジョン・アーウィン『アメリカ的象形文字——アメリカン・ルネッサンスにみるエジプト象形文字の象徴』（一九八〇年）、バーバラ・ジョンソンの『批評的差異』（同年）、それにジョン・カーロス・ロウの『税関を通って』（一九八二年）が、新歴史主義への指向を示すマイケル・ギルモアの『アメリカ・ロマン派の文学と市場経済』やジェイン・トムキンズの『煽情的な意匠』（ともに一九八五年）、それにデイヴィッド・レナルズの『アメリカン・ルネッサンスの地層』（八九年）が、はたまた米ソ冷戦構造下で特権化されるアメリカン・ルネッサンス研究を自覚するニュー・アメリカニズムの旗頭ドナルド・ピーズ自身の『幻影の契約――文化的コンテクストにおけるアメリカン・ルネッサンス文学』（八七年）などが登場し、この期間に、マシーセンの限定した「アメリカン・ルネッサンス」の準拠枠は、相当にゆるむ。その結果、具体的には一八三二年に超越主義者ラルフ・ウォルドー・エマソンがユニテリアンの牧師を辞任した時期から、南北戦争前年に当たる一八五九年にイギリスの生物学者チャールズ・ダーウィンが人種論的にも画期的な『種の起原』を発表するまでの約三十年間が広くアメリカン・ルネッサンスと呼ばれるようになり、マシーセン以後の批評史は、ここに以前の北部白人男性作家中心主義では到底掬いきれなかった女性文学者エミリ・ディキンスンやハリエット・ビーチャー・ストウ、黒人奴隷体験記の著者フレデリック・ダグラスやハリエット・ジェイコブズらをも視野に収めるに至る。

そして二一世紀に入ると、ポストコロニアリズム批評家ガヤトリ・スピヴァクの「惑星思考《プラネタリティ》」に連なるかたちで、グレッチェン・マーフィが一八二〇年代以降のモンロー・ドクトリンの導入による半球思考がいかに一九世紀アメリカ文学、それもリディア・マリア・チャイルドやジェイムズ・フェニモア・クーパー、ナサニエル・ホーソーンからヘンリー・ジェイムズにおよぶ政治的無意識に影を落としているかを探った『半球的想像力――モンロー・ドクトリンとアメリカ帝国のナラティヴ群』（二〇〇五年）や、ワイ・チー・ディモクが数百年の時空間的落差においても一定の因果律を結ぶJ・G・バラード的な「深い時間」"Deep Time"を軸に、エマソンが一四世紀のペルシャ詩人ハーフィズの詩集をドイツ語訳で読んでおり、キリスト教を相対化するイスラームやゾロアスターにもなじんでいたことを分析し、超越主義思想の成り立ちに新たなメスを入れた『環大陸的想像力』(二〇〇六年)などが、理論的深化を図る。それに続くように、ユンテ・ホアンの『環太平洋的想像力』(二〇〇八年)は三部構成から成るその第二部を全五章から成るメルヴィル論によって構成し、そこでは『白鯨』をエイハブ船長の内部における反資本主義的にして反民主主義的な偏執狂的蒐集癖に貫かれた長編小説と読み直す。そして二〇一〇年には、北米の新歴史主義批評の一翼を担い、ニュー・アメリカニズムに接する前掲マイケル・ギルモアが遺作『言葉をめぐる戦争』において、南北戦争以前の時代の言論検閲とイラク戦争下の言論検閲とがいかに構造的に酷似しているかを鋭く喝破し、二〇一六年にはジェラルド・ケネディが南部からの視点を生かした『奇妙な国家』において、北米白人文明がいかに自然と先住民を同一視し、そこから人間的主体を剥奪してきたか、それがいかに「明白なる運命」の正当化にも影響を与えているかを説き明かした。

以上の単純素朴な研究史概観は、米ソ冷戦以降のイデオロギーが歴史的意識を鋭敏化した結果、世界最初の民主主義の実験場たるアメリカがやがて西漸運動転じては「明白なる運命」のスローガンに基づく北米制圧や植民地主義を露呈させ、世紀転換期には世界最大の帝国と化し、環太平洋的指向を推進してきた歩みを裏書きするだろう。しかし、全く同時に、独立戦争以後の環大西洋的アメリカン・ルネッサンスの構図が徐々に捨象されてしまったのもまた、たしかなことである。けれども、抑圧された環大西洋的無意識が往々にして回帰してきた歴史は、決して無視しえない。

ここにこそ、アメリカ・ロマン派研究そのものが長く放置してきた宿題がある。

## 二　コールリッジからエマソンへ

イギリス・ロマン派詩人コールリッジがドイツ啓蒙主義哲学者カントに初めて接するのは、おそらく一七九五年ごろからイギリスで刊行されるようになった解説書のたぐいであったろうと言われている。この年は、彼がロバート・サウジーらと語らって、北米に理想的万民平等社会（Pantisocracy）を建設しようと計画していた年であり、北米では独立後初のアメリカ合衆国大統領ジョージ・ワシントンの治世（一七八九〜九七年）に当たる。

やがてコールリッジは具体的に一七九六年五月六日付のトマス・プール（Thomas Poole）宛の書簡においてカントに言及し、その敬愛をますます深め、その二年後の一七九八年にようやくドイツ留学を果たした。当時はイギリス国内でもドイツ国内でもカントの評価は高くはなかったが、コールリッジは直接出会ったことはなかったにもかかわらず、カントに私淑し続け、やがてそれを自身の作品に活かしていく。とくに『論理学』（生前未発表、一九八一年刊行）などはカントの『純粋理性批判』のまったくの受け売りとすら評されるほどであった。ここで肝心なのは、青年時代のコールリッジが汎神論者であり、カントに最初に接するころにはユニテリアンであったのが、やがてドイツ留学から帰国したのち、一八〇〇年以降はイギリス国教会への傾斜を強め、人間中心主義的なユニテリアンからキリスト教正統の三位一体を信仰する旧教的なトリニテリアンへの回心を経験していることだろう。まとめるならば、一八世紀の啓蒙主義の時代思潮のもとで汎神論（pantheism）から出発したコールリッジはイエス・キリストをもひとりの人間と見るユニテリアンへ移行し、さらには最も伝統的な三位一体を信ずるトリニテリアンへ移行するのであるから、その歩みはむしろキリスト教保守派への回帰であり、信仰復興運動にも似たものと評価できる。その意味で、コールリッジの精神史は、ジョン・ヘンリー・ニューマンが結果的にローマン・カトリックへ回心するオックスフォード運動とも共振する。ただし、啓蒙主義のもとで最もプラグマティックな思考になじんでいたコールリッジがロマンティックな文学運動とカントを中核とする形而上学への耽溺を経て到達したのは、たしかに超越的存在を認める方向ではあったものの、それはあくまで人間の側の自我が知的直観の能力を介して高揚したあげく普遍的存在すなわち"I AM"と称される神なるものの境地に達するという人間神格化(deification)のベクトルであるから、伝統的な三位一体説が唱える、神の側から人間界に下って顕現するという神の人間的受肉(incarnation)とは全く異なり、むしろそのベクトルを逆転させたものだ。

この構図から判明するのは、カントをドイツ最大の哲学者として誰よりも高く評価しながら、それを自身の形而上学に取り込むにあたって、コールリッジが抜本的な再解釈、のちに言う創造的誤読を加えているということであろう。カントによれば、知的直観というのは現実を超えた世界を認識する能力であるから、人間にはもともと備わっていない。ところが『文学的自叙伝』の第一二章ではカントの『感性界と知性界』の原文を引用しそれにコールリッジ自身による英訳を付して、その最後の部分にこんな注釈を加えている。

この機会を借りて主張しておきたいのは、カントが直観という単語を使い、あいにく英語には訳しきれない能動的動詞形(intueri, germanice Auschauen)も用いて、時間と空間に表象しうる対象に限って表現しようとしていることだ。その結果、カントは一貫して、かつ適切にも、知的直観の可能性を否定する。けれどもわたしには、いったいどうしてかくも「直観」という単語を狭苦しく使わねばならないのか、その理由が判然としないため、これをもっと広い意味範囲で再解釈することにした。そのさいのよりどころとなったのは、かつての神学者や形而上学者たちである。彼らによる直観の定義に即すなら、それはいっさいの媒介なしに人間が把握することのできる真理の一切を包括する概念となるからである。（*BL*, Chapter 12, p.288）

これが、私淑するカントの厳密な体系をあえて積極的に読み替えることでコールリッジが最初の一歩を踏み出した英断の瞬間であることは明らかだろう。高山信雄も『コウルリッジにおける想像力の体系』第三章でいみじくも指摘するように「カント哲学はコウルリッジの思想のうちに消化され咀嚼されて、やがて彼の思想の一部となる」のだが、まさにその瞬間、「コウルリッジのうちに、カント哲学からの脱皮が生じる」のだ（63）。

一方、大西洋の対岸に位置するマサチューセッツ州ボストン近郊に生まれ育ったエマソンが初めて『文学的自叙伝』を読んだのは一八二六年のことである。以後、三一年には最愛の妻に先立たれ、三二年にはユニテリアン教会の牧師をも辞任するという人生の激動期にさしかかった彼は、同年暮れより三三年にかけてヨーロッパ旅行を敢行する。折しもイギリスにおいて、同じくコールリッジに感化されたジョン・ヘンリー・ニューマンを中心とするオックスフォード運動が始まっていたのは、偶然とは思われない。旅の後半にあたる三三年九月、エマソンは、それまで出会ったウォルター・サヴェッジ・ランドーやコールリッジ、トマス・カーライルやウィリアム・ワーズワースら天才たち（men of genius）と言葉を交わすうちに、みな賢明にして該博、何より誠実に語る文学者として記憶に残ったことを、日記に書き留めている。そして帰国後の三六年に発表した代表作『自然論』*Nature* において、エマソンはあたかもコールリッジのカント的直観の再解釈に啓発されたかのように、自分が自然において超越的存在との融合を遂げる瞬間を描写してみせる。

むきだしの大地をしっかりと踏みしめ、さわやかな空気で頭を満たして、無限の宇宙へと上昇していくうちに、ありとあらゆるくだらぬ自己中心の考え方がなりをひそめる。わたしは一個の透明な眼球と化したのだ。わたしは何ものでもない。わたしはすべてを見そなわす。宇宙的な存在がわたしのなかにくまなく流れ込む。というのも、わたしはいまや神の部分でありその一分子であるからだ。誰よりも親しい友人の名前ですら、いまや聞き覚えのないよしなしごとのように響く。（*Nature*, Chapter 10, 10）

ここでエマソンが普遍的存在 "Universal Being" と呼んでいるものとの融合形態こそは、コールリッジが "I AM" すなわち神と呼ぶものの変奏であるのは明らかだろう。

ところで、一八三三年のイギリス体験におけるランドーら右記の天才的文学者たちとの出会いについて、エマソンは同年九月一日のリヴァプールで綴った日記で、こう語る。

彼らに出会ったことで、私は多くを学んだ。もちろん、彼らが必ずしも第一級の知性でないことは確かだが、にもかかわらず、その一人一人と語り合うことで、真に優れた人間と会話したのだという印象が残るのである。彼らは賢明にして該博な知識に富み、実に誠実な人物であり、決してそれ以上ではないかもしれない。とりわけこの四人は揃いも揃って宗教的真実への洞察力に欠けている。それは私が基本的哲学と呼ぶ倫理的真実のことを全くわかっていないということを意味する。だが、彼ら天才たちと会見したことの唯一の救いは、彼らがみんな、何より真摯に語る文学者だったということだ。（*Emerson in His Journals*, 115）

こうした天才観の起源は、彼が三年前に記した一八三〇年一一月一九日の日誌に見られる。

コールリッジは「フレンド」のなかで才能についてうまく定義してみせる。彼によれば、才能とは独創的で特異な手段を編み出して卑俗で因襲的な目標を達成するというのだ。こうした才気というのは、インテリが力と富を得ようとする際に発揮される。だが天才というのは全く逆に、手段のなかにこそ目的を見出す。（*Emerson in His Journals*, 73-74）

天才論がロマン主義文学の真髄を成すのは言うを俟たないが、本稿ではあえてこの地平に限定して、カントからコールリッジへ、そしてエマソンへ至る系譜において発見されたきわめて興味深い連環を前景化したい。

まずは、カントが『判断力批判』第四九節「天才を構成する心の諸能力について」において芸術における模倣（imitation）と猿真似（copying）を区別しているくだりに注目してみよう。カントはここで、真の天才は模範的独創性を発揮するがゆえに、「天才の生み出した作品はあくまでお手本であって、容易に真似できるものではなく、たんにあとに続く新たな天才によって見習うことができるに過ぎない」ことを強調する。つまり、天才は自分に続く新たな天才を生み出すことでのみ、天才たるゆえんを実証するというわけだ。後半のパラグラフでは、初学者が下手に天才の作品のうちどうにも美学的ではないと思われる欠陥まで模倣してしまうと、それはたんなる猿真似（aping）に堕するけれども、真の天才は小心者の過剰な心配性などは無縁なので、致命的な欠陥すら模倣する特権を備えており、「過剰な思い過ごしなどでは計り知れないほどの圧倒的独創性を発揮するだろう」と示唆している。(2)

こうしたカントの天才観は、コールリッジが『文学的自叙伝』で展開した天才観と通底しよう。レイモンダ・モディアノも指摘するとおり、同書第一八章には明らかにその影響が見られるからだ。カント自身の模倣（imitation）と猿真似（copying/aping）を批判的に発展させるかのように、ここでコールリッジは「詩作はひとつの模倣芸術（one of the imitative arts）だが、それは、猿真似（copying）とは全く逆に、根本的な差異性のうちに同一性を混ぜ合わせること、あるいは本質的な同一性のうちに差異性を融合することだ」と指摘している（Chapter 18）。

そんなコールリッジの後塵を拝するエマソンは、イギリス・ロマン派を代表する天才たちを崇敬しつつも独自の創造的読解（creative reading）を施し、環大西洋的（transatlantic）かつポスト・カント時代の超越主義的（transcendental）なヴィジョンを獲得するに至る。彼が南北戦争終了後の一八六七年に発表した「引用と独創性」なる文章を一瞥しよう。

人間の独創的能力には大抵、同化力が伴う。そして私がコールリッジのうちで彼自身の見解と同じぐらいに、あるいはそれ以上に評価しているのは、彼がいかに該博な知識を培い、いかに膨大な書物から引用してみせるか、まさにその点なのである。その引用がいかに慧眼に富み、啓発的な教訓や想像力溢れる詩想を与えてくれるか、それが肝心なのであり、引用元の著者が誰であったかといったことは問題にならない。こうした引用を自家薬籠中のものとして、その刺激に導かれるなら、その知識を授けてくれた人物こそは恩人なのだ。彼が師匠であり続ける限り、私は恩返しするだろう。プラトンにせよゲーテにせよ、お気に入りの思想家ならば誰でもいいが、その真の価値というのは、知性ある者すべてに刺激を与える適合力（their radiancy & equal fitness to all intelligence）にほかならない。そうした思想が我が人生を丸ごと魔法にかける。そうした思想を知っている分だけ、我が威厳も増すというもの。優れた文章の書き手とその最初の引用者とは、比肩すべき存在なのだ」（Emerson, "Quotation and Originality" [1867], *CWE* V, 9）

カントが天才とは次の時代の天才を生む力のことであると喝破したように、そしてコールリッジが天才詩人はそっくり模倣を行なった場合でも、猿真似とはちがうのだから独自の差異が醸し出されると断言したように、ここではエマソンもまた、独創的な天才の地位とその最初の模倣者たる引用者の地位を限りなく識別し難いところに定めている。天才の真価とは、それに続く後発者がいかに巧みに天才を換骨奪胎するかにかかっているという真理をめぐる、これは逆説的慧眼といってよい。

ここで留意したいのは、カント的三批判をそれこそ独創的に模倣＝再解釈するかのように、コールリッジが霊と自然と人間から成る「ロマン主義的三極主義」（サマンサ・ハーヴェイ）を前提し、それら三極を自在に横断する包括的ヴィジョンを備えていたことだ。その影響下に書かれたエマソンの代表作『自然論』（一八三六年）は、前述のとおり、人間的主体が自然において普遍的存在（the Universal Being）と融合し、すべてを見そなわす「一個の透明な眼球」（a transparent eyeball）と化すという、コールリッジ的な神 "I AM" 概念を反映したあまりにも有名な図式を展開するが、同時に彼が自然そのものを一冊の書物とみなしていたことを勘案するなら、テクストはいまひとつ異なる色彩を帯びる。『自然論』の翌年一八三七年に発表した「アメリカの学者」は、こんな一節を含む。

> 凡人は切望し、天才は創造する。いかなる才能を備えていようとも、物を創り出さないならば、光り輝く神の力を我がものとすることはできない――燃えかすや煙が残るばかりで、炎が燃えたつには至らない。（中略）かくして、創造的執筆（creative writing）があるなら、創造的読解（creative reading）もある。知性が活性化して才気煥発になっているときには、どんな書物を読んでも多様なる引喩でテクストがきらめいて見えることだろう。（"The American Scholar," 58-59）

してみると、創造的著述や創造的読書を行なうことは、そっくりそのまま神との融合を図ることに等しい。そうした自然観のうちには、エマソン自身がイギリス・ロマン派の天才的書物と融合することでアメリカ・ロマン派独自の包括的ヴィジョンを獲得しえたことの寓話を読み込むことができる。ただし、コールリッジが最終的にイギリス国教会への道を歩んだこととは対照的に、エマソンの超越主義はアメリカという壮大な大陸において、当時にはなおも手つかずの原生自然が西部に広がっていたがために勃興した「明白なる運命」、すなわちアメリカ領土拡張主義のスローガンと共振するかたちで浸透していった。

この論理展開は飛躍ではない。いかに先発者たるカントやコールリッジに敬意を払おうと――いや、敬意を払えば払うほどに――エマソンは先発者たち、とりわけイギリス・ロマン派を抜本的に読み直し書き換えることで我がものとせざるを得なかったのであり、まさにそうしたハロルド・ブルーム的に言う「創造的誤読」のメンタリティが、原生自然を神の書物として誤読し、原住民インディアンが跳梁跋扈する西部の制圧こそ神の摂理とみなして歴史を書き換え、北米大陸を我がものとする「明白なる運命」のイデオロギーと共振したのである。まことに物騒に響くかもしれないが、一七七六年に独立宣言を発布したばかりの若々しい国家だからこそ、かくも天真爛漫にして野心満々の精神が漲ったのであり、これなくして、ポスト・ロマン派としてのアメリカ・ロマン派が、たかだか三〇年程度の期間に世界文学史的にも名作として残る傑作群を続々ともたらすことはありえなかったろう。エマソンが『自然論』冒頭で同時代の懐古趣味を批判し（“Our Age is retrospective,” 7）、「アメリカの学者」において、のちの「創造的誤読」を導く「創造的読書」を強調したのは前述した通りだが、彼は一八四四年に発表した「若きアメリカ人」“The Young American”において、こうした若々しい国家の使命についてこう語っている。

我々がアメリカの自由をその若さに絡めて考える時には必ず、ここにはやがて壮大なる自然に釣り合うだけの法律と制度がもたらされるはずだと予感する。世界史上のいずれの時代にあっても主導的な国家というのが登場し、至って寛大な思想を抱くものだが、その代表的国民たちは、我こそは広く正義と人類のために貢献すると公言し、同時代人から荒唐無稽な戯言と罵られるのも厭わない。そんな国家が現在可能だとしたら、アメリカ合衆国以外にありえようか？　こんな動きを推進できるとしたら、ニューイングランド以外にありえようか？　それを率いる人間は、若きアメリカ人以外にありえようか？　("The Young American," 217 226)

ジョン・オサリヴァンが『デモクラティック・レビュー』誌に「併合論」を発表し「明白なる運命」とともに「ヤング・アメリカ運動」を促進していくのは一八四五年夏のことであり、それはニューヨークを中心に勃興するが、他方、エマソンはこれに一年も先立つ一八四四年に、ボストンを中枢とするニューイングランドを舞台に、若きアメリカ人たちの将来に期待を寄せた講演「若きアメリカ人」を行ない、超越主義運動の機関誌『ダイアル』に発表している。民主党が唱道する西漸運動やテキサス併合とは異なり、エマソンは必ずしも政治色を明らかにしてはいないが、にもかかわらずこの時代に抜本的な社会改革運動が切望されたことは、疑いえない。というのも、一八三七年の大恐慌を皮切りに、アメリカは一八三九年、一八四一年と、断続的な経済危機に襲われたからだ。そんな危機の時代に具体的な社会改革を遂行するのは、若さの特権だった。フレデリック・マークはこう説明する。「若きアメリカ人たちに求められていたのは、過去のしがらみを振り払い、アメリカ合衆国を再稼働し、さらなるフロンティアを目指すことだった。彼らにはヴィジョンがあり、スケールの大きな理想主義があり、そして時代に要請された崇高なる情熱があった。老人や保守主義者ときたら、御都合主義に振り回され、公職にしがみつき、倫理的腐敗と卑俗な物質主義にがんじがらめになっているのだから」（*Manifest Destiny and Mission in American History* 53）。名著『ヤング・アメリカ——ニューヨーク・シティにおける民主主義の開花』（一九九九年）の著者エドワード・ウィドマーが一八三七年の段階でいかに「若さ」と「新しさ」がアメリカ的レトリックの呪文と化していたかを論じた一方、それに先行する『アメリカ史における明白なる運命と使命』（一九九五年）の著者マークは、政治・社会・精神すべてにわたる改革への煽動に明け暮れたこの時代を、「狂騒の四十年代《ロアリング・フォーティーズ》」と呼ぶ。旧来の文学史なら、第一次世界大戦から帰還した若者たち「ロスト・ジェネレーション」が巻き起こしたジャズ・エイジの一九二〇年代を「狂騒の二〇年代《ロアリング・トゥウェンティーズ》」と呼び習わすが、同様な若さの勃興を前世紀の一八四〇年代に喝破したマークの洞察は鋭い。

もっとも、ここで重々注釈しておかねばならないのは、肝心なのはあくまで「若さ」であり、実年齢的に「若者」であるかどうかではない、という点だ。エマソンが「若きアメリカ人」を発表した一八四四年に彼は四一歳であり、オサリヴァンが「併合論」で明白なる運命を提唱した一八四五年に彼は三二歳、そして「ヤング・アメリカ運動の代表格」と呼ばれたジェイムズ・ポークがアメリカ合衆国第十一代大統領に就任した同年一八四五年に彼は四九歳であった。にもかかわらず、アメリカ自体が建国されて高々半世紀強という世界史上の「国家的若さ」を彼ら全てが引き受けていたのは事実である。そして、こうした若さに彩られた気運がなければ、アメリカン・ルネッサンスの作家たちが二一世紀現在まで魅力を放ち続けることもなかったであろう。まとめるならば、若きアメリカ人たちの社会的改革への意志こそが、アメリカ・ロマン派が先行者の文学を相手取る創造的変革への意志を確固たるものにしたのだ。そしてそのポスト・ロマン主義的な意志は、南北戦争以前の超越主義思想を経て領土拡張のプラグマティズム思想へと変容を遂げ、一九世紀末にフロンティアを消滅させるべく突き進む。

## おわりに　ふたつの超越主義——ボストンかヴァーモントか

最後に、結論に代えて、これまでスケッチしてきたカントからコールリッジへ、さらにはそれらテクストの断片的廃墟を補うべく登場したエマソンへおよぶ環大西洋的構図がもたらす文化史的影響関係について、ひとつの注釈を加えて締めくくりたい。

これまでのアメリカ文学思想史においては、エマソンの超越主義が以後のウィリアム・ジェイムズらのプラグマティズムをもたらすという点において、衆目の一致するところがあった。けれども、最新の環太平洋文学史研究に手を染めているアイダホ州はボイシ州立大学教授サマンサ・ハーヴェイの『環大西洋的超越主義』*Transatlantic Transcendentalism*（二〇一三年）によるなら、コールリッジの北米的受容に関する限り、決して見逃してはいけないのは、ヴァーモント大学学長をつとめ、一八二九年には大学のカリキュラム改革のためにコールリッジの思想を全面的に援用したジェイムズ・マーシュ教授率いるヴァーモント系超越主義であるという。図式化するなら、いまの文学思想史で明記されているエマソンらの一群は過剰に人間主義的なユニテリアニズムを原型とするボストン系超越主義に過ぎず、もうひとつマーシュらを中心とするキリスト教正統の会衆派系トリニテイリアニズム（Congregational Trinitarianism）をも考慮しない限り、以後の思想史的発展は理解しえない。そもそもボストン系超越主義の一員だったブロンソン・オルコットにしてからが、マーシュのコールリッジ論に啓発されていたという。それればかりか、ヴァーモント大学ゆかりのウィリアム・トーリー・ハリスはのちにミズーリ州で勃興するセントルイス・ヘーゲル学派と深いつながりを持つようになる。

しかし何といってもヴァーモント大学最大の卒業生は、マーシュのあとの世代になるもののコールリッジとマーシュの教育哲学を完成させたともいわれるもうひとりのプラグマティズム思想家ジョン・デューイ John Dewey（一八五九～一九五二年）であろう。彼は一九〇四年、同大学の創立百年記念式典にも招かれ、マーシュとコールリッジへの言及のあふれる記念講演「哲学とアメリカ国民の暮らし」を行なった。デューイはマーシュをロマンティシズムとプラグマティズムの結節点として再評価したのである。もともとカントの啓蒙主義思想がヨーロッパにおける大学教育カリキュラムに多大な影響を与え、人間の認識能力相互の闘争転じては「学部の闘争」を浮き彫りにしたとすれば、マーシュからデューイに至るヴァーモント系超越主義の伝統はコールリッジの説く自己形成と創造力促進に重きを置き、学科を「文学」「言語」「数学と物理学」「政治的、倫理的、思想的哲学」の四つに分類し、アメリカにおける大学教育カリキュラム編成へ大きな影響力をふるったのだ。

時折しも、一八九〇年に北米の地政学的フロンティアが消滅し、一八九八年の米西戦争及び米比戦争以後のアメリカといえば、セオドア・ローズヴェルト大統領の政権下において、明らかに超大国への志向を露わにしていたころである。一八世紀末には世界初の民主主義の実験場として出発したポスト植民地主義国家が、二〇世紀を迎え新たな帝国主義ゲームのプレイヤーとして参戦することは、恐るべき理念的矛盾であろう。しかし、北米上のフロンティアが消滅してしまった時代だからこそ、コールリッジ経由の大学改革を経たアメリカが、地政学的ならぬ知的フロンティアの開拓に向けてその第一歩を踏み出したことは、記憶に刻んでおかねばなるまい。

【註】

（1）ヴォーゲル『アメリカ超絶主義者に見るドイツ系文学の影響』序章、第二部、付録参照）。

（2）Chapter 49 "Of the Faculties of the Mind that Constitute Genius," *The Critique of Judgement.*

【引用文献】

Allen, Gay Wilson. *Waldo Emerson: A Biography.* New York: Viking, 1981.
Coleridge, Samuel Taylor. *Biographia Literaria.*1817. Ed. James Engell and Walter Jackson Bate. Bollingen Foundation, 1985.
Derrida, Jacques. "The Principle of Reason: The University in the Eyes of Its Pupils." Tr. Catherine Porter and Edward P. Morris. *Contemporary Literary Criticism: Literary and Cultural Studies.* Ed. Robert Con Davis and Ronald Schleifer.

Longman, 1998. pp. 345-363.

Emerson, Ralph Waldo. *The Collected Works of Ralph Waldo Emerson*. Ed. by Robert E. Spiller et al. 6 Vols, Harvard UP, 1971-2013.

---. *Emerson: Essays and Lectures*. Ed. Joel Porte. The Library of America, 1983.

---. *Emerson in His Journals*. Ed. Joel Porte. Harvard UP, 1982.

Feidelson, Jr., Charles. *Symbolism and American Literature*. U of Chicago P, 1953.

Gilmore, Michael T. *The War on Words: Slavery, Race, and Free Speech in American Literature*. U of Chicago P, 2010.

Gross, Theodore L. "Under the Shadow of Our Swords: Emerson and the Heroic ideal." *The Recognition of Ralph Waldo Emerson: Selected Criticism Since 1837*. Ed. Milton R. Kovitz. Michigan UP, 1972.

Gura, Philip F. *The Crossroads of American History and Literature*. Pennsylvania State UP, 1996.

Harvey, Samantha C. *Transatlantic Transcendentalism: Coleridge, Emerson, and Nature*. Edinburgh UP, 2013.

Kant, Immanuel. *The Critique of Judgement*. 1790. Tr. J. H. Bernard. Macmillan, 1914.

Kennedy, J. Gerald. *Strange Nation: Literary Nationalism and Cultural Conflict in the Age of Poe*. Oxford UP, 2016.

Matthiessen, Francis Otto. *American Renaissance: Art and Expression in the Age of Emerson and Whitman*. Oxford UP, 1941.

Merk, Frederick. *Manifest Destiny and Mission in American History*. Introd. John Mack Faragher. 1963. Harvard UP, 1995.

Omans, Glen A. "'Intellect, Taste, and the Moral Sense': Poe's Debt to Immanuel Kant." *Studies in the American Renaissance*. Ed. Joel Myerson. pp. 128-168.

Packer, B. L. *Emerson's Fall: A New Interpretation of the Major Essays*. Continuum, 1982.

Reynolds, David S. *Beneath the American Renaissance: the Subversive Imagination in the Age of Emerson and Melville*. Harvard UP, 1989.

Richardson, Jr., Robert D. "Emerson on History." *Emerson: Prospect and Retrospect. Ed. Joel Porte*. Harvard UP, 1982. pp.

49-64.

Stephanson, Anders. *Manifest Destiny: American Expansion and the Empire of Right*. Hill and Wang, 1995.

Tatsumi, Takayuki. *Young Americans in Literature: The Post-Romantic Turn in the Age of Poe, Hawthorne and Melville*. Sairyusha, 2018.

Vogel, Stanley M. *German Literary Influences on the American Transcendentalists*. Archon, 1955.

Widmer, Edward L. *Young America: The Flowering of Democracy in New York City*. Oxford UP, 1999.

Young, Charles Lowell. *Emerson's Montaigne*. Macmillan, 1941.

佐久間みかよ「Ralph Waldo Emerson のレクチャー "The Young American" をめぐる出版事情」、『和洋女子大学紀要』第五六集（二〇一六年三月）、一七—二七頁。

高山信雄『コールリッジにおける想像力の体系』音羽書房鶴見書店、二〇〇六年。

＊邦訳があるものは概ね参照させていただいたが、拙稿中の訳文は執筆者自身による。なお、本稿には引用文献に挙げた拙著 *Young Americans in Literature* の序章と重なる部分があることをお断りする。

# あとがき

本書は、科学研究費・基盤（B）の研究プロジェクト「マニフェスト・デスティニーの情動的効果と21世紀惑星的想像力」（二〇一四年四月〜二〇一九年三月）の成果刊行物である。四年間の共同研究を終えてその成果を本として発表することになったとき、プロジェクト申請時のタイトルに使った単語とは別の言葉が本書のタイトルに入ることになった。

本書のタイトル『マニフェスト・デスティニーの時空間——環大陸的視座から見るアメリカの変容』には、サブタイトルを含めると六つの単語が並んでおり、その一つ一つの言葉の向こうに、社会的・歴史的・政治的な意味が立ち上がってくる。たとえば、「マニフェスト（manifest）」と「デスティニー（destiny）」は本来別々の言葉であるが、二つが合成されて一つの概念となったとき、一九世紀アメリカ社会に大きな流れを生じさせ、そのうねりは二一世紀のグローバルな世界にも届いている。また、「時空間（chronotope）」とはミハイル・バフチンが自分の学説を述べるのに使った言葉であるが、本書では、バフチンが取り上げることのなかったアメリカ文化・歴史のなかにこの概念を取り入れて、アメリカ研究とバフチンとの新しい融合を試みている。さらに、「環大陸的（intercontinental）」という言葉は、惑星思考を提案した Wai Chee Dimock の著書 *Through Other Continents* を研究分担者の一人が「環大陸的思考」と試訳していたことから提案されたものである。

こうしてみると、本書のタイトルは、四年の研究期間を経てたどり着いた帰結であるとともに、この四年間にアメリカ、日本、そして世界に起こった変化を反映するものとなっていると思われる。たとえば、以下の文章は二〇一三年秋、本プロジェクト申請時に書いた研究目的である。

**マニフェスト・デスティニーの情動的効果と21世紀惑星的想像力：**本研究は、19世紀アメリカの領土拡張主義スローガンであるマニフェスト・デスティニー（Manifest Destiny）の持つ情動的効果に注目し、そのレトリックが、21世紀の現在にいたるまで歴史をとおしてアメリカの空間的・時間的位相を作り出してきたことを検証する。その際、アメリカ研究という枠組みを、従来のアメリカ合衆国中心のものから解き放つために、南北アメリカ大陸をまとめた西半球を地球という惑星の規模で見直し、環大西洋的／環太平洋的視座の中でアメリカ合衆国の位置と意義を再考する。テロや核という問題に地球規模での対処を迫られている21世紀の現在、人文研究が果たすことのできる責務について学際的な結論を導き出すことを目指している。

マニフェスト・デスティニーという概念が歴史的時間を経て「アメリカの空間的・時間的位相を作り出してきたことを検証する」と申請書に書いたわけであるが、四年の研究活動を経て、それはどのような形で果たされたのか。本書のタイトルに含まれた「時空間」そして「アメリカの変容」という言葉のなかにその答えを込めることができたと考えている。

＊

本書に収録された十一編の論考は、マニフェスト・デスティニーの政治的・歴史的・文学的意義を探索するなかで、その言葉の力が政治を動かし、文化を牽引したという認識を共有するなかで書かれている。その結果、各議論は、新大陸と旧大陸という環大西洋の世界だけでなく、陸・海・空という三次元の空間にも及んでおり、まさに、グローバル（地球規模）なものとなっている。

本書の作成が最終段階にきた二〇二〇年二月、新型コロナウィルスが世界を襲うことになった。中国、ヨーロッパ諸国、アメリカが次々と見えない脅威にさらされていくのを見ながら、自分たちが生活する日本にもその不気味な破壊力がひたひたと浸透してくるのを日々感じながら本書を作ってきた。9・11（二〇〇一）も3・11（二〇一一）もわれわれの世界観や人生観を変えるには十分な出来事であった。しかし、これらの出来事では、世界は、被災した空間と被災を逃れた空間に分かれていた。今回の新型コロナウィルスは、全世界の空間をくまなく同じ程度に同じ恐怖で包み込んでいるのである。

感染者数、死者数とともに世界で一番大きな数字に見舞われているアメリカが今後どのように変容していくのか。そのアメリカの変容が他の国々、ことに日本にどのような変容をもたらすのか。トラウマ的出来事のさ中にあるとき、人はその出来事の意味を理解できず、それが何であったかを知るのは事後的に記憶として構築されてからである。トラウマのさ中に置かれたわれわれ地球人は、いずれ、グローバリゼーションのなかでの自分の立ち位置を問いなおすことになるであろう。そんなとき、われわれは人文研究が論じてきた「半球思考」や「惑星思考」につづくコロナ以後の世界への洞察を探り始めることになる。そのきっかけを探る手立てを求めつつ本書を送り出すことにする。

＊

共同研究の成果は、研究代表者と研究分担者間の協力からもたらされることは言うまでもない。それに加えて、年三回〜四回、四年間で計一七回行なった研究会で得られたものも大きい。研究発表を行なってくださった講師の方々、ワークショップの基調発表をしてくださった方々や課題テクストをよみワークショップに参加した大学院生や若い研究者の方々、そして、研究会に参加してくださった多くの方々に感謝したい。研究の成果とは、研究者の共同体のなかから芽をだし成長し果実となる。

最後になったが、小鳥遊書房の高梨治さんは、この企画に深く共感をよせ、すべての研究会に出席してくださった。本書の編集が本格的になった段階では、遅れていたスケジュールをとりもどすべく目をみはる手腕を発揮してくださった。執筆者一同より感謝の意を表したい。

二〇二〇年四月三〇日

下河辺 美知子

## ◉マ行



## ◉ヤ行



## ◉ラ行

## ◉ナ行



## ◉ハ行

## ◉タ行

## ◉サ行

## ◉カ行

# 索引

※五十音順。作品等は作家ごとにまとめてある。
＊「マニフェスト・デスティニー（明白な運命）」は、本書を通じて頻出するため、頁数は割愛してある。

## ◉ア行

**◉貞廣真紀** … さだひろ・まき

アメリカ文学/明治学院大学文学部准教授／ニューヨーク州立大学バッファロー校大学院博士課程修了(Ph.D)／「ニューディール・リベラリズムの遺産と反メロドラマの想像力――ジョン・ヒューストン監督『白鯨』」(『アメリカ文学と映画』所収、三修社、2019年)、「〈文化〉への不満としてのポー――南部、ケルト、アメリカ文学史の形成」(『ヒッピー世代の先覚者たち――対抗文化とアメリカの伝統』所収、小鳥遊書房、2019年)他。

**◉白川恵子** … しらかわ・けいこ

アメリカ文学、文化／同志社大学教授／慶應義塾大学大学院後期博士課程修了／博士(文学)／単著に『抵抗者の物語――初期アメリカの国家形成と犯罪者的無意識』(小鳥遊書房、2019年)、「不明瞭なテクスト――フィリップ・マックファーランドの『恐怖の季節』にみる歴史小説的策略」(『エスニシティと物語り――複眼的文学論』所収、金星堂、2019)、「ナット・ターナーは再復活されうるか？――ネイト・パーカーの『バース・オブ・ネイション』を巡る騒動とその顛末」(『ヒッピー世代の先覚者たち――対抗文化とアメリカの伝統』所収、小鳥遊書房、2019年)他。

**◉巽 孝之** … たつみ・たかゆき

アメリカ文学思想史／慶應義塾大学教授／コーネル大学大学院博士課程修了(Ph.D., 1987)／単著に『ニュー・アメリカニズム――米文学思想史の物語学』(青土社、1995年度福沢賞)、『リンカーンの世紀――アメリカ大統領たちの文学思想史』(青土社、2002年／増補新版、2013年)、『モダニズムの惑星――英米文学思想史の修辞学』(岩波書店、2013年)、『盗まれた廃墟――ポール・ド・マンのアメリカ』(彩流社、2016年)、*Full Metal Apache* (Duke UP, 2006年)、*Young Americans in Literature* (Sairyusha, 2018)。編訳にラリイ・マキャフリイ『アヴァン・ポップ』(筑摩書房、1995年／北星堂、2007年)、共編に *The Routledge Companion to Transnational American Studies* (Routledge, 2019) 他。

**◉大串尚代** … おおぐし・ひさよ

アメリカ小説／慶應義塾大学文学部教授／慶應義塾大学大学院後期博士課程修了／博士（文学）／単著に『ハイブリッド・ロマンス』（松柏社、2002 年）、「場違いな音楽――ポール・ボウルズ『シェルタリング・スカイ』における異国の響き」（下河辺美知子監修『アメリカン・マインドの音声――文学・外傷・身体』所収、小鳥遊書房、2019 年）、翻訳に F. M. フランク『機械仕掛けの歌姫』（東洋書林、2010 年）。

**◉越智博美** … おち・ひろみ

アメリカ文学／専修大学教授／お茶の水女子大学大学院博士課程修了／博士（人文科学）／著書に『モダニズムの南部的瞬間――アメリカ南部詩人と冷戦』（研究社、2012 年）、『ジェンダーにおける「承認」と「再分配」――格差、文化、イスラーム』（編著書、彩流社、2015 年）、翻訳にコーネル・ウェスト『民主主義の問題――帝国主義との闘いに勝つこと』、（共訳、法政大学出版局、2014 年）他。

**◉田ノ口正悟** … たのくち・しょうご

19 世紀アメリカ文学／早稲田大学教育学部英語英文学科専任講師／慶應義塾大学大学院後期博士課程修了／博士（文学）／論文に "A Dead Author to Be Resurrected: The Ambiguity of American Democracy in Herman Melville's *Pierre.*" *The Journal of the American Literature Society of Japan* 15 (2017)、「ポーとメルヴィルが描く自然の『円環劇場』―― "The Domain of Arnheim" と "The Piazza" にみるスケッチの詩学」『ポー研究』7 号（2015 年）他。

**◉舌津智之** … ぜっつ・ともゆき

アメリカ文学、日米大衆文化／立教大学文学部教授／テキサス大学オースティン校大学院博士課程修了（Ph.D.）／著書に『抒情するアメリカ――モダニズム文学の明滅』（研究社、2009 年）、『抵抗することば――暴力と文学的想像力』（共編著、南雲堂、2014 年）、『アメリカン・マインドの音声――文学・外傷・身体』（共編著、小鳥遊書房、2019 年）他。

## 【編著者】

### ◉下河辺美知子 … しもこうべ・みちこ

アメリカ文学・文化および精神分析批評／成蹊大学名誉教授／著書に『グローバリゼーションと惑星的想像力――恐怖と癒しの修辞学』(みすず書房、2015 年)、『トラウマの声を聞く――共同体の記憶と歴史の未来』(みすず書房、2006 年)、『歴史とトラウマ――記憶と忘却のメカニズム』(作品社、2000 年)『アメリカン・テロル』(編著、彩流社、2009 年)、『アメリカン・ヴァイオレンス』(共編著、彩流社、2013 年)、『アメリカン・レイバー』(共編著、彩流社、2017 年)、『モンロードクトリンの半球分割』(編著、彩流社、2016 年)、『トラウマ・歴史・物語――持ち主なき出来事』(キャシー・カルース)(訳書、みすず書房、2005 年)、”Erasure of Voice in Postwar Japan: Derrida, Caruth, Ōe,” *Journal of Literature and Trauma Studies*, Vol. 6 No. 1-2, Spring-Fall 2017, 73-94, The University of Nebraska Press.

## 【執筆者】(掲載順)

### ◉田浦紘一朗 … たうら・こういちろう

アメリカ文学 / 東京女子体育大学非常勤講師 / 成蹊大学大学院博士後期課程修了

### ◉石原 剛 … いしはら・つよし

アメリカ文学、比較文学／東京大学大学院総合文化研究科准教授／テキサス大学オースティン校博士課程修了(Ph.D.)／単著に *Mark Twain in Japan: The Cultural Reception of an American Icon*(U of Missouri P, 2005 年 )、『マーク・トウェインと日本――変貌するアメリカの象徴』(彩流社、2008 年)、『マーク・トウェイン――人生の羅針盤』(NHK 出版、2016 年)／『空とアメリカ文学』(編著、彩流社、2019 年)他。

### ◉佐久間みかよ … さくま・みかよ

アメリカ文学・文化／学習院女子大学教授／単著に『個から群衆へ――アメリカ国民文学の鼓動』(春風社 2020 年)、『第三帝国の愛人――ヒトラーと対峙したアメリカ大使一家』(訳、岩波書店、2015 年)、“Colacurcio, Teacher and Lecturer: A Transoceanic Perspective” (*A Passion for Getting It Right*, Peter Lang, 2015)、“Rethinking Cultural Awareness Toward Nature: Oriental Animals in Herman Melville’s *Clarel*” (*Pacific Coast Philology*, Penn State UP, 2015 年 ) 他。

# マニフェスト・デスティニーの時空間《じくうかん》

## 環大陸的《かんたいりくてき》視《し》座《ざ》から見《み》るアメリカの変容《へんよう》

2020 年 6 月 25 日　第 1 刷発行

【編著者】

**下河辺美知子**



発行者 : 高梨 治

発行所：株式会社**小鳥遊《たかなし》書房**

〒 102-0071　東京都千代田区富士見 1-7-6-5F

電話 03 (6265) 4910（代表）／ FAX　03 (6265) 4902

http://www.tkns-shobou.co.jp

装幀　渡辺将史

印刷・製本　モリモト印刷株式会社

ISBN978-4-909812-38-4　C0098